VIRGINIA BRAMATI

Eine Sommerliebe am Gardasee

Über die Autorin

Virginia Bramati lebt und arbeitet als freie Autorin in Mailand. *Eine Sommerliebe am Gardasee* ist ihr erster auf Deutsch erschienener Roman.

VIRGINIA BRAMATI

Eine Sommerliebe am Gardasee

ROMAN

Aus dem Italienischen von
Elisa Harnischmacher

lübbe

MIX
Papier aus verantwortungsvollen Quellen
FSC® C014496
www.fsc.org

Dieser Titel ist auch als E-Book erschienen

Vollständige Taschenbuchausgabe

Deutsche Erstausgabe

Für die Originalausgabe:

Titel der Originalausgabe: »Cercasi amore vista lago«
Originalverlag: Giunti Editore S.p.A., Firenze-Milano

Für die deutschsprachige Ausgabe:

Titelillustration: © oraziopuccio / shutterstock; oraziopuccio / shutterstock; msnobody / shutterstock; disinger / shutterstock
Umschlaggestaltung: Christine Wilhelm, www.grafic4u.de
Satz: hanseatenSatz-bremen, Bremen
Gesetzt aus der Adobe Caslon Pro
Druck und Verarbeitung: GGP Media GmbH, Pößneck
Printed in Germany
ISBN 978-3-404-17985-5

2 4 5 3 1

Sie finden uns im Internet unter
www.luebbe.de
Bitte beachten Sie auch: www.lesejury.de

Oh, das Wunder des heimatlichen Hauses besteht nicht in Schutz und Wärme, auch nicht im Stolz des Besitzes. Seinen wahren Wert erhält es dadurch, dass es lange und beständig einen Vorrat von Beglückung aufspeichert …

Antoine de Saint-Exupéry, *Wind, Sand und Sterne*

Schon immer wollte ich Architektin werden.

Auch wenn es anfangs wohl eher um die kindliche Begeisterung des »Häuserbauens« ging.

Einfach alles am Bauwesen faszinierte mich, und in meinem heißgeliebten Opa mütterlicherseits, einem Vermessungsingenieur, fand ich meinen Komplizen. Stolz führte er mich in sein Universum ein und nahm mich begeistert zu allen möglichen Baustellen mit (wovon meine Mutter natürlich nichts wusste).

Infolge dieser ungewöhnlichen Erziehung wünschte ich mir mit fünf Jahren eine Markierschnur, die ich auch bekam, und markierte fortan alles rot.

Mit sechs lieferte ich einen Grundriss ab, als wir in der Schule ein Haus malen sollten. Es war ein kindlicher, unvollständiger, ungenauer Grundriss, aber ein Grundriss.

Mit sieben beantwortete ich die Frage, was ich denn einmal werden wolle, überzeugt mit »Maurer«, was meine Großtanten zum Lachen brachte, bei meinen noch den alten Rollenbildern verhafteten Lehrerinnen jedoch auf befremdete Ablehnung stieß. (Davon, dass bei uns zu Hause alles in Ordnung war, überzeugte sie dann meine Zwillingsschwester, denn sie antwortete arglos und viel passender: »Ich werde mal Ballerina mit Tutu.«)

Mit acht waren mir Begriffe wie »Fundamentplatte« und »Pfahlgründung« völlig vertraut, und ich träumte davon, einen Bauleiter zu heiraten, der zweifellos alles an einem Mann Wünschenswerte in sich vereinte: natürliche Autorität, Charisma, Verantwortung und Kompetenz im Umgang mit Silikon.

Und während Eugenia ihren Berufswunsch von Ballerina zu Hostess änderte (die Dressurphase von My Little Pony mal außen vor gelassen), um schlussendlich bei Jura zu landen, ließ ich mich nicht davon abbringen.

Und wurde Architektin.

1

Nähe Piazza Gae Aulenti. Exklusive Gewerbefläche, 1000 m² auf zwei Stockwerken. Außergewöhnlicher Empfangsbereich

Ich sehe in einem Kran etwas zutiefst Poetisches.

Das so massive und doch luftige Gerüst, die alles überragende Silhouette, die makellose, elegante Dynamik, das alles erinnert an den Vogel Kranich, seinen ursprünglichen Namensgeber. Dieser hier trägt auch noch die fröhlichen Farben Gelb und Rot. Aber wir bauen ihn gerade ab, was mich ein wenig traurig stimmt. Eine Baustelle abzuschließen hat immer etwas Bedrückendes.

Etwas ist vollendet, das als jemandes Traum begann, ein Traum, der dir anvertraut wurde, und du hast dich seiner angenommen, hast ihn erst in ein Projekt und dann in ein Gebäude verwandelt. Zweifellos ist es jetzt befriedigend, das fertige Ergebnis zu sehen, doch der interessanteste Teil, die Konstruktion, die »Reise« sozusagen, ist abgeschlossen.

Jede dieser Schaffensphasen ist faszinierend. Der geologische Bericht, die Präsentation des Renderings (unbezahlbar ist ein Blick in die Gesichter der Auftraggeber!), die Baugrube und schließlich der Arbeitsbeginn. Ich liebe meine Arbeit. Sie ist mein Leben.

Ich mag den Baulärm, das Stimmengewirr, die außergewöhnliche Gewandtheit der Maurer auf dem Baugerüst, und jedes Mal ist es fantastisch mitzuerleben, wie Menschen verschiedenster Nationalitäten, Muttersprachen und Religionen einander verstehen, zusammenarbeiten, es gemeinsam mit jeder Wetterlage und den etwa tausend anderen Widrigkeiten einer Baustelle aufnehmen.

Sicher, es ist nicht immer einfach, so als Frau in einer Männerwelt.

Sprüche wie den Klassiker, wie viel Spucke noch an den Mörtel kommt, oder auch, wie »hart« der Zement sein muss, gab es anfangs zuhauf, aber indem ich mich, trotz aller Mühen meiner männlichen Kollegen, partout nicht verunsichern ließ, hörten sie irgendwann damit auf.

Ich habe mir Respekt verschafft, indem ich wie alle anderen im Morgengrauen auf der Baustelle ankam, meine Arbeit peinlich genau nahm, Entwürfe und Installationen sorgfältigst prüfte und die Fertigstellung bis ins kleinste Detail pingelig kontrollierte. In den wichtigsten Momenten war ich immer da – angefangen beim Aufstellen der Baugerüste, bis schließlich der Beton gegossen wurde. Langsam habe ich so das Vertrauen dieser Männer gewonnen, und gegenseitiger Respekt ist an die Stelle der Sticheleien getreten. Wenn sie mich heute »Architetto« nennen, dann tun sie es ohne jeglichen Anflug von Spott.

Nun sind wir alle hier zum Abschiedsumtrunk versammelt, und ich gehöre so selbstverständlich zum Team, dass keiner mehr auf Kraftausdrücke oder Ähnliches achtet, was ich wirklich bedauerlich finde. Aber das würde ich nie zugeben.

Bevor das Ganze hier noch ausartet, verabschiede ich mich. Es ist schon spät, und ich werde im Büro erwartet. Alle stoßen noch einmal zum Abschied auf mich an: »Auf unsere schöne Architektin!«, was mich, zugegebenermaßen, wirklich rührt. Schließlich mache ich mich auf den Weg, und zurück bleiben die Leute, die dreizehn Monate lang fast wie eine Familie für mich waren.

»Architetto, Architetto Maffei!«

Ich drehe mich um und lächle erfreut, als ich Vittorio Locatelli sehe.

»Ich wollte mich noch verabschieden, Architetto. Danke für alles und bis zur nächsten Baustelle!« Braun gebrannt und muskelbepackt wie er ist, mit dem starken Akzent seiner Heimatstadt Bergamo, entspricht er genau dem klassischen Bild des lombardischen Bauleiters.

»Danke Ihnen, Locatelli, und hoffen wir mal, dass alles gut läuft! Momentan haben wir nicht wirklich viel in Aussicht, na ja, die ein oder andere Renovierung, eine Nutzungsänderung ... Wird schon.«

Er schüttelt den Kopf.

»Diese Krise will einfach nicht mehr aufhören! Sie können sich gar nicht vorstellen, wie viele von den Firmen, mit denen wir zusammenarbeiten, schließen oder ihr Personal haben abbauen müssen.«

»Noch sind wir da. Wir sind ja so etwas wie eine Institution; so schnell passiert uns nichts.« Mit dieser tröstlichen Aussage verabschiede ich mich und mache mich auf den Weg zum Architekturbüro Mattavelli & Tortora, wo ich mittlerweile seit zehn Jahren arbeite.

Mat, wie wir ihn hinter seinem Rücken alle nennen, will mich sprechen. Und ich weiß auch, warum.

Irene (mittlerweile meine Kollegin, aber wir saßen schon in der Uni zusammen) und ich haben bei Piergiorgio Mattavelli, unserem Professor, die Doktorarbeit geschrieben, und dann hat er uns ein Praktikum in seinem Büro ermöglicht. Unbezahlt, doch nach sechs Monaten sprang eine freie Mitarbeit für uns beide heraus und schlussendlich eine Anstellung, zwar befristet, aber immerhin.

Dann ging es einmal durch die komplette Hierarchie, vom Praktikum übers Backoffice bis zum eigenen Projekt. Alles in allem kann ich heute, mit dreiunddreißig, zehn Jahre nach meiner Doktorarbeit, wirklich zufrieden sein.

Und in fünfzehn Tagen läuft mein Vertrag aus.

Aber ich bin ziemlich entspannt; wir stagnieren momentan zwar ein wenig, nehmen jedoch sowohl in Italien als auch im Ausland an zahlreichen Ausschreibungen teil und sehen zuversichtlich in die Zukunft. Erst vor Kurzem haben wir neue Räumlichkeiten bezogen. Zwei Stockwerke in einem gläsernen Wolkenkratzer im superangesagten Viertel Porta Nuova, natürlich mit Blick auf die Piazza Gae Aulenti. Der Bezug dieser tausend Quadratmeter ist ein wichtiger Schritt, der für die Beständigkeit des Büros spricht.

Im Aufzug, der in Geschwindigkeit und aus der Nähe auch in Form an eine Raumkapsel erinnert, fällt mir auf, dass ich immer noch meine Sicherheitsschuhe trage und meine Sneakers im Auto liegen gelassen habe. Ich hoffe, daran wird Mat keinen Anstoß nehmen. Schließlich komme ich gerade von einer Baustelle. Und ich habe wirklich keine Lust, noch einmal nach unten zu fahren. Ich leide an Klaustrophobie, und es ist für alle besser, wenn ich so wenig Zeit wie möglich in geschlossenen Räumen verbringe.

Der Aufzug öffnet sich, gibt die Sicht frei auf gleißendes Licht, weiß geöltes Holz und die mattierte Glastür zur Chefetage.

In der Mitte der Eingangshalle steht auf einem hölzernen, sich drehenden Podest der sagenumwobene Fiat 500, mit dem Architetto Mattavelli eines Nachts von Mailand nach Paris fuhr, um an seiner ersten Ausschreibung teilzunehmen. Seine futuristische Bibliothek in der Banlieue hat ihn international bekannt gemacht, und der Fiat 500 wurde sein Talisman. Jahrelang ist Mat mit diesem winzigen Auto erschienen, wenn die Umschläge geöffnet wurden.

Wenigstens erzählt man es sich so.

Ehrlich gesagt kann ich mir nur schwer vorstellen, wie Mattavelli seine in schwarzes Edelkaschmir gekleideten zweihundertvier Zentimeter freiwillig in diesen 500 aus den Siebzigern quetscht.

Irene wartet an ihrem Schreibtisch. Klar. Ihr Vertrag läuft ja auch aus. Sie lächelt entspannt. Sollte es hier nicht mit dem Teufel zugehen, werden unsere Verträge ohne Weiteres verlängert, das wissen wir beide.

Aber ich kann nicht einmal zwei Worte mit ihr wechseln. »Piergiorgio wartet in seinem Büro, Bianca«, lässt sie mich sofort wissen.

Und auf direktem Weg geht es dorthin. Wir sind noch nicht richtig drinnen, als Mat auch schon loslegt: »Da sind Sie ja. Setzen Sie sich doch ...« Er bricht ab, runzelt die Stirn und wirft einen Blick auf meine Schuhe. »Was haben Sie denn da an? Ziehen Sie die sofort aus, der Boden wird ja ganz schmutzig!«

Die Sicherheitsschuhe ausziehen? Aber meine normalen Schuhe sind im Auto.

»Und legen Sie diesen Helm ab!« Er deutet mit dem Kinn auf meinen heiß geliebten gelben Helm, den ich in den Händen halte.

Irritiert schüttelt er den Kopf. Als wäre ein Architekt mit Helm und Sicherheitsschuhen etwas vollkommen Absurdes. Ich sehe mich um. In diesem klinischen Büro, mit der topgestylten Irene, ihrem Designer-Outfit und ihren Zwölf-Zentimeter-Absätzen ist eine solche Aufmachung tatsächlich ein wenig absurd. Dies hier ist das »Denkarium«, und wer wie ich sein Leben auf Baustellen fristet, kommt selten her.

Ich ziehe also die Schuhe ein wenig umständlich aus und betrete das Büro, sehr vorsichtig, denn ich fürchte, mit meinen Strümpfen auf dem gebohnerten Boden auszurutschen.

Mat sitzt hinter seinem Schreibtisch, der aus wenigen, wie zufällig zusammengewürfelten weißen Holzplatten besteht, teilweise mit Blech verblendet, was auf denjenigen, der ihm gegenübersitzt, extrem abweisend wirkt. Eigentlich hatte ich schon immer den Verdacht, dass dies beabsichtigt ist.

An den Wänden hängen originale Reißbrett-Zeichnungen erfolgreicher alter Projekte des Büros.

Mit seiner nervigen bevormundenden Art, die er immer annimmt, wenn er mit einem von uns Mitarbeitern spricht, legt er die Hände zusammen und führt sie an den Mund. Dann sagt er: »Ich komme sofort zur Sache. Wie Sie wissen, sind die Zeiten gerade schwierig. Das Bauwesen stagniert, leider, und es ist noch keine Besserung in Sicht. Was die Aufträge betrifft, mit denen wir gerechnet haben … mit Sicherheit haben wir die noch nicht in der Tasche, außerdem ist März, und die Sache wird erst im September wieder aktuell. Im Hinblick auf die gesamtwirtschaftliche Lage und unsere Ausgaben für die neuen Räumlichkeiten – beachtliche Ausgaben, möchte ich hinzufügen – hat das Büro entschieden … also Architetto Tortora und ich haben uns entschieden, uns von einigen Mitarbeitern zu trennen und die befristeten Verträge mit den Leuten, die nicht absolut notwendig sind, nicht zu verlängern. Ich muss sagen, das ist uns alles andere als leichtgefallen …«

Das ist ein harter Schlag; einige Leute im Team schätze ich sehr, und es tut mir ziemlich leid für sie. Ich möchte hier niemanden seine Sachen packen sehen. Natürlich bedeutet es auch mehr Arbeit für die, die bleiben, alles in allem wird wohl die Hälfte des Personals entlassen.

»... Aufgrund dieser Überlegungen kann ich leider nur einer von Ihnen den Vertrag verlängern.«

Wie bitte?

»Entschuldigen Sie mal, Piergiorgio, was meinen Sie damit? Sie wollen eine von uns entlassen?«, frage ich, als ich mich vom ersten Schock erholt habe.

»Nein, wir entlassen hier niemanden, wir ... verlängern den Vertrag nicht.«

Na dann.

»Für Sie ist das vielleicht ein Unterschied, aber für uns nicht«, bringe ich es auf den Punkt.

Er hebt hilflos die Arme. »Wenn ich könnte, würde ich das hier nicht machen, doch die anderen Architekten haben alle einen unbefristeten Vertrag. Mir sind die Hände gebunden ... Sollte es in Zukunft eine andere Möglichkeit geben ...«

Ich will ihm schon antworten, dass ich von diesem Gespräch hier alles Mögliche erwartet habe, nur das nicht, als Irene, aggressiver, als ich es von ihr kenne, Mattavelli ihre ganze Entrüstung entgegenschleudert: »Das ist ja wohl die Höhe. Das kann ich wirklich nicht glauben, dass wir beide ...« Sie schüttelt den Kopf und funkelt ihn unheilvoll an. »Ich erinnere Sie hier mal an die vielen Projekte, die wir bestens abgeschlossen haben.« Das stimmt. Wir waren immer ein gutes Team; sie hat im Büro die Leistungsverzeichnisse gemacht und ich die Bauleitung. »Ich brauche ja wohl nicht noch extra zu sagen, dass ich hier alles erwartet hätte, nur nicht die Kündigung, vor allem nicht auf diese Art.«

Deutlicher ging es nicht.

Mit einem seltsamen Blick beugt er sich vor: »Sie haben hier gute Arbeit geleistet, das stimmt, doch Sie sind auch ordentlich dafür bezahlt worden. Und welche von Ihnen beiden auch immer gehen wird – die Erfahrung, in einem renommierten Büro an großen Projekten gearbeitet zu haben, wird sich bestens im Lebenslauf machen und eine große Hilfe sein … Sicher haben Sie beide viel für uns getan und zu unserem Erfolg beigetragen, aber auch wir für Sie. Sie hatten die Möglichkeit, berufliche Erfahrungen auf internationalem Gebiet zu sammeln. Als Kriterium bei der Entscheidung wird ausschließlich gelten, welches Profil besser zu unserer momentanen Lage passt. Das alles ist nichts Persönliches, wirklich.«

»Ordentlich bezahlt? Sie reden hier tatsächlich von Geld? Wo Sie doch gerade Unmengen davon hier reingesteckt haben? Nach allem, was ich gemacht habe, was wir gemacht haben? Und das soll ich nicht persönlich nehmen? Wie denn dann?« Genau, gibt es etwas Persönlicheres als eine Kündigung? Und das alles nur, weil sie sich in ihrem Größenwahn diese völlig übertriebenen Büroräume leisten mussten.

Ich schaue Irene an, die aussieht, als spränge sie ihm gleich ins Gesicht, und so langsam dämmert mir, wozu diese Blende um den Schreibtisch gut ist.

»Ich habe nicht vor, mit Ihnen über unsere Investition in diese Büroräume zu diskutieren. Ich verstehe, dass dies ein harter Schlag für Sie ist, ganz bestimmt. Aber unsere Entscheidung, nur eine von Ihnen beiden zu behalten, steht fest. Wenn ich Ihnen einen väterlichen Rat geben darf: Arbeiten Sie einfach weiter, wie Sie es bisher getan haben. Wenn ich … wenn wir uns entschieden haben, wer von Ihnen beiden die Glückliche ist, wenn man so sagen darf, teilen wir es Ihnen mit.«

Die Glückliche?!

Irene wirft ihm einen vernichtenden Blick zu, was ihm allerdings nichts auszumachen scheint, dann verlässt sie türschlagend den Raum, wobei sie ihm noch ziemlich genau erklärt, wohin er sich seine väterlichen Ratschläge stecken kann.

Ich gehe hinterher. Was soll ich auch sonst tun? Mit den Schuhen in der Hand. Irgendwie komme ich mir dämlich vor, und ziemlich verwirrt bin ich auch.

Irene lehnt an meinem Schreibtisch. Knallrotes Gesicht, verschränkte Arme, ihre Schuhspitze tippt nervös auf den Boden. Das Abbild der Wut. Persönlich hat sie das auf jeden Fall genommen.

Ich versuche, sie zu beruhigen: »Hör mal, Irene, das ist auch für mich ein harter Schlag, aber wir werden schon eine Lösung finden. Wir könnten doch beide halbtags arbeiten. Mit flexiblen Arbeitszeiten vielleicht. Wir machen noch woanders Jobs. Das kriegen wir schon hin.«

Doch sie antwortet nicht, wirft nur vernichtende Blicke in die Richtung von Mattavellis Büro. »Wenn ich dran denke …« Sie schüttelt den Kopf. »So ein Schwein! Fieses Schwein!« Ihre Stimme ist so laut, dass ihre ungnädige Meinung in aller Deutlichkeit durch seine geschlossene Tür zu hören sein wird. »Du verstehst das nicht … Das kann er nicht mit mir machen! Nein! Du hast keine Ahnung, was das für mich bedeutet.«

Diese Aussage ist völlig sinnlos (der in meinem Hirn sofort aktivierte Taschenrechner spuckt ausschließlich rote Zahlen aus; ich weiß sehr gut, was das für sie bedeutet), und das sollte ihr klar sein, deshalb sage ich nichts dazu.

»Okay, Mattavelli dürfte deinen Standpunkt mittlerweile auch mitgekriegt haben, doch jetzt lass uns nach Hause gehen. Es ist schon spät.«

Sie schaut mich an, als wüsste sie nicht, wer ich bin und was ich da rede. »Was? Ach so, ja, geh ruhig schon mal. Ich bleibe noch kurz hier und versuche, mich zu beruhigen.«

Ich werfe einen Blick zu Mattavellis Büro.

Sie weiß, was ich denke. »Mach dir keine Sorgen. Ich habe alles gesagt, was es zu sagen gibt.«

»Ich meine gar nicht unbedingt, was du ihm sagen willst, sondern eher, was du mit ihm machen willst.«

Sie zieht eine Grimasse, die wohl ein ironisches Lächeln sein soll. »Keine Sorge, ich werde ihn schon nicht umbringen, auch wenn ich große Lust dazu hätte.«

»Sicher? Ich kann auch auf dich warten.«

»Nein, nein, geh ruhig. Lass uns am Montag noch mal darüber reden, dann sehen wir weiter. Wir werden schon eine Lösung finden, wie du sagst. Mal sehen, was sich machen lässt«, gibt sie kurz zurück.

»Telefonieren wir später noch einmal?«

»Vielleicht.« Aber sie ist nicht bei der Sache.

»Gut, dann …« Zögernd mache ich mich auf den Weg.

Ich bin schon durch die Eingangshalle und habe gerade die Tür geöffnet, als ich merke, dass ich immer noch die Schuhe in der Hand habe, was mich an den auf dem Schreibtisch liegengelassenen Helm erinnert.

Schnell und leise gehe ich zurück. Zu leise.

Irene ist nicht mehr da, wo sie vorher war. Durch die angelehnte Tür von Piergiorgios Büro kommt kein Laut. Mein Herz setzt aus.

Den Helm unterm Arm, gehe ich vorsichtig zur Tür und fürchte mich vor dem, was ich sehen werde. Was ich dann beobachte (und höre), lähmt mich vollkommen, obgleich ich etwas völlig anderes erwartet habe.

Sie stehen sich gegenüber; und das alles könnte aussehen

wie eine völlig zivile Auseinandersetzung, wenn sie sich nicht so absurd nahe wären und seine Hände nicht auf ihrer Bluse oder vielmehr *in* ihrer Bluse lägen.

Eindeutig.

Und von hier aus gesehen würde ich behaupten, dass es beiden gefällt. Sehr sogar.

Irgendwie kann ich mich loseisen und gehen. Ich bin außerstande, irgendetwas zu fühlen. Meine Emotionen sind wie vereist. Ich werde sie früh genug zu spüren bekommen, und damit umzugehen wird weder einfach noch angenehm.

Ein zweites Mal befinde ich mich in der Eingangshalle, aber bevor ich das Gebäude verlasse, werfe ich noch einen Blick auf den 500 und einen meiner Schuhe hinterher. Einen schweren Sicherheitsschuh mit Stahlkappe, der seine Aufgabe erfüllt und die Windschutzscheibe der Reliquie zerstört.

Unglaubliches Geräusch, als das Sicherheitsglas in tausend Scherben zerbirst.

Dann endlich gehe ich durch die Tür, um nie wieder zurückzukommen.

Denn ich vermute (wohl zu Recht), dass ich nicht die »Glückliche« sein werde.

2

Colonne di San Lorenzo, großzügige Einzimmerwohnung in historischem Gebäude mit privater Loggia, 50 m², Badezimmer mit Dusche und Vorraum

Obwohl es vier Uhr am Nachmittag ist, liege ich im Bett, den Blick an die Decke gerichtet, und denke über den Zusammenhang zwischen Identität und Arbeit nach. Wenn es stimmt, dass wir leben, um zu arbeiten, dann stimmt es auch, dass wir uns über unsere Arbeit definieren, und zwar nicht nur auf gesellschaftlicher Ebene. Wenn wir jemanden kennenlernen, fragen wir: »Was arbeitest du?«, um die andere Person »gesellschaftlich einordnen« zu können. Aber die Antwort ist dann: »Ich *bin* Architekt/Lehrerin/Krankenschwester.« Denn ein Beruf gibt uns eine Identität. Punkt.

Brenzlig wird es, wenn die Arbeit wegfällt, denn dann droht eine Identitätskrise. Mir passiert das zumindest gerade. Drei Monate nachdem Mattavelli & Tortora meinen Vertrag nicht verlängert haben, habe ich nicht nur noch keine neue Arbeit gefunden, sondern befürchte so langsam, nie wieder eine zu finden. Und das ist kein übertriebener Pessimismus, das könnt ihr mir glauben.

Angefangen habe ich die Suche noch absolut positiv motiviert. Zuerst habe ich mich unter meinen Bekannten umgehört, wegen meiner Berufserfahrungen noch ganz zuversichtlich. Als ich aber keine ermutigenden Rückmeldungen bekam, schraubte ich meine Ansprüche zurück und bot mich für jeden x-beliebigen Job in Ingenieur- oder Architekturbüros an.

Schließlich sprang ich über meinen Schatten und rief Vittorio Locatelli an, dem ich nicht das übliche »Ich suche neue berufliche Herausforderungen« erzählen wollte, sondern die Wahrheit.

Er stellte den Kontakt zu anderen Büros und Baufirmen her, doch außerhalb meines Bekanntenkreises wurde die Sache dann noch komplizierter. Nicht nur, dass ich nicht mehr »Architetto Maffei« war, sondern »Signorina Maffei«. Es folgten eine Menge nicht eingehaltener Termine (»Der Ingegnere ist schon weg/in einem Meeting/auf Geschäftsreise ... Sind Sie sicher, dass der Termin heute war?«) oder vergessener Verabredungen (»Oh, für heute? Entschuldigen Sie, das habe ich vergessen. Mehr als zwei Minuten habe ich jetzt nicht für Sie«). Außerdem komplizierte Bewerbungsgespräche, in denen nichts von dem, was ich sagte, auf die Zustimmung meines Gegenübers stieß. Dies alles war ziemlich demotivierend, und immer mehr gewann ich die Überzeugung, dass es ein »Innen« und ein »Außen« gibt und dass jemand, der sich im »Innen« befindet und Arbeit hat, nicht meint, er habe mehr Glück als jemand, der keine hat. Vielmehr hält er sich auf eine calvinistische Art schlicht für etwas Besseres. Wie auch immer, bekannt oder nicht, öffentlich oder privat, herzlich oder abweisend, die Antwort ist und bleibt die gleiche: »Es tut uns leid, aber im Moment nicht.«

Die Bezugspunkte, innerhalb derer sich mein Leben abspielte, sind verloren gegangen, und ich finde mich in diesem Leben nicht mehr zurecht. Was ist mit dem Wecker morgens um fünf, mit der morgendlichen Fahrt zur Baustelle? Dem täglichen Treffen mit Locatelli? Den tausend Terminen? Was ist mit Architetto Bianca Maffei? Was ist mit mir?

Ich denke daran, wie ausgefüllt die Tage waren.

Und jetzt ist Juni, und alles scheint bewegungslos auf September zu warten, den eigentlichen unternehmerischen Jahresanfang.

Ich werfe einen Blick auf meinen gelben Helm und den übrig gebliebenen Sicherheitsschuh. Die einzigen Dinge, zusammen mit meinem Abschlussdiplom, das bei meinen Eltern im Wohnzimmer hängt, die meinen Beruf bezeugen.

Sicher, ich bin immer noch Bianca, die Tochter, Schwester, Freundin, aber das tröstet mich nicht. Außerdem war Irene meine beste Freundin, und ich glaube kaum, dass ich auf sie zählen kann (oder möchte). Ich habe von ihr eine einzige WhatsApp bekommen, in der außer *Es tut mir leid* und *Vielleicht kannst du das verstehen* nicht viel stand. Ich habe mir erspart, sie zu beantworten, sodass der Wurf meines Sicherheitsschuhs für sich gesprochen hat. Zu groß ist die Enttäuschung über den Menschen, der unsere Freundschaft unter das Motto »*Mors tua vita mea*« gestellt hat. Oder auch: »Des einen Freud ist des anderen Leid.«

Was meine Familie betrifft, gestehe ich, dass sie bis jetzt noch nicht auf dem Laufenden ist.

Es ist jedoch offensichtlich, dass ich nicht mehr lange schweigen kann, meine Ersparnisse sind fast aufgebraucht, und sehr bald werde ich meine Ausgaben nicht mehr stemmen können. Ich muss irgendetwas unternehmen. Bald.

Heute Abend bin ich zum Essen bei meiner Schwester eingeladen und werde die Gelegenheit nutzen, ihr alles zu erzählen. Mit ein bisschen Glück werde ich es meinen Eltern gegenüber vielleicht noch verschweigen können. Vor allem meinem Vater, und das nicht, weil ich mich schämen würde oder ihn nicht beunruhigen möchte, sondern aus reinem Selbstschutz. Denn mein Vater wäre weder beunruhigt noch besorgt, im Gegenteil: Mein Vater wäre (viel zu) erfreut.

Giovanni Maffei (für alle »der Gianni«), Jahrgang 1947, Ingenieur. Nach dem Schulabschluss arbeitete er einige Jahre bei einer großen Gesellschaft, um dann im Keller meiner Großeltern in Binasco mithilfe einer Drehbank und einer Presse selbstständig Hydraulik-Fittings herzustellen. Heute besitzt er ein Unternehmen mit mehr als dreihundert Mitarbeitern und verkauft für ihre Wertigkeit und Präzision bekannte Produkte, vor allem ins Ausland.

Als Unternehmer schätzen und respektieren ihn seine Angestellten ganz besonders für seine Fähigkeit, die Bewegungen des Marktes vorauszusehen und ihnen entsprechend zuvorzukommen, was der Firma ungemeine Stabilität verschafft hat. In mehr als vierzig Jahren Aktivität hat es keinen einzigen Fall von Kündigung oder Kurzarbeit gegeben. Sein Grundsatz ist denkbar einfach: »Was für den Betrieb gut ist, ist für alle gut«, denn genau dort bilden sich Wohlbefinden und Sicherheit für Angestellte und Familie.

Als Vater hat er von uns gutes Benehmen verlangt, Konzentration auf das Studium und den respektvollen Umgang mit anderen. Im Gegenzug hat er uns sehr viel seiner etwas raubeinigen, aber absolut verlässlichen Liebe geschenkt.

Als Unternehmer und Vater glaubt er nervigerweise immer zu wissen, was das Beste für uns alle ist; außerdem hält er mit despotischer Tendenz alles Mögliche für selbstverständlich. Angefangen beim Firmennamen, der anfangs *Giovanni Maffei S.p.a.* war, bei unserer Geburt aber mit sofortiger Wirkung zu *Giovanni Maffei S.p.a. & Töchter* wurde, notariell beglaubigt. Eher klare Botschaft als legitime Hoffnung. Unsere Zukunft stand fest. Oder zumindest glaubte er das. Aber er wusste noch nicht, mit wem er es zu tun hatte.

Unsere Wünsche bezüglich der weiterführenden Schulen –

ich wollte zum Technischen Institut Cattaneo, Eugenia zum Klassischen Gymnasium Berchet – wurden unbeeindruckt ignoriert und als »Dummheiten« abgetan. Und so wurden wir beide beim Naturwissenschaftlichen Gymnasium Volta angemeldet, die Vorstufe eines Maschinenbau- oder wenigstens BWL-Studiums, da Eugenia so überhaupt nicht naturwissenschaftlich begabt war. Aber bei der Wahl der Universität ging er dann doch nicht selbstverständlich als Sieger hervor. Der Kampf gegen zwei sture Neunzehnjährige stellte sich als ganz schön hart heraus.

Ich für meinen Teil schrie, heulte, bettelte, argumentierte. Er schrie, machte Druck (moralisch wie finanziell), weigerte sich, meine Argumente anzuhören, außerstande zu akzeptieren, dass seine Töchter mit der wunderbaren Welt der Hydraulik-Fittings nichts zu tun haben wollten.

Eugenia beschränkte sich darauf, von meiner Mutter Geld zu nehmen, und schrieb sich, ohne mit der Wimper zu zucken, für Jura ein.

Ich hingegen sagte mir in einem Anfall von Stolz (oder Dummheit), wenn ich wirklich Architektur studieren wolle, dann müsse ich mir das Studiengeld selbst verdienen. Das tat ich mit einem Ferienjob bei einem Fast-Food-Restaurant. Es brachte mir nicht nur das Studiengeld ein, sondern auch eine bis heute andauernde Abneigung gegen Hamburger, die mich beim Anblick eines Ladens dieser Kette zwingt, die Straßenseite zu wechseln.

Wie dem auch sei, wir beide hielten schlussendlich dem süßen Ruf der Hydraulik-Fittings stand und widmeten uns anderen Dingen. Vor vollendete Tatsachen gestellt, schüttelte mein Vater betrübt den Kopf und sagte: »Alle beide arbeitslos. Ich habe zwei Töchter großgezogen, deren Schicksal die Arbeitslosigkeit sein wird.« Wenn man sich meine jetzige Situation so ansieht, dann hatte er wohl nicht ganz unrecht.

Am Ende fand er sich damit ab. Irgendwann überwogen Neugier und schließlich der Stolz darauf, dass seine beiden Töchter schon so früh und erfolgreich ihren Doktor gemacht hatten. So stolz war er, dass er die Doktor-Diplome einrahmte und im Wohnzimmer aufhängte.

Aber dass eine von uns doch noch ihren Weg in die Firma findet, diesen Traum hat er nie aufgegeben, und das immer noch existente *»& Töchter«* im Firmennamen ist der lebendige Beweis dafür. Es würde ihm eine riesige Freude machen, doch für mich wäre diese Freude eine Niederlage.

An der Piazza Cinque Giornate steige ich aus der Bahn und laufe den Corso XXII Marzo runter, zur schicken Wohnung von Eugenia und ihrem Freund Luca, einem wunderbaren Nerd, den ich sehr gern habe.

Nach der Begrüßung fragt mich Eugenia mit der ihr eigenen Zerstreutheit: »Und, Neuigkeiten?«

Ohne etwas dagegen tun zu können, höre ich mich sagen: »Mattavelli hat meinen Vertrag nicht verlängert.« Jetzt habe ich es ausgesprochen, und das macht die Sache auf sehr schmerzhafte Art nur noch realer.

»Wie bitte? Ich dachte, das wäre nur eine reine Formalität.« Sofort ist sie ganz Ohr.

»Ich auch«, murmele ich, und nachdem ich Luca begrüßt habe, der in einem Sessel an seinem Computer arbeitet, lasse ich mich auf das taubenblaue Cordsamt-Sofa von Roche Bobois fallen.

»Wir können prüfen, ob das für ein Verfahren reicht …« Ich sehe schon, wie sie das Messer wetzt.

»Vergiss es, Eu, das war ein befristeter Vertrag.« Die Enttäuschung in ihren Augen ist nicht zu übersehen. Sie ist und bleibt halt Anwältin.

»Was für ein Schwein! Aber ich hab ihn nie gemocht, deinen Chef.«

»Aus welchen Gründen? Du kennst ihn doch gar nicht.«

»Aus Namensgründen: Piergiorgio. Man sollte niemandem mit einem Doppelnamen trauen. Unentschlossene Eltern oder solche, die sich bei beiden Familien einschmeicheln wollen, können gar nicht in der Lage sein, ein Kind gut zu erziehen.« Ihr Ton ist scharf. Sie glaubt das wirklich.

»Das habe ich ja noch nie gehört.«

Dann setzt sie sich neben mich. Ich fange Lucas Blick auf, der uns mustert. Ich weiß, was er denkt. Alle denken das, wenn sie uns nebeneinander sehen. Wie ähnlich wir uns doch sind. Und wie unterschiedlich.

Meine Schwester Eugenia und ich sind Zwillinge. Gleich groß, gleiche Gesichtszüge, gleiches Lächeln, körperlich völlig identisch, eine ist die Kopie der anderen. Bloß dass sie in diesem Verfahren das Original ist, ich bin die Kopie in Schwarz-Weiß. Sepiafarben, sagen wir mal.

Sie hat alle Farben abbekommen, und was für welche: tizianrote Haare, smaragdgrüne Augen, alabasterfarbene Haut.

Ich bin sie, nur bin ich eben in die neutralen Farben der Pantone-Farbskala gerutscht. Klar, was ich meine, oder?

»Wann ist das passiert?« Eu lässt nicht locker.

»Ist schon eine Weile her.«

»Eine Weile«, wiederholt sie. »Eine *wie lange* Weile? Wenn ich mich richtig erinnere, dann ist dein Vertrag …«

Ich hebe abwehrend die Hände. »Okay, ich bekenne mich schuldig, Euer Gnaden. Vor drei Monaten.«

Pause.

»Und warum erzählst du mir das erst jetzt?« Eu wirkt wirklich überrascht.

»Ich dachte … na ja, ich dachte, ich würde sofort einen neuen Job finden, und dann wäre das alles ja gar nicht nötig gewesen. Aber so ist es nicht gelaufen.«

Sie mustert ihre perfekt lackierten Fingernägel, und ich muss den Impuls unterdrücken, meine zu verstecken, denn der Vergleich wäre vernichtend.

»Hast du etwas in Aussicht?«

»Nein, momentan nicht. Doch ich brauche ziemlich dringend irgendeinen Job, obwohl ich nicht bereit für ein Callcenter bin. Und Kellnern kommt auch nicht infrage, denn wie du sehr gut weißt, besitze ich den schwarzen Gürtel in Tolpatschigkeit.«

Aber Eugenia-Holzhammer-Maffei geht auf den Witz nicht ein und fährt unerbittlich fort: »Weiß Mama Bescheid?«

Wunder Punkt.

»Nein, ich habe mich noch nicht getraut, es ihr zu sagen …«, und es war nicht leicht, sie in den letzten Monaten systematisch zu belügen.

»Ach, weißt du, ich glaube nicht, dass sie das Ganze sehr treffen wird … Sie hat mich gestern noch angerufen und erzählt, dass sie gerade ihre zweite Jugend erlebt, eine ›Phase voller Optimismus und Vertrauen‹ hat sie es genannt.« Als hätte sie ihre erste Jugend jemals abgeschlossen.

»Und was soll das genau sein?«, frage ich argwöhnisch, denn ich kenne meine Mutter.

»Sie hat die Facebook-Seite von Måneskin zu ihren Lieblingsseiten hinzugefügt, bis jetzt waren das die von der Kochzeitschrift *Giallo Zafferano* und von *Vanity Fair*, und denen folgt sie wie ein Groupie. Ich glaube, sie ist in den Frontmann verknallt, der – Vorsicht – gerade die Pubertät hinter sich hat. Weitere Entwicklungen sind aber zu erwarten. Wenn du mich fragst, hat sie ein waschechtes Brigitte-Trogneux-Syndrom.«

»Keine Ahnung, wovon du redest.« Ich habe den Verdacht, dass Eu gerade einfach nur aufs Geratewohl mit Namen um sich wirft.

»Måneskin sind die eigentlichen Gewinner von *X Factor*. Du weißt doch, dass Mama Sky abonniert hat, oder? Und Brigitte Trogneux ist die Frau von Macron. Monsieur le Président. Sie sagt, es hat ihr die Lust am Leben wiedergegeben zu wissen, dass ein so junger Mann (und zwar ein attraktiver) für die Liebe einer um vieles älteren Frau gekämpft hat.«

»Und Papa?«

»Papa schüttelt den Kopf und fährt sie zu den Konzerten; sie hat für jedes einzelne ein Ticket.«

»Er unterstützt sie, wie immer.«

»Genau, wie immer.«

»Glaubst du, Mama wird es gut aufnehmen, dass ich zu ihnen zurückmuss, wenn ich nicht bald einen neuen Job finde?«

»Nein, das wird sie nicht gut aufnehmen. Gerade hat sie aus unserem Zimmer einen Yoga-Raum für sich und ihre Freundinnen gemacht. Solltest du zu ihnen zurückziehen, dann wirst du einen Tag später an einem Schreibtisch bei *Giovanni Maffei & Töchter* sitzen und Verbindungsstücke verkaufen, das ist dir doch klar, oder?«

»Ja, das weiß ich sehr gut«, murmele ich.

Vom Sessel her kommt Lucas ruhige Stimme: »Warum

versuchst du es nicht bei Sassi? Sie könnte mal bei Alessandra nachhören, ob …«

»Stimmt, die Mädels aus Verate. Warum habe ich nicht gleich daran gedacht? Die machen doch genau so etwas.«

»Was genau machen die denn?«, frage ich etwas argwöhnisch.

Eugenia antwortet mit einer unbestimmten Geste. »Anderen helfen. Leute unterstützen, die in Schwierigkeiten sind, so in der Art. Wohltätigkeit eben.« Dann merkt sie, wie unsensibel das war. »Nicht, dass du ein solcher Fall wärst, natürlich nicht.«

»Natürlich nicht«, sage ich, und ich lächle, denn so ist meine Schwester: zerstreut, manchmal unsensibel, aber immer für einen da.

Am nächsten Morgen klingelt das Telefon, als ich noch im Bett liege. Sie ist es, ruft aus dem Büro an.

»Ciao! Ich habe mit Sassi geredet, und sie ist sofort in Aktion getreten.« Hört sich an, als fände Eugenia das selbstverständlich.

»Gut, danke, sag mir Bescheid …«

Aber sie redet direkt weiter: »Und diesbezüglich habe ich eine gute und eine schlechte Nachricht. Welche willst du zuerst hören?«

Eigentlich die schlechte, und dann wieder schlafen gehen, doch Eu legt schon mit der guten los: »Es gibt da einen Job, wo sie eine Architektin suchen.«

Sofort setze ich mich auf. Diese gute Nachricht ist so gut, dass sie jede schlechte Nachricht, die Eu für mich hat, ganz sicher aufheben wird.

»Die schlechte Nachricht ist, dass es nicht wirklich dein Beruf ist.«

»Was ist es denn genau?«, will ich noch optimistisch wissen.

»Immobilienmaklerin.« So ganz kann sie ihr Unwohlsein bei der Sache nicht verbergen.

»Immobilienmaklerin?«

»In Verate.« Jetzt versucht sie gar nicht mehr, es zu verbergen, das Unwohlsein.

Verate? Wo ist Verate?

»Und dann ist da noch etwas: Du musst dich aus der Liste der Architektenkammer austragen, denn gesetzlich …«

Mich austragen???

Das sind jetzt eigentlich drei schlechte Nachrichten, die ohne Weiteres in der Lage sind, eine gute aufzuheben.

3

Brianza, außergewöhnliche Zweizimmerwohnung, 60 m², in renoviertem, bewohntem Hofgebäude, lebhafte Umgebung

Da mir keine andere Wahl bleibt, gehe ich schließlich zu dem von den Freundinnen meiner Schwester organisierten Vorstellungsgespräch bei Geometra Anacleto Volpe von der Immobilienagentur *Nicht Nur Wohnen* (sic!) in Verate.

Meine Verfassung entspricht einer emotionalen Achterbahn. Niedergeschlagenheit, Angst und Hoffnung. Der rationale Part in mir ist unglaublich frustriert von der Aussicht, meinen Beruf nicht ausüben zu können, und sieht ziemlich schwarz, was dieses Gespräch und die sich daraus ergebenden Möglichkeiten betrifft. Aber tief in meinem Herzen versteckt sich noch ein anderer Part, der für Überraschungen durchaus zu haben ist.

Und bis jetzt hat Verate schon einige Überraschungen für mich parat gehabt. Ich habe mir eine Strecke durch trostlose Gewerbegebiete voller Fabriken und Lagerhäuser vorgestellt, fahre dann aber durch eine satte grüne Landschaft voller Wasserläufe, Seen und malerischer Dörfer. Schließlich erreiche ich einen an Felder grenzenden Fluss, sanfte Anhöhen, Wald, danach einen Kirchturm und Häuser. Die hinter mir liegenden Hügel leuchten in den Farben des aufkeimenden Sommers.

Das Dorfzentrum ist hübsch zurechtgemacht, die Straßen sind gepflastert. Einige historische Gebäude sind zu sehen, eine Piazza mit einer großen Grünfläche, um die sich eindrucksvolle, vornehme Gebäude gruppieren.

Die Immobilienagentur befindet sich in einer der kleinen von der Piazza ausgehenden Straßen. Auch hier elegante Gründerzeit-Häuser, eine Boutique, ein farbenfrohes Gemüsegeschäft, ein Frisör. Dann zwei Schaufenster mit Immobilienfotos, ein rotes Firmenschild. Hier muss es sein.

Ein tiefer Atemzug und schon stehe ich in der Agentur.

Links hinter einem grauenvollen Furnier-Tisch sitzt eine lächelnde junge Frau mit lockigem Haar. Auf der hellen Haut im Ausschnitt ihres schulterfreien weißen Shirts ist ein Lotusblüten-Tattoo zu sehen.

Ich stelle mich vor, und sie zeigt freundlich auf das Obergeschoss. »Der Geometra erwartet Sie schon.«

Als ich die Treppe hochsteige, ist mir ein wenig schlecht, vielleicht wegen der Aufregung, vielleicht, weil ich so niedergeschlagen bin.

Geometra Anacleto Volpe sieht ziemlich »pittoresk« aus, wenn man das so sagen kann. Klein, untersetzt, mit einer Frisur, die an ein über den kahlen Kopf gelegtes Toupet erinnert. Er trägt die klassische Immobilienmakler-Uniform: schwarzes Jackett mit betonter Schulterpartie, steifes Hemd und straff geknotete gemusterte Seidenkrawatte.

Nachdem wir einander begrüßt haben, deutet er auf einen Stuhl vor seinem Schreibtisch.

Ich gebe ihm meinen Lebenslauf. »Ich dachte, dass Sie sich so ein Bild machen könnten …«, setze ich an.

»Ja, danke, obwohl ich ja weiß, dass Sie eine Freundin sind von Sassi, der Patentochter des Conte Aleardi. Das reicht mir schon«, unterbricht er mich kurz angebunden und nimmt das Papier.

Ich will ihm schon sagen, dass ich keine Ahnung habe, wer Conte Aleardi ist und auch dessen »Patentochter«, wie er sie nennt, noch nicht kenne und dass ich außerdem lieber für meine Fähigkeiten geschätzt werde, doch er hat sich schon in meine Biografie vertieft.

»Bianca Maffei, geboren in Mailand am achten Juni 1985. Dreiunddreißig, wie? Genauso alt wie Jesus, als er starb ... Geben Sie acht!« Er zwinkert und grinst über seinen eigenen (unglücklichen) Witz.

Ich frage mich, worauf ich wohl achtgeben soll. Vielleicht auf den hohen Rat von Verate und dessen Wohlbefinden. Aber ich sage nichts und lächle nur mein freundliches debiles Lächeln.

»Abschluss in Mailand am Politecnico, *summa cum laude*, Donnerwetter! Bauleiterin für Mattavelli & Tortora ...« Er stockt und wirft mir einen Blick über den Brillenrand zu. »Was ist denn passiert?«

Darauf bin ich vorbereitet; seit Monaten gebe ich die gleiche Antwort. »Wegen der Krise am Immobilienmarkt wurde das Personal leider abgebaut und mein Vertrag nicht verlängert.« Jedes Mal bin ich erstaunt, wie stimmig und unerschüttert sich das anhört, als hinge daran kein Leben.

Er nickt verständnisvoll. »Verstehe, unser Markt hat sich noch nicht ganz erholt, aber trotz allem ...«, er seufzt zufrieden und lehnt sich in den riesigen schwarzen Ledersessel zurück, »haben wir hier kontinuierlich mehr zu tun.« Da sitzt er, die Hände über dem Bauch gefaltet, der es den Knöpfen schwer macht, an ihrem Platz zu bleiben. »Deshalb möchte ich die Arbeit in verschiedene Aufgabengebiete aufteilen. Ich brauche also jemanden, der sich um Käufe und Verkäufe kümmert und darüber hinaus noch um einige Spezialprojekte. Unter meiner Leitung natürlich.« Kunstpause. Dann: »Wie kommen Sie denn mit der Erstellung von Gutachten zurecht?«

Mit Gutachten?

»Gut, damit komme ich gut zurecht …« Was soll an Gutachten schon schwierig sein? »Sehr gut«, füge ich hinzu.

»In Ordnung, wie gesagt, meine Assistentin Cristina wird sich um die Mietobjekte kümmern und ich um die Verwaltung der Wohnhäuser. Es stehen einige schöne Herausforderungen ins Haus, und deshalb möchte ich gern, dass sich mein Team die Anregung Steve Jobs' zu Herzen nimmt: ›Bleibt hungrig, bleibt wahnsinnig.‹« Es ist offensichtlich, dass er gar nicht abwarten konnte, das zu sagen, aber irgendetwas scheint ihm meine Gedanken zu verraten, denn er fragt: »Den kennen Sie doch, oder?«

Ich traue mich nicht, ihm zu erklären, dass ich die Übersetzung ein wenig holprig finde, und erwidere: »Wie groß ist denn Ihr Team?«

»Momentan nur Sie und meine Sekretärin.«

Jetzt ist es an mir, verständnisvoll zu nicken. Der Geometra scheint mir ein wenig optimistisch zu sein, außerdem hält er es schon für abgemacht, dass ich Teil seines Teams werde. Aber es ist ja nicht so, dass ich noch andere Möglichkeiten hätte. Deshalb nicke ich weiter, und das ist in etwa so wie eine Vertragsunterzeichnung.

Er fährt fort: »Ein paar Dinge, die du über die Vermittlung von Immobilien wissen solltest, oder, besser gesagt, ein paar Regeln: Du hast das Handy immer dabei«, fängt er an den Fingern an aufzuzählen und hat ganz nebenbei zum weniger förmlichen Du gewechselt. »Angemessene Kleidung.« Dabei wirft er einen Blick auf meine Cargohose und das schwarze Shirt, die beide wohl weniger angemessen sind. »Du musst dich an den richtigen Orten sehen lassen, das heißt auch, jeden Sonntag in der Messe.«

»Wie bitte?« Da habe ich mich wohl verhört.

Er lehnt sich über den Schreibtisch. »Da gehen alle hin, und die Leute müssen sich an dich gewöhnen; du musst ihr Vertrauen gewinnen. Vielleicht könnte man Don Corrado, den Pfarrer, bitten, dir die Lesungen während der Messe zu überlassen, dann würde dich jeder sehen. Aber darum kümmern wir uns später. Außerdem musst du dich nach dem Gottesdienst noch ein wenig auf dem Kirchplatz tummeln.«

Mir hat es die Sprache verschlagen.

»Und du musst die *Trattoria Moretti* besuchen, wenigstens zum Frühstück, das ist strategisch gesehen ein sehr wichtiger Punkt. Das ganze Dorf trifft sich dort. Denn egal, was von Menschen gefeiert oder veranstaltet wird, ob Verlobung, Hochzeit, Geburt, Scheidung oder Beerdigung, immer kommt ein Haus, eine Wohnung ins Spiel, zum Verkaufen oder Kaufen, eine endlose Kette an Prozenten für uns. Vor allem gilt es, den Menschen hier aus Verate diese furchtbare Do-it-yourself-Attitüde abzugewöhnen. Man muss sich die Leute hier ein wenig erziehen.«

Eine neue Welt eröffnet sich mir.

Natürlich muss ich einen Kurs besuchen und Prüfungen ablegen; natürlich werde ich in der Zwischenzeit arbeiten, doch keine Verträge unterschreiben dürfen. Natürlich wird mein Gehalt sehr niedrig sein, bevor ich für Haus- und Wohnungsverkäufe Prozente nehmen darf. Und wenn ich welche nehmen darf, wird es trotzdem niedrig sein, es sei denn, ich verkaufe hier Häuser und Wohnungen wie geschnitten Brot.

Diese Arbeit, die ich mir nicht ausgesucht habe und mit der ich so gerade eben über die Runden kommen werde – an einem völlig fremden Ort –, ist immerhin eine Arbeit, und für mich ist Arbeit in etwa so wichtig wie atmen. Die Notwendigkeit, tagtäglich meine Neuronen zu aktivieren und dem Teufelskreis der Arbeitslosigkeit zu entfliehen. Am Leben teilhaben und den Gang der Dinge mit beeinflussen. Ganz zu schweigen von dem nicht unerheblichen Wunsch, mein Leben nicht in Armut bestreiten zu müssen.

Also lächle ich und halte mich an dieser Chance fest.

»Okay, wenn wir uns einigen können, kannst du sofort morgen anfangen. Cristina wird dir alles erklären. Ich muss jetzt zu einer Hausversammlung nach Mandella. Bin schon zu spät dran.« Als er aufsteht, fällt mir auf, dass er sogar noch kleiner ist, als ich dachte.

Cristina bietet mir einen Tee an und verrät (auf meine Nachfrage), dass sie nicht nur die Blüten tätowiert hat, sondern zwei ganze Lotusblumen, die man aber jetzt nicht sieht, und ein *Oben*-Haus mit vielen Ballons auf dem rechten Oberschenkel. Meiner Bewunderung kann sie sich sicher sein. Ich würde mich fürs Waxing betäuben lassen, wenn ich könnte.

»In Verate ist der Mietmarkt relativ lebhaft«, erklärt sie, »dank der Universitätsklinik, einem Referenzzentrum verschiedenster Fachrichtungen, kommen viele Leute, die im Krankenhaus arbeiten oder ihre Verwandten besuchen. Außerdem gibt es noch die Parodi Valsecchi, ein internationales Pharmaunternehmen. Wir haben hier also ziemlich viele unterschiedliche Anfragen, für die verschiedensten Bedürfnisse, von der möblierten Wohnung für kurze Zeit bis zum ganz klassischen Mietvertrag. Auch, weil es in Verate keine Hotels gibt.«

Interessiert nicke ich. Ich glaube, seitdem ich hier bin, habe ich nichts anderes getan.

»Der Immobilienmarkt läuft anders. Es wird hier wenig gebaut und nur ungern verkauft. Doch ein paar Objekte haben wir an der Hand; das ein oder andere wirst du leicht verkaufen können. Außerdem gibt es noch die Häuser, die früher zur ICTP gehörten. Die will die Kommunalverwaltung jetzt verkaufen, und wir sollen vor Ort eine vermittelnde Funktion einnehmen. Das sind vier Mehrfamilienhäuser in guter Lage hinter dem Krankenhaus, auf der anderen Seite vom Fluss auf dem ersten Hügel. Für die haben wir schon einen möglichen Käufer gefunden, eine englische Gesellschaft, die Patrol Real Estate Company. Du wirst den für Italien zuständigen Mitarbeiter, Ingegnere Sanna, zu den Besichtigungen begleiten und helfen, die vorläufigen Gutachten zu erstellen.« Aha, dafür brauchen sie also einen Architekten, der sich mit Gutachten auskennt. »Dieses Projekt ist absolut elementar für uns.«

Und dann gebt ihr es *mir?*

»Der Kommune gehören hier viele Häuser in der Gegend, und wenn wir mit dieser ersten Parzelle gute Arbeit abliefern ...« Sie beendet den Satz nicht.

Da habe ich ja einen ganzen Batzen an Verantwortung.

»Ich glaube, du bist extra dafür eingestellt worden, denn Volpe und Sanna, na ja, also Ingegnere Sanna scheint Geometra Volpe für nicht ganz auf der Höhe zu halten. Es ist teilweise schon etwas schwierig gewesen, wenn man so sagen kann.«

Aha. Kein Problem für mich.

Vielleicht bemerkt sie meine Panik, denn sie wechselt das Thema und fragt lächelnd: »Willst du dir eigentlich hier eine Wohnung nehmen?«

»Hier?« Wie bitte?

»Jeden Tag von Mailand zu kommen ist ziemlich anstrengend. Außerdem hast du bei diesem Job keine festen Zeiten. Ziemlich oft muss man abends Häuser besichtigen. Wir können mal schauen, ob wir für dich bei unseren Mietobjekten etwas finden.«

Eigentlich ist es nicht nur anstrengend, sondern auch ziemlich teuer, und in den ersten Monaten werde ich doch ohnehin nur sehr wenig verdienen. Aber Mailand und meine Wohnung aufgeben, das wäre ein harter Schlag für mich.

Meine Wohnung bei den Colonne di San Lorenzo. Ich erinnere mich noch an die Freude, eine Wohnung ganz für mich allein zu haben, auch wenn diese nur gemietet war und sich über einem der vollsten Nachtlokale von ganz Mailand befand. Meine Wohnung, mein Zufluchtsort, wenn ich abends nach Hause kam, müde und zufrieden, nach einem Tag auf der Baustelle. Doch in den letzten Monaten sind ihre Wände immer näher gerückt, und langsam bekam ich keine Luft mehr. Außerdem kann ich sie mir jetzt gar nicht mehr leisten.

»Was wäre denn zu haben?«, frage ich niedergeschlagen.

Cristina zeigt mir einige Ein- und Zweizimmerwohnungen. Mit ziemlichem Unwohlsein wird mir klar, dass ich mir auch in Verate nichts leisten kann. Offensichtlich sieht man mir den Schock an, denn sie sagt: »Das kriegen wir schon hin, okay? Wann willst du denn anfangen?«

Eigentlich nie, aber da ich nicht drumherum komme, mache ich es lieber sofort: »Morgen, würde ich sagen.«

»Gut, dann bis morgen.«

Als ich gerade draußen bin, ruft Eugenia an. »Und, wie war es?«

»Gut, glaube ich, morgen um neun fange ich an.«

»Super, das freut mich. Dann musst du Papa keine großen Erklärungen abgeben. Oder?«

»Na ja, außer der Tatsache, dass ich nach Verate ziehen muss.«

»Warum das denn?« In Eus Stimme liegt die übliche, unverhohlene Abneigung, denn sie ist der festen Überzeugung, dass die Provinz eine eigene, unbetretbare Welt ist (es würde sie auch nicht wundern, wenn Mailand und Verate in unterschiedlichen Zeitzonen lägen).

»Weil Verate mehr als eine Stunde vom Mailänder Zentrum entfernt ist, und außerdem kann ich mir die Miete für meine Wohnung nicht mehr leisten.«

»Ach so, na, warte mal ab, es wird bestimmt schön da.« Die falsche Eugenia. »Aber ich habe angerufen, weil Sassi wissen wollte, ob ihr euch nicht noch in der Bar auf der Piazza treffen könntet. Sie geht da gerade hin.«

»Ja, sicher«

»Gut. Grüß mir die Mädels.« Klar, die Mädels von Verate.

Bald finde ich heraus, dass die einzige Bar auf der baumbestandenen Piazza die *Trattoria Moretti* ist.

Sassi läuft mir direkt am Eingang über den Weg. Natürlich ist sie diejenige, die mich erkennt.

»Du bist Eus Schwester, stimmt's? Ihr seht euch wirklich sehr ähnlich, obwohl ich irgendwie weniger … nein, mehr …«

Ich komme ihr zu Hilfe: »Du hast dir Eugenias Zwillingsschwester wahrscheinlich anders vorgestellt.«

»Na ja, sagen wir mal so: Ihr seid euch wirklich sehr ähnlich, aber du siehst bodenständiger aus.« Alles vorgetragen mit einem sehr netten Lächeln. »Komm mit, wir trinken etwas, und du erzählst mir, wie es gelaufen ist.«

An einem der Terrassentische mit Blick auf Fluss und Hügel berichte ich kurz von dem Gespräch und versuche, nicht zu desillusioniert zu klingen. Im Grunde bin ich ihr ziemlich dankbar, dass sie sich eingesetzt und mich für diesen Job vorgeschlagen hat.

»Eigentlich musste ich nur mit Alessandra reden, unserer Bürgermeisterin, aber dann ist es Mary gewesen, ihre Mutter, die uns Bescheid gesagt hat. Mary betreibt den Friseurladen neben der Agentur von Geometra Volpe.«

Stille Post ist nichts dagegen.

Während unseres Gesprächs bringt uns eine wie von Botticelli gemalte, wunderschöne Frau Tee und zwei Stücke köstlichen Rhabarber-Erdbeer-Kuchen, ohne dass wir irgendetwas bei ihr bestellt hätten. Sassi scheint das ziemlich normal zu finden.

»Dann fängst du morgen an, gut!«

»Ja, nur … eine Wohnung habe ich noch nicht. Ich muss hier irgendetwas finden, aber die Mieten sind ziemlich hoch …«

»Da hätten wir doch noch Großmutters Zimmerchen!«

Die Kellnerin steht noch am Tisch und lächelt uns an. Überraschenderweise hat sie das gesagt.

»Stimmt, Eleonora! Andrejs Zimmerchen!«, ruft Sassi begeistert.

Ich gucke mich um und habe den Eindruck, dass alle anderen Gäste unsere Unterhaltung genau verfolgen. Kümmert sich hier eigentlich niemand um seine eigenen Angelegenheiten?

Außerdem habe ich keine Ahnung, worüber die beiden sprechen. Aber so schnell geht das: weit weg von zu Hause, ich weiß, dass mein Gehalt gerade so über dem Existenzminimum liegen wird und dass ich mir davon auch noch eine neue Garderobe werde anschaffen müssen. Und dann ist da diese Sache mit dem Zimmerchen der Großmutter und/oder eines gewissen Andrej (das ich mir wegen der Verniedlichung klein und, warum auch immer, dunkel vorstelle). All das finde ich absolut deprimierend.

»Komm mit, ich zeige es dir.«

Widerwillig stehe ich auf und schlurfe nur aus Höflichkeit der Venus in Schürze hinterher.

»Eigentlich …« Jetzt bin ich anscheinend wirklich ganz unten: ein Job, den ich nicht haben will, ein mickriges Gehalt, mit dem ich mir nicht mehr als ein Zimmerchen werde leisten können (vielleicht). Am Abgrund der Gesellschaft. Eine Wohnung bedeutet mir sehr viel, und sie muss schon einigermaßen groß und hell sein. Ist sie das nicht, wird aus ihr ein Ort, den man besser meidet, als dass man dort Zuflucht sucht.

»Guck es dir nur an. Dann kannst du dich immer noch entscheiden!«

»In Ordnung.« Wie könnte ich zu diesen Mädels unfreundlich sein?

Wir gehen durch die Trattoria-Küche voll dampfender Töpfe und unzähliger Düfte, durchqueren einen mit angenehm bäuerlichen Grünpflanzen und Blumen natürlich bewachsenen Hof. Weniger natürlich sind die drei riesigen, mit Halstüchern in unterschiedlichen Farben versehenen Gänse am Fuß der schmalen Treppe, die (in meiner Vorstellung) zum Zimmerchen führt.

Eleonora bleibt auf ein Schwätzchen mit ihnen stehen. Ja, finde ich auch komisch. »Na, ihr drei, wie geht es euch? Heiß in den letzten Tagen, wie? Ihr dürft nicht zu viel essen, sondern müsst stattdessen viel Wasser trinken. Und bleibt nicht zu lange in der Sonne.« Offensichtlich verfolgt Eleonora das *Telegiornale 1*. »Und jetzt lasst uns mal schön brav vorbei.«

Und die Gänse machen ein wenig flügelschlagend Platz. Das hier muss ein Disney-Film sein. Sassi scheint das alles völlig normal zu finden.

»Das sind Penelope, Priscilla und Gedeone«, erklärt sie, als müsste ich unbedingt die Namen kennen. »Dein Auto kannst du natürlich hier zu unseren in den Schuppen stellen.«

»Gut«, antworte ich und denke, dass mein Yaris dann das erste Mal die Nacht nicht draußen auf der Straße verbringen würde. Mal etwas ganz Neues.

Beim Hochgehen überlege ich, dass das Zimmerchen ja anscheinend vom Rest des Hauses getrennt ist. Ich hoffe, dass es auch ein eigenes Bad hat und man nicht nachts über den von drei Federviechern bevölkerten Hof zur Toilette schleichen muss.

Die Treppe ist steil, und ich stelle mir das Ganze im Winter bei Schnee und Eis vor.

Zu meiner großen Überraschung gibt die geöffnete Tür dann den Blick frei auf ein hübsches Durchgangszimmer, das aus einer kleinen, aber hellen, gut ausgestatteten Küche mit einem schönen, dunklen Holztisch besteht. Aber wirklich baff bin ich, als ich das Schlafzimmer mit angeschlossenem Bad sehe: ein großes Ehebett und vor allem ein blumenbestückter Balkon, der auf den Fluss hinausgeht, mit einem lila Metalltischchen und zwei Stühlen.

Ich finde es schön. Sehr schön. Dieses »Zimmerchen« wird ein Vermögen kosten.

»Als meine Großmutter zu uns gezogen ist, hat der Fels, also mein Vater, gedacht, er könnte doch die kleine Wohnung hier über dem Schuppen für sie fertig machen. Später haben wir das Ganze dann renoviert und vermietet. Fast ein Jahr haben hier meine Schwester Costanza und Andrej gewohnt, als sie gerade zusammengekommen waren. Jetzt steht das Appartement frei. Ich will dich nicht drängen, aber es würde uns freuen, wenn du wieder Leben hineinbringen würdest, denn unbewohnte Wohnungen und Häuser werden mit der Zeit so leblos. Findest du nicht?«

Ich beantworte die Frage weniger poetisch, dafür praktischer: »Wie viel würde das Ganze denn monatlich kosten?«

Eleonora wirft mir einen überrascht-beleidigten Blick zu.

»Ich weiß nicht, da müssten wir Mama fragen. Strom und Gas müsstest du natürlich bezahlen, doch sonst weiß ich auch nicht recht.« Und sie runzelt weiterhin die Stirn, als hätte sie diese Frage nun wirklich nicht erwartet und hielte sie für unangebracht. »Aber es gefällt dir doch, oder?«

Ich finde die Sprache wieder. »Es gefällt mir sehr.« Dieses einfache, doch in Aufteilung und Details sorgfältig durchdachte Heim erzählt von vielen Dingen: von liebevoller Aufmerksamkeit für eine ungewöhnliche alte Dame, von der Liebe eines Paares, das hier sein erstes Nest fand, vom Wunsch, eine schöne, behagliche Bleibe zu schaffen und ihr Leben einzuhauchen.

»Ich muss schon wissen, wie teuer das ungefähr wird«, sage ich, als ich wieder auf den Boden der Tatsachen zurückfinde.

»Da einigen wir uns bestimmt.«

Na klar. Für eine solche Wohnung mit eigenem Eingang, komplett möbliert (und das hervorragend), könnte man locker fünfhundert Euro verlangen, und das wäre kein Mietwucher, im Gegenteil. Dann liegt sie auch noch an zentraler Stelle, wo die Nachfrage wegen der Nähe zum Krankenhaus sicher hoch sein wird.

Aber als wir zu Signora Tilde, Eleonoras Mutter, gehen, die gerade mit der Zubereitung von etwas beschäftigt ist, das ganz nach einer schmackhaften *Bouillabaisse* aussieht, fragt sie mich nur lächelnd, was ich mir denn so vorstelle. Ich?

»Also …«, antworte ich und versuche, Zeit zu schinden. Schnell rechne ich ein paar Dinge zusammen, was mir sofort Kopfschmerzen bereitet. »Ich würde mal sagen … vierhundert Euro?« Das ist die Hälfte meines Festgehalts, doch mir ist klar, dass diese Summe völlig unangebracht ist.

»Sagen wir … zweihundert, und du zahlst deine Nebenkosten?«

Beim »sagen wir« sank mir schon das Herz, und jetzt werfe ich ihr einen verwirrten Blick zu. »Wie bitte?«

»Ich finde, dass zweihundert Euro, die dann mit den Nebenkosten ohnehin zu dreihundert werden, ein anständiger Preis sind. Und wenn du Schwierigkeiten hast, dann sagst du mir Bescheid, okay?«

»Ja.«

Alles andere erübrigt sich.

»Freust du dich?«, fragt Eleonora.

Ja, mir ist ein Riesenstein vom Herzen gefallen, ich kann es noch gar nicht glauben. Warum vermietet jemand für so wenig Geld? Was auch immer das »Zimmerchen« für einen Pferdefuß hat, ich werde es nur herausfinden, indem ich dort einziehe.

Jetzt muss ich mich nur noch um meine neue Garderobe kümmern.

Ich erzähle Sassi von Volpes Dresscode.

»Vielleicht frage ich Eu, ob sie mir etwas leihen kann«, sage ich seufzend, obwohl ich mir nicht vorstellen kann, auf ihren Manolos herumzustaksen.

»Das ist gar nicht nötig, wir haben doch *Mariuccia!*« Es wundert mich nicht, dass Sassi auch hierfür eine Lösung hat.

Obgleich der Name eher ein verstaubtes Provinz-Modegeschäft vermuten lässt, ist *Mariuccia* eine höchst elegante Boutique, ebenso elegant wie die Besitzerin Terry, eine große, schlanke Signora in einem sonnengelben Kleid. Sie ist sichtlich erfreut über Sassis Besuch.

»Ah, *chérie*, meine Lieblingskundin, wie schön, dich zu sehen!«

»Das sagt sie zu allen!«, gibt Sassi zurück.

Terry macht eine wegwerfende Handbewegung, wobei sie mit ihrer Zigarette Asche um sich herum verteilt. »Stimmt.«

Sassi lacht und erklärt dann, warum wir da sind. »Ich habe eine Freundin mitgebracht, die deine Aufmerksamkeit braucht.

Geometra Volpe hat sie soeben eingestellt, und er meint, sie brauche eine ›angemessene Garderobe‹.«

Sie mustert mich kritisch. »Nicht, dass es einfach wäre, aus einem Schreiner in null Komma nichts Inès de la Fressange zu machen, *chérie*, aber ich werde mein Bestes tun. Außerdem kann unser Anacleto nicht gerade behaupten, von *Haute Couture* Ahnung zu haben!«

Und schon wühlt sie mit der zigarettenfreien Hand in den Kleidern, die auf Bügeln entlang der Wände hängen.

»Eine Hose, würde ich sagen, hier, diese schmal geschnittene ist perfekt für eine berufstätige *jeune femme*. Und ein paar weiße Blusen und welche mit blauen Streifen, ein bisschen *garçonne*. Du kannst dir das ja leisten, aber auch eine in Seide *imprimée*; es gibt ja noch etwas anderes als den Immobilienmarkt. Gürtel, eine Tasche, Ohrringe und dieses Jackett aus grüner Shantung-Seide mit Perlen auf dem Revers, ein wahrer *Bijou*, dann Zehentrenner à la Jackie O. Und hier noch Riemchen-Ballerinas, ganz die gute Audrey!«

Ich lasse mich auf das Sofa fallen, ein bisschen überfordert von dem Kleiderberg auf dem Ladentisch. Das kann ich mir niemals leisten.

»Wir brauchen noch etwas zum Überziehen, obwohl ja schon fast Sommer ist. Hier, diese Jacke aus hellem Hirschleder, *c'est parfait!*«

»Jetzt musst du nur noch alles anprobieren!«, meint Sassi begeistert.

Mein Gesichtsausdruck scheint Bände zu sprechen, denn Terry sagt ganz nonchalant: »Du zahlst, wenn du kannst, in Raten, *ça va sans dire*.«

Definitiv ein Disney-Film.

4

Vier Häuser (zwei aus subventioniertem, zwei aus privatem Wohnungsbau), je vier Stockwerke mit Kellergeschoss

Er sitzt im Schatten an einem Tisch mit herrlicher Aussicht auf die baumbestandene Flusslandschaft. Vor einem Hintergrund himmelblau blühender Plumbagos.

Ein eleganter Mann in hellgrauem Anzug, die schmale Krawatte eine Nuance dunkler, weißes Hemd. Aus den Sakkoärmeln schauen Manschetten hervor, darunter eine wichtige Uhr, an den Füßen glänzen englische Schuhe. Nur der sichtbare Teil der in graublauem Paisley gemusterten Socken passt nicht recht zu dieser aalglatten Aufmachung. Ein kühler Farbenmix, der einen satten Kontrast zu dem warmen Spätjuni-Nachmittag abgibt.

Vor sich hält er eine aufgeschlagene Zeitung, seine Beine sind übereinandergeschlagen. Das Profil hager.

Als ich vor ihm stehe, ist sein Blick hinter der Brille höflich, aber eisig. Höflich und eisig ist auch seine Stimme, als er sagt: »Architetto Maffei, nehme ich an.« Mit der Sorgfalt eines Origami-Meisters faltet er die Zeitung zusammen.

Es ist mein erster Arbeitstag bei der Agentur *Nicht Nur Wohnen* (werde ich mich jemals an diesen Namen gewöhnen?), und als Erstes muss ich mich mit Ingegnere Sanna treffen. Hoffentlich wird es keine Probleme geben (etwa, dass er meine völlige Unfähigkeit im Umgang mit Gutachten bemerkt), denn ich habe eine ziemlich anstrengende Woche hinter mir und bin noch recht angespannt.

Zu guter Letzt habe ich doch noch darum gebeten, einige Tage später mit der Arbeit anfangen zu dürfen, damit ich meinen Umzug organisieren und einige bürokratische Angelegenheiten regeln kann, wie zum Beispiel die Streichung aus der Liste der Architektenkammer für die Metropolitanstadt Mailand. Ein Vorgang, der so einfach und schnell ging wie er schmerzte. Ich musste nur ein Formular herunterladen, es ausfüllen, die verlangten Dokumente besorgen, einige Fotokopien machen, eine Stempelmarke mit den fälligen Gebühren kaufen und alles in die Post geben. Okay, so schnell nun auch wieder nicht. Aber für mich persönlich viel zu banal und unprätentiös, denn ich erinnere mich noch genau an den Tag, an dem ich mich dort eingetragen hatte, an die darüber empfundene Freude. Die Tür, durch die ich damals voller Stolz getreten war, schlug nun vor meiner Nase zu. Ich hätte mir eine längere, umständlichere Prozedur gewünscht, meinem Schmerz angemessen. Stempel und Ausweis waren entweder abzugeben oder selbst zu vernichten; diese beiden Möglichkeiten bot die Architektenkammer an. Ich entschied mich, vielleicht etwas feige, für Zweiteres, wohl wissend, dass ich diese beiden Dinge niemals vernichten würde. Als Trostpflaster habe ich mir den »Antrag auf Wiedereintragung« ausgedruckt und in Plexiglas gerahmt. In der neuen Wohnung werde ich ihn so aufhängen, dass er mich permanent an das erinnert, was ich sehr bald wieder werden muss.

Dann musste ich anfangen, meine Sachen für Verate zusammenzupacken. Eigentlich habe ich gar nicht viel, nur persönliche Dinge, denn die Wohnung in Mailand war möbliert.

Eugenia half mir beim Kistenpacken.

»Guck mal, ich habe mich extra wie ein richtiger Möbelpacker angezogen!«, rief sie beim Reinkommen. Ich nickte lächelnd. Aber wo sonst laufen Möbelpacker in Armani-Outfits herum? Trotzdem war ich für ihre Mühe dankbar.

Während ich dann Schubladen und Bücherregale leer räumte, blätterte sie in Büchern und durch alte Fotos.

»Guck mal, deine Doktorarbeit. ›Bianca Maffei und Irene Principe: *Der neue Bahnhof von Bergamo als Verbindungsglied zwischen Zentrum und südlichen Randbezirken. Eine architektonische Perspektive.*‹ Was wolltet ihr damit eigentlich sagen? Und das Foto hier. Weißt du noch? Das war, als du mit Irene per Interrail quer durch Europa gefahren bist; ich war da auf Formentera. Und hier, wie erschöpft ihr ausseht.« Meine entzückende Zwillingsschwester kramte weiter herum, holte Fotos hervor, und eine Menge Erinnerungen kamen auf: Urlaub mit Irene, der Griechenland-Trip nach dem ersten Jahr an der Uni und dem darauffolgenden Sommer mit Rucksack und Interrail-Ticket. Unsere in Bücher gesteckten Notizen, Irenes spitze, nervöse und doch so deutliche Schrift. Die Tickets für meinen Kindheitstraum *The Lion King*, die sie mir für die Londoner Vorstellung zu meinem fünfundzwanzigsten Geburtstag geschenkt hatte, unter der Bedingung, dass ich nie wieder zu ihrer Beruhigung »Hakuna Matata« sagen würde, und der Traum, eine so berühmte Architektin wie Gae Aulenti oder Zaha Hadid zu werden, eines Tages ein eigenes Büro zu eröffnen.

»Schöne Erinnerungen sind das, oder? Die packen wir alle zusammen in eine Kiste, dann findest du sie auch sofort wieder.«

Und plötzlich, inmitten all dieser Erinnerungen, die davon erzählten, was Irene und ich füreinander gewesen waren, wurde mir klar, dass es absurd war, all diese Jahre wegzuwerfen, ohne wenigstens noch einmal mit ihr geredet zu haben. Es wäre zu leicht, auch diese Tür einfach nur hinter mir zuzuschlagen.

Am nächsten Morgen saß ich in der *California Bakery* auf dem Corso Como, wo sie normalerweise frühstückt, und fühlte mich irgendwie wie ein Stalker. Beim Reinkommen blieb sie kurz stehen; ich glaube, sie befürchtete eine Szene, obwohl ich doch nur reden, verstehen wollte.

Sie setzte sich an meinen Tisch und sagte direkt: »Hör mal, es tut mir leid. Ich kann mir vorstellen, wie enttäuscht du bist.« Dabei fummelte sie am Schultergurt ihrer verräterischen neuen Prada-Tasche herum.

Eigentlich wäre ich gern gelassen und verständnisvoll geblieben, giftete dann jedoch direkt los: »Was tut dir leid? Dass sie dich behalten haben? Oder dass du mir nichts von deiner Affäre mit Mattavelli erzählt hast?«, nur um dann noch giftiger hinzuzufügen: »Als hätte das eine nichts mit dem anderen zu tun.«

Sie senkte den Kopf. Offensichtlich ein Treffer ins Schwarze. »Du hast recht. Ich hätte es dir sagen sollen. Doch mit Piergiorgio war es wochenlang ein einziges Hin und Her. Du warst ja nie im Büro, sonst hättest du auch etwas davon mitbekommen. Alle haben es bemerkt. Blicke und Sprüche zur Genüge, ständig lungerte er an meinem Schreibtisch herum. Und dann, na ja, dann ist es eben passiert.« Dabei sah sie konzentriert in ihren Cappuccino.

»Du weißt, dass er verheiratet ist, oder? Mit der Tochter seines Geschäftspartners.« Rein rhetorische Frage.

Sie guckte leicht genervt, doch ich fragte weiter: »Stehst du auf ihn oder auf das, was er repräsentiert? Würdest du auch auf ihn stehen, wenn er bettelarm wäre?«

»Was für eine banale Frage! Scheinheiligkeiten können wir uns hier ja wohl sparen. Ich liebe ihn für das, was er ist, für sein Genie, sein Charisma, die Bewunderung, die er auslöst, und alles, was ich von ihm lernen kann ... Und ja, auch für die Vorteile, die es hat, ihn an meiner Seite zu haben. Ich erwarte gar nicht, dass er seine Frau für mich verlässt, und ehrlich gesagt ist es mir lieber so, aber dass ich beruflich weiterkomme durch ihn, das hoffe ich schon.«

Diese Worte aus dem Mund einer in ein Genie verliebten Frau – von wegen Genie, Mattavelli ist schließlich nicht Renzo Piano – verbargen mehr schlecht als recht einen beneidenswerten Pragmatismus à la quid pro quo. Ich hätte sie niemals für eine gehalten, die auf ihren Vorteil bedacht ist. Wirklich durch und durch kennt man einen anderen eben doch nicht. Vielleicht ändern sich Menschen auch und passen sich den Umständen an. Oder wenigstens manche.

»Was hast du eigentlich gedacht, als er uns beide sprechen wollte?«, fragte ich und versuchte, sie nicht direkt zu verurteilen. Aber tat ich das nicht schon mit meinem Ton, mit meinen Fragen?

»Das war doch nur Theater. Er hat mir gesagt, dass er das machen musste, damit es nach außen nicht zu auffällig war. Für ihn war klar, dass mein Vertrag verlängert wird.«

Logisch. Wie dumm von mir. Mir fehlten die Worte. Ich schaute sie einfach nur an und hoffte, dass sie sehen konnte, wie himmelschreiend ungerecht und widerlich ich das alles fand.

Tatsächlich platzte sie heraus: »Komm schon, Bianca, du fällst doch weich. Dein Vater ist Unternehmer, und du hast immer gesagt, dass du sofort bei ihm einsteigen kannst.«

»Was ich immer gesagt habe, ist, dass ich mir mehr als alles andere wünsche, Architektin zu werden und nicht Fittings an irgendwelche Installateure in Illinois zu verkaufen. Und außerdem: ›Unternehmer‹! Krieg dich mal ein.«

»Okay«, schnaubte sie, »aber ein Dach über dem Kopf hast du sicher. Ich habe keinerlei Sicherheiten und muss ganz für mich allein aufkommen.«

»Um jeden Preis? Auch um den deiner Selbstachtung?«

»Du übertreibst. Ich versuche nur, so viel zu bekommen, wie es geht. Mit den Waffen, die mir zu Verfügung stehen.«

Da war sie: diese Fremde, meine Freundin Irene.

Dann überraschte sie mich aber doch noch: »Bianca, wir sind schon so lange befreundet. Bitte sag mir, dass sich das nicht geändert hat. Weißt du noch, unser Traum von einem eigenen Büro? Das ist doch immer noch unser Ding, oder?« Fast bettelte sie und hörte gar nicht mehr auf, ihren Cappuccino umzurühren.

Da fiel mir wieder ein, dass ich hierhergekommen war, um zu reden, zu verstehen, nicht, um zu urteilen. Vielleicht war es einfach nur ein wenig zu früh für mich. »Ja, das ist immer noch unser Ding.«

Dann ging ich, unzufrieden damit, wie das alles gelaufen war.

Was meine Laune nicht unbedingt verschlechterte, aber auch nicht verbesserte, war ein Anruf bei meinen Eltern, die schließlich auch noch über die Neuigkeiten informiert werden mussten. Von meinem Vater bekam ich einige verwunderte »Aha« und »Schön für dich« zu hören, in denen seine unverhohlene Missstimmung mitschwang. Dann ging er schnell über zu: »Bianca, du weißt ja, dass hier …«, was ich jedoch im Ansatz erstickte.

Meine Mutter hingegen nannte das Ganze ein »neues, aufregendes Abenteuer«, dann beendete sie das Thema mit einem für mich nicht tröstlichen, aber definitiven »Ich vertraue dir vollkommen«. Sie rollte folglich ihren imaginären Yoga-

Teppich aus und erzählte mir von ihrem neuen Guru und den neuen Asanas, die sie in seinem Kurs gelernt hatte. »Du solltest mal sehen, wie gut ich die Heuschrecke kann.« Lieber nicht, danke.

Wie gesagt, eine anstrengende Woche.

Und jetzt, noch ein wenig angeschlagen von alldem, stehe ich hier vor Ingegnere Sanna, vor dem sich die ganze Agentur fürchtet, wie ich herausgefunden habe. Damit meine ich den Geometra (so möchte er genannt werden) und Cristina, die sagte, als sie mir die Unterlagen gab: »Er ist wirklich nicht einfach, er kann … Na, du wirst sehen.« Und sie schüttelte den Kopf.

»Dann werde ich mir wohl ein paar Beruhigungstabletten besorgen«, versuchte ich schon einigermaßen nervös zu witzeln.

»Besser welche gegen Magenschmerzen«, gab sie ernst zurück. Das hat mich nicht wirklich beruhigt.

Nun stehe ich hier also etwas angespannt mit nervösem Magen.

Andrea Sanna reicht mir die Hand, um sie so energisch wie kurz zu drücken, und sagt: »Setzen Sie sich, Architetto.« Seltsamerweise schwingt da kein Unterton mit.

Er hat leichtes Spiel gehabt, mich zu erkennen. Cristina hat mich am Morgen mit Agentur-Merchandise ausgestattet. Namensschild, Mappe, Kugelschreiber und Kappe (die habe ich nicht angezogen; es gibt ein Limit an Selbstachtung, das ich nicht überschreite), alles in Rot mit dem weißen Schriftzug *Nicht Nur Wohnen* versehen. Dadurch bin ich leicht zu identifizieren.

Ich sitze noch nicht, da versetzt er mir schon einen Tiefschlag: »Obwohl Sie den Architektentitel wohl kaum noch tragen dürften, oder?« Wie reizend!

Ja, genau, auch das kommt noch hinzu: Ist man nicht in der Liste der Architektenkammer eingeschrieben, darf man nur noch seinen akademischen Grad angeben, nicht aber mehr den Titel tragen, auch wenn man das Staatsexamen gemacht hat.

»Sie mussten sich doch aus der Liste der Architektenkammer streichen lassen, um als Immobilienagentin arbeiten zu dürfen«, fügt er hinzu.

Wussten das denn alle außer mir?

»Eigentlich bewegt man sich da in einer Grauzone.« Ich versuche, meinen Titel zu verteidigen.

Doch Sanna hört gar nicht zu, sondern fragt ein bisschen versöhnlicher: »Wie möchten Sie denn genannt werden?«, als wäre es eine Gnade seinerseits, mir diese Wahl zu gewähren.

»Bianca, sehr gern Bianca«, antworte ich und schenke ihm ein schiefes Lächeln, das ich aus den Tiefen meiner verfügbaren Gesichtsausdrücke hervorgekramt habe.

Er mustert mich durchdringend, dann: »Ich werde Sie Maffei nennen.« Sein Tonfall erlaubt keine Diskussion. Die Entscheidung ist also hiermit getroffen.

Maffei, wie in der Schule, na super. Genau, super. So richtig.

»Haben Sie schon die Unterlagen prüfen können?«

»Ja, Herr Lehr... Ja, Ingegnere«, korrigiere ich mich sofort. Nicht, dass ich mir hier irgendetwas leisten könnte.

Stille. Er wirft mir einen fragenden Blick zu. Jetzt erwartet er, dass ich die Inhalte erläutere. Das ist ja wirklich wie in der Schule.

Und genau wie damals hole ich tief Luft. »Die Übereignung der ehemaligen ICTP-Häuser betrifft vier Gebäude mit dreiunddreißig Wohneinheiten im Ganzen, von denen zwanzig von Mietern belegt sind. Eines der Gebäude ist unbewohnbar ...«

Ich erläutere weiterhin die von der Kommune zur Verfügung gestellten Dokumente, dann widme ich mich dem Vorhaben derer, die seine Maßanzüge und Vacheron-Constatin-Uhren bezahlen. Ich hole die Lagepläne aus der Mappe und breite sie auf dem Tisch aus.

»Um diese Fläche hier geht es, etwa dreitausend Quadratmeter, von denen zweitausend bebaut und tausend für Grünflächen bestimmt sind. Den Zuschlag hat die Patrol Real Estate mit ihrem Projekt bekommen, das die Sanierung und Renovierung der Immobilien sowie eine Aufwertung des Geländes vorsieht. Ihr Unternehmen, Ingegnere, möchte die Wohnungen in zwei Gebäuden günstig vermieten, die Wohnungen in den anderen beiden zu Privateigentum umwandeln. Momentan hat man sich auf einen Kompromiss geeinigt, und vor Verkaufsabschluss möchte das Unternehmen ein gemeinsames Gutachten mit der Kommune erstellen, also mit der momentanen Eigentümerin, die die Häuser zum Verkauf stellt, die wiederum uns damit beauftragt hat.« Ich bin bestens vorbereitet, den ganzen Morgen und einen Teil des Nachmittags habe ich über diesen Unterlagen gesessen.

Während meiner Zusammenfassung hat Andrea Sanna sich darauf beschränkt, die Arme auf den Tisch zu stützen und seinen Blick auf mich zu heften. Nach kurzer Zeit irritiert mich das ziemlich.

»Und, wie war ich? Bekomme ich jetzt eine Eins?«, versuche ich, die Atmosphäre aufzulockern. Oder vielleicht auch, ihn aus der Reserve zu locken.

»Wie bitte?« Ich habe ihn aus dem Takt gebracht. Gut.

»Entschuldigung, aber das kam mir gerade vor wie eine Prüfung.«

Pause. Strenger Blick. Dann: »Maffei, ich will doch hoffen,

dass Sie zu den Menschen gehören, die wissen, welchen Platz die Dinge haben. Das fände ich sehr begrüßenswert.«

Ich? Wissen, welchen Platz die Dinge haben? Das fände er »begrüßenswert«? Ich spüre einen Stich im Magen. Cristina hatte recht: Ich hätte mir besser Magentabletten besorgen sollen.

5

Exklusiver Showroom auf zwei Etagen, 55 m², Altbau mit Innenhof. Sofort frei

Vor einer Woche fing hier in Verate mein »neues, aufregendes Abenteuer« an, und so langsam dämmert mir, wie dieser brianzolische Mikrokosmos funktioniert, in dem ich jetzt lebe und arbeite.

Zum Beispiel weiß ich nun über die Familie Moretti Bescheid. Das sind Signora Tilde, *deus ex machina* der Trattoria, und ihre beiden Töchter, Costanza, Wirtschaftsjournalistin, verheiratet mit Andrej, Arzt im nahe gelegenen Krankenhaus, und Eleonora, deren Mann Geologe ist und weit entfernt (ich glaube, in Sibirien) arbeitet. Sie unterstützt ihre Mutter rund um die Trattoria und hat außerdem zwei Kinder, Nuccia, elf Jahre alt, und Gabriele, sieben Jahre alt.

Nuccia ist definitiv einen kleinen Exkurs wert. Sie ist blond und hat grüne Augen, eine wahre Miniaturausgabe ihrer Mutter, doch sie ist schlau wie ein Fuchs.

An meinem ersten Tag im Hause Moretti wäre ich mit meinen Kisten auf der Treppe zur neuen Wohnung fast über diese kleinformatige Eleonora gestolpert. Dort saß sie, umringt von den drei Gänsen (Riesenviecher sind das). Von Durchkommen konnte keine Rede sein.

Sie sah mich mit ihren hellen Unschuldsaugen an: »Ciao, ich heiße Nuccia. Ich habe gehört, dass du Bianca heißt. Weshalb?«

Ich muss zugeben, dass mich diese Frage völlig aus dem Takt brachte.

»Wie ›weshalb?‹«

Sie seufzte, als müsste sie nun etwas völlig Offensichtliches erklären. »Weshalb du nach einer Farbe benannt bist, ›Bianca‹ bedeutet doch ›Weiß‹, und nicht nach einer Heiligen. Ist dir noch nie aufgefallen, dass für die Namenswahl eines Neugeborenen heutzutage nicht mehr ein Kalender zurate gezogen wird so wie früher, sondern eher eine Schachtel Buntstifte?«

»Wie meinst du das?« Ich hatte da wohl irgendetwas verpasst, denn ich verstand wirklich nicht, was sie mir sagen wollte.

»Komm schon. Farben statt richtiger Namen. Etwa Jade, Viola, Azzurra und sogar Blu. Auch Celeste, ein Name, von dem meine Großmutter sagt, er sei hier früher für Jungen üblich gewesen. Bianca. Wie erklärst du dir das?«

Ich? Wieso sollte ausgerechnet ich eine Erklärung dafür haben? Ich konnte höchstens etwas zur Verteidigung meiner Eltern vorbringen. »Also, was meinen Namen betrifft, da gibt es so einige Heilige und Selige, die ihn ebenso tragen. Ich feiere am zweiten Dezember meinen Namenstag, am Tag der heiligen Bianca von Castilla. Außerdem gibt es den Namen schon seit der Antike in vielen Ländern: Blanca, Blanche …«

»Wirklich?« Das schien sie zu versöhnen.

Unverzeihlicherweise unterschätzte ich dann aber meine kleine Gesprächspartnerin. »Außer Bianca gab es schon immer von Farben inspirierte Namen, Rosa zum Beispiel. Das war früher ein sehr häufiger Name.«

Auf diese Bemerkung hin warf sie mir einen vorwurfsvollen Blick zu. »Aber Rosa ist doch von einer Blume inspiriert, wie Ortensia, Flora, Margherita, nicht von einer Farbe!«

Da wurde mir klar, dass ich in dieser Diskussion keinen Fuß mehr auf den Boden bekommen würde. Ich gab also auf, und aus Angst, etwas noch viel Ärgeres loszutreten, verschwieg ich, dass auch Viola zu dieser letzten Kategorie gehörte. Wahrscheinlich hätte ich damit eine Diskussion über die Henne und das Ei entfacht.

Außerdem fand ich heraus, dass die Trattoria nie eine Alarmanlage brauchen wird, denn die drei Gänse veranstalten jedes Mal einen Höllenlärm, wenn ich den Hof überquere, gleichgültig, ob ich komme oder gehe. Daran werde ich mich wohl gewöhnen müssen.

Darüber hinaus habe ich in dieser ersten Woche in Verate zwangsläufig mitbekommen, dass am Dienstag Markttag ist. Geschäftiger Lärm weckte mich. Als ich aus dem Küchenfenster sah, war die Piazza unter einem Meer von Zeltplanen verschwunden, die aber nicht ganz die Fülle der farbenfrohen und duftenden Stände mit Obst, Gemüse, Backwaren, Käse und Brathähnchen verdecken konnten. Völlig unerwartet bereitete mir das Ganze urlaubshafte Freude.

Ich habe herausgefunden, dass die sommerliche Hitze in der Nähe von Wasser und Bäumen viel besser zu ertragen ist. Die Nächte sind kühl, und man schläft sehr gut in dem Zimmer zum Fluss. Auch wenn mir Mailand ganz schrecklich fehlt, muss ich doch zugeben, dass ich wunderbar ohne die stickige Hitze dort auskomme. Außerdem habe ich schon immer von einer Wohnung am Wasser geträumt.

Dass die *Trattoria Moretti* wirklich und tatsächlich das Herz dieses Ortes ist, habe ich mittlerweile auch festgestellt. Alle kommen hier vorbei. Die Angestellten des Krankenhauses und der Stadtverwaltung, Patienten, Kunden, Mütter, Großmütter und Kindermädchen, die mit den Kindern zum Spielen in den gegenüberliegenden Park gehen. Außerdem Pendler, die auf den Bus nach Mailand warten, Schüler und Lehrer des nahe gelegenen Gymnasiums. Alle. Das gemütliche, herzliche

Ambiente, die freundlichen Moretti-Mädels und die großartige Küche sind einfach unwiderstehlich. Wer möchte sich nicht unter einen der weißen Sonnenschirme setzen, die Blütenpracht rundherum und den liebenswert-zerstreuten Service von Eleonora genießen, die ohnehin bringt, was sie will. (»Ich weiß, dass du ein Schokohörnchen bestellt hast, aber probier einfach mal dieses Vollkornbrot mit Rosinen und Honig, und sag mir dann, was du davon hältst.«)

Ich habe herausgefunden, dass man in Verate nicht einfach so zur Frisörin gehen kann, denn ein schlichter Haarschnitt ist eben nicht so schlicht, wie man meinen könnte.

Bei meinem Besuch im Salon *Bei Mary* musste ich dementsprechend schlucken.

Noch auf der Schwelle wurde ich lautstark und freundlich begrüßt: »Architetta! Kommen Sie rein, dann machen wir Ihnen mal einen anständigen Schnitt. Sie haben es ja weiß Gott nötig«, was nicht unbedingt zu meinem Wohlbefinden beitrug.

Mary, die sich wie selbstverständlich zu meiner persönlichen Stilberaterin erklärte, versuchte, gegen die zahlreichen Föne anzuschreien: »Okay, also erst einmal Farbe, oder? Ziemlich viel getragen wird ja gerade Braun mit etwas helleren Strähnchen drin. Nennt man ›Tigereye‹. Damit könnten wir einen schönen modernen Stufenschnitt machen. Oder die Balayage-Technik mit etwas auffälligeren Farbreflexen, vielleicht Himmelblau oder Altrosa. Natürlich nur eine Strähne, sonst sieht es vulgär aus.« Und in einer Flut halb verständlicher Sätze plapperte sie immer weiter, während sie mich kritisch im Spiegel beäugte.

»Das klingt ja ganz gut, doch im Moment lieber nicht«, wagte ich schüchtern einzuwenden, denn ich dachte noch, meine Meinung würde in irgendeiner Art und Weise berücksichtigt. Aber so war es natürlich nicht.

»Und warum nicht?«, fragte sie mit einer ordentlichen Portion Empörung.

»Na ja«, gab ich zurück, »wäre das nicht ein wenig übertrieben?«

Das muss sie hart getroffen haben. »Ich verstehe euch junge Leute nicht. Ihr wollt nichts mehr riskieren. Immer in Grau oder Blau, kein Glitzer, von Pailletten ganz zu schweigen. Kein Volant, keine Schleife oder Rüsche, Meinesändi ist auch so. Immer wie ein Mann angezogen, obwohl sie sich doch alles erlauben könnte. Ich habe sie wirklich gut zurechtgemacht, aber ihr verleugnet eure Weiblichkeit, ihr alle!«

Den letzten Satz stieß sie mit der Inbrunst eines zu oft wiederholten Mantras aus.

Was sie wohl zu meinem Baustellen-Outfit gesagt hätte?

Ich habe auch die Bürgermeisterin kennengelernt: Alessandra Mantovani, ebenfalls mit einem Arzt verheiratet, Stefano. Tochter »meiner« Frisörin Mary (»Meinesändi«), befreundet mit Sassi und den Schwestern Moretti, mit denen sie in der Trattoria oft gemeinsam isst.

Vor allem aber habe ich gelernt, dass Geometra Volpe über große Geschicklichkeit im Verfassen seiner Immobilienanzeigen verfügt und dabei lieber erfinderisch ist, als ganz bei der Wahrheit zu bleiben.

Die Wohnungen im Zentrum von Verate? Allesamt »repräsentativ«, »in historischen Gebäuden«, »luxussaniert mit hochwertiger Ausstattung«.

Außerhalb des historischen Stadtkerns, also auf dem Land? »In vornehmer Umgebung«, »Panoramablick«, »ruhige Lage«.

Mansarden, die noch bis vor Kurzem Dachböden waren? »Elegante Penthouses mit spektakulärer Aussicht«.

Winzige Terrassen werden »gemütlich«.

Heruntergekommene Häuser bekommen »Charme«.

Abstellkammergroße Zimmer werden zu »Studios«.

Und was diese Anzeige hier bedeuten soll, weiß ich auch nicht:

Wunderbares Objekt, außergewöhnliche Wohninterpretation in stilvollem Zweckgebäude mit Historie

Ich hebe den Kopf und frage Cristina danach.

Ohne auch nur den Blick vom Monitor zu wenden, antwortet sie seelenruhig: »Ach das. Das ist der Wasserturm vom Aquädukt. Es wird nicht mehr benutzt, wurde es eigentlich noch nie; wir sind ja hier fast in den Bergen. Der Geometra wollte ihn an einen Liebhaber verkaufen, der Wohnungen daraus macht. Das hatte er dem Ex-Bürgermeister versprochen. Im Gegenzug dazu hatte der ihm das Amt des Baureferenten zugesagt, natürlich nur, wenn er die Wahl gewonnen hätte, aber die hat ja Alessandra gewonnen.«

Der Wasserturm?!

»Gibt es Wasserturm-Liebhaber?«

»Sieht so aus, momentan vor allem im Ausland, aber auch in der Emilia Romagna gibt es ein Sanierungsprojekt, das ›Wasserturm-Projekt‹. Das Interesse ist groß. Ich habe ein wenig im Internet recherchiert und bin auf einige solcher Sanierungen gestoßen. Natürlich wird man da noch ordentlich Arbeit reinstecken müssen.«

Ich gehe zum Fenster, und mein Blick sucht den großen, runden Turm aus rotem Stein. In der Tat, da wird man ordentlich Arbeit reinstecken müssen. »Wie hoch ist er eigentlich?«

»Dreiunddreißig Meter.«

»Und wie viele Stufen hat er?«, frage ich vorsichtig.

»Zweihundertvierundzwanzig, da sollte auf jeden Fall ein Aufzug eingebaut werden.« Ja, auf jeden Fall, bevor ich ihn irgendeinem Verrückten zeige, der das Ding kaufen will.

In dieser Woche habe ich schon gemeinsam mit Geometra Volpe eventuellen Kunden Wohnobjekte gezeigt (»Komm mal mit, dann siehst du, wie man das macht«). Ich konnte bewundern, wie geschickt er sich den verschiedensten Situationen anpassen kann (»Im historischen Stadtkern? Bloß nicht! Viel zu laut und unkomfortabel«, bei der Besichtigung eines einsamen Landhauses. »Aufs Land? Ich bitte Sie, da leben doch bloß noch Kühe«, wenn es um den Verkauf eines Objektes in der Stadt geht), wie er junge Paare zu Finanzierungen berät (»Es ist besser, wenn ihr das Geld von euren Eltern bekommt als von den Verbrechern bei der Bank«), wie er vertrauensvoll tut, um an bestimmte Informationen zu kommen (»Lebt die Großmutter denn noch? Ach, das freut mich aber. Wie geht es ihr denn?«).

Ich habe mich für den »Zertifikatslehrgang für Immobilienmakler«, angemeldet, an dessen Ende man eine Prüfung ablegt, und dann ist man Immobilienmakler. Falls mich nicht doch noch irgendwer hier rausholt, was ich – zugegeben – immer noch zu hoffen wage.

Ich hätte auch schon mit Ingegnere Sanna arbeiten sollen, doch er hat mich zweimal versetzt.

Anscheinend hatte er Wichtigeres zu tun.

Als Geometra Volpe mir zum zweiten Mal mitteilte, dass der Termin ausfallen würde, frühstückte ich gerade mit Sassi und Alessandra an der Bar der *Trattoria Moretti*, und ich konnte nicht anders, als herauszuplatzen, wie enttäuscht ich war.

»Ich weiß nicht, was ihm schon wieder so Wichtiges dazwischengekommen ist, dass er mir absagen muss.« Demonstrativ sah ich auf die Uhr. »Zehn Minuten vor unserem Termin.«

»Ach, wenn man aus Mailand kommt, kann immer irgendetwas dazwischenkommen«, meinte Sassi.

Aber Alessandra sagte überraschenderweise: »Aber Ingegnere Sanna wohnt doch in Verate; er ist unser Nachbar.«

Verwundert sah ich sie an. »Kennst du ihn? Ingegnere Sanna? Ich habe gelesen ...« Und fast hätte ich zugegeben, dass ich ihn sofort, nachdem ich ihn das erste Mal gesehen hatte, gegoogelt habe. Doch so gut kannte ich die Mädels noch nicht. In seinem Profil auf LinkedIn, in dem er einen ziemlichen Immobilienhai abgibt, steht, dass er in Mailand seinen Doktor als Ingenieur am Politecnico-Institut gemacht hat, dann an der Bocconi-Universität einen Master in Business Administration und nun nach diversen Auslandsaufenthalten Teilhaber der Patrol Real Estate ist, einem Unternehmen mit Grundstücken auf der ganzen Welt, das seinen Sitz in London hat. Ich dachte, er würde dort wohnen.

»Ja, er wohnt über uns. Seit etwa einem Jahr. Ich habe ihn kennengelernt, weil er im Rathaus die Versammlung besucht hat, bei der es um die Aufwertung des ehemaligen Areals der ICTP ging. Irgendwie hat er etwas Geheimnisvolles, findest du nicht?«

»Ich würde eher sagen: etwas Abweisendes«, gab ich zurück. Ich dachte dabei an unser erstes Treffen und daran, wie er einmal die Trattoria gerade hatte verlassen wollen und als Antwort auf mein freundliches »Guten Tag, Ingegnere« nur zerstreut genickt hatte, als hätte er mich gar nicht erkannt.

»Ich meine geheimnisvoll, weil er so seltsame Zeiten hat. Ich glaube, dass er so gut wie nie zu Hause ist, jedenfalls hört man keinen Laut von ihm. Stefano trifft ihn manchmal ganz früh im Treppenhaus, wenn er zur Arbeit geht. Sanna kommt dann gerade nach Hause und sieht aus wie einer, der die ganze Nacht auf den Beinen war.«

»Ah, ein *Viveur*! Ziemlich interessant, dein Ingegnere.« Sassi war hochamüsiert.

»Er ist nicht ›mein Ingegnere‹. Ich finde ihn äußerst kühl und unsympathisch«, protestierte ich.

»Sei doch nicht so *tranchant*. Du hast ihn doch nur ein Mal für wenige Minuten gesehen.«

»Sassi, du hörst dich schon an wie Terry. Das ist ja unerträglich«, neckte Alessandra sie.

Aber jetzt habe ich den ersten Kundentermin. Nicht, dass ich mehr tun müsste, als ihnen die bereits vom Geometra ausgewählte Wohnung zu zeigen, aber Grund genug, einen Kloß im Hals zu haben.

Denn Geometra Volpe hatte keine Zweifel gelassen: »Du musst den Verkauf heute abschließen. Andere Wohnungen in ihrem Budget haben wir nicht.«

Die Eheleute Luise kommen aus Neapel, sind mittleren Alters und möchten in Verate eine Wohnung für ihre Tochter Alice kaufen, eine sympathische, lebhafte junge Frau, die vor Kurzem ihre Ausbildung zur Krankenschwester abgeschlossen hat und hier am Krankenhaus eingestellt wurde. Ich lese die Wohnungsbeschreibung des Geometra:

Attraktive Zweizimmerwohnung mit schöner Aussicht ins Grüne, zentrumsnah, angenehme Umgebung. Besonders günstig

Verständlicherweise neugierig, was wohl mit »attraktive Zweizimmerwohnung« gemeint ist, suche ich mit ihnen die angegebene Adresse auf.

Die Wohnung liegt im Erdgeschoss eines Siebzigerjahre-Baus am Rand von Verate, zur Ortsstraße gewandt. Ein grünlicher Würfel, Fensterläden und Balkongeländer sind braun.

Das einzig Positive ist, dass der Bau von einer Gruppe Bäume verdeckt wird.

Im Hauseingang ist alles im gleichen abgeschmackten Grünton gestrichen, das Treppengeländer im Braun der Balkone.

Hoffentlich ist die Wohnung wenigstens hübsch hergerichtet. Aber meine Hoffnungen werden zunichtegemacht: Ein trauriger senffarben marmorierter Boden erwartet uns. Decken und Wände sind so übertrieben verkleidet, dass der Vorbesitzer über alles, sogar an die Wohnzimmerdecke, dunkle Holzlatten genagelt hat. Das lässt das Zimmer noch dunkler und bedrückender wirken, als es ohnehin schon durch die ebenerdige Lage und die davorstehenden Bäume ist.

Alice, die den ganzen Weg über fröhlich plauderte, wie glücklich sie sei, in diese neue, aufregende Phase ihres Lebens einzutreten, und wie sehr ihr alles in Verate gefalle, wird immer stiller in dieser zu allem Überfluss auch noch völlig absurd aufgeteilten Wohnung. Der Eingangsbereich ist unnötig groß, dafür gibt es eine winzige Kochnische. Das Bad ist ein renovierungsbedürftiges Kabuff, und in das Schlafzimmer passen gerade einmal ein Bett und ein Schrank.

Über alldem hängt eine Wolke unendlicher Traurigkeit.

»Na ja …«, versuche ich pflichtbewusst, das Ganze ein wenig schönzureden, »man könnte diese Wand hier rausreißen und die Zimmer anders aufteilen, die Verkleidungen entfernen, alles hell anstreichen, vielleicht in Cremeweiß, dann noch einige Verbesserungen im Bad vornehmen, und schon sähe hier alles ganz anders aus.«

»Ja, Signorina«, unterbricht mich der offensichtlich enttäuschte Vater. »Diese Wohnung hier war für uns interessant, weil sie unseren preislichen Vorstellungen entsprach. Eigentlich lag sie schon ein wenig darüber. Wenn wir jetzt noch groß renovieren müssten …«

Die Vergangenheitsform ist mir nicht entgangen. Nein, diese Wohnung kommt für sie nicht infrage.

»Wir könnten immer noch mit dem Besitzer über den Preis verhandeln«, schlage ich vor.

Aber Signor Luise – inzwischen habe ich erfahren, dass er Maresciallo bei den Carabinieri ist – hat seine Entscheidung getroffen. »Für unsere Alice möchten wir etwas anderes.« Mit »etwas anderes« meint er wahrscheinlich »etwas weniger Deprimierendes«.

Niedergeschlagen und desillusioniert gehen wir wieder. Innerlich versuche ich schon, mir zurechtzulegen, wie ich dem Geometra dieses *débacle* erklären kann.

»Können Sie denn gar nichts mehr für uns tun?«, fragt Alices Mutter und seufzt, was bei mir sofortige Schuldgefühle auslöst.

»Machen wir es so: Ich fahre jetzt zurück in die Agentur und schaue mir noch einmal alle Angebote an. Wenn ich etwas finde, melde ich mich sofort bei Ihnen. In Ordnung?«, schlage ich vor, obwohl ich weiß, dass ich damit nur falsche Hoffnungen wecke.

Schlussendlich verbleiben wir folgendermaßen: Familie Luise geht auf meinen expliziten Rat hin in die *Trattoria Moretti* essen, und ich durchsuche in der Zeit die Datenbank der Agentur. Das Mittagessen kann ich mal ausfallen lassen.

Aber wie ich schon annahm, ist meine Suche unter den Immobilienangeboten erfolglos. Alle verfügbaren Wohnungen liegen preislich weit über dem Budget der Luises.

Mehr aus Trägheit als sonst etwas schaue ich mir, schon ganz niedergeschlagen, noch die Anzeigen für Gewerberäume an.

Und siehe da: Überraschung!

Alt-Verate, exklusiver Showroom auf zwei Etagen, 55 m^2 in historischem Wohngebäude mit Hof. Sofort frei

Diese Anzeige könnte genau das sein, was wir suchen.

Etwas aufgeregt, aber hoffnungsfroh hole ich die nicht mehr ganz so niedergeschlagene Familie ab – bei Moretti gab es Signora Tildes samtiges Vitello Tonnato –, und zusammen überqueren wir die Piazza und betreten das schöne Jugendstilhaus, in dessen dekorativem, historischem Inneren sich angrenzend an den Hausgarten die frühere Werkstatt des ortsansässigen Blumenhändlers befindet.

Zwei riesige blaue Hortensien säumen eine kleine Steintreppe, und nach drei Stufen steht man schon in der Wohnung. Den Betonfußboden könnte man mit einer Wachsbehandlung (ich würde sagen, Grau mit einem leichten Lilastich) ganz einfach aufwerten. Leichte weiße Gardinen, kombiniert mit schweren, vielleicht grünen Vorhängen würden sich wunderbar an den bodentiefen Fenstern machen, und um das große steinerne Waschbecken herum kann man die einsehbare Küche gruppieren, farbig gestaltet. Schließlich führt eine schlichte antike Wendeltreppe mit einem schönen, schmiedeeisernen Geländer auf eine Galerie, die sich wunderbar als Schlafzimmer eignet: stilechter Dielenboden mit einem guten Schuss Patina, der abgeschliffen zu neuem Glanz finden wird. Ein kleines, mit dem Nötigsten ausgestattetes Bad in zartem Rosa. Dies alles scheint mir der perfekte Ort für eine junge Frau zu sein.

In der Luft hängt noch der schwache, aber beständige Duft der Blumen, die hier lange Zeit in den nun leeren, über den Boden verteilten Metallvasen standen.

Beim Erkunden der Wohnung wird Alice immer begeisterter. Auch ihre Eltern lassen sich langsam anstecken, vor allem, als ihnen nach einigem Rechnen klar wird, dass sie mit Kaufpreis, Nutzungsänderungsantrag und einigen kleinen Arbeiten weniger ausgeben werden, als sie ursprünglich veranschlagt hatten.

»Die Wohnung liegt fast gegenüber dem Krankenhaus. Wie Sie sehen, ist der Hof äußerst gepflegt. Dort hinten in der Ecke steht ein Ständer für Fahrräder, die das eigentliche Fortbewegungsmittel in Verate sind.« Ganz sicher weiß ich das nicht, aber es scheint mir plausibel.

»Papa, die will ich haben!« Alice ist Feuer und Flamme.

Der Vater tut etwas nachdenklich, dann sagt er: »Wenn sie dir gefällt, kaufen Mama und ich sie für dich.«

Ich bin glücklich. Oder wenigstens froh, dass alles geklappt hat, bis ich im Hauseingang auf Ingegnere Sanna stoße, der offensichtlich gerade nach Hause kommt.

Wenn er sich wundert, mich hier zu treffen, dann zeigt er es nicht. Ungeachtet der Tatsache, dass ich in Begleitung bin, ruft er mir zu: »Ach, Maffei, das trifft sich ja gut. Ich erwarte Sie morgen um acht Uhr an der Bar in der *Trattoria Moretti.* Wir fangen mit dem Gutachten an.«

Diese Nachricht versetzt mich in Panik, aber gleichzeitig bin ich absurderweise wirklich froh, dass er weiß, wer ich bin.

6

Lichtdurchflutetes Penthouse mit Panoramablick im fünften Stock, vornehmes, historisches Gebäude

Anstatt sich zu freuen, wie ich es erwartet hätte, wunderte sich Geometra Volpe über den abgeschlossenen Verkauf an die Signori Luise. »Ich verstehe nicht, dass den Kunden die von mir angebotene Wohnung nicht zugesagt hat. Ich dachte, das wäre genau das Richtige für sie, so … so …«

»Besonders?«, schlage ich vor.

»Genau, besonders.«

»Ich weiß nicht, manche Leute sind wirklich komisch, Geometra.« Zum Beispiel wenn sie nicht in deprimierenden Wohnungen leben möchten – von Wohlfühlen ganz zu schweigen.

»Nicht wahr?« Jetzt freut er sich, dass er in mir eine Gleichgesinnte gefunden hat. Zwei Sekunden lang komme ich mir mies vor, länger aber auch nicht.

»Auf jeden Fall haben wir sie zufriedengestellt, das ist doch gut. Der nächste Termin ist in fünfzehn Minuten. Was sollte ich über diese Kunden wissen?«, frage ich meinen Chef.

»Ach ja! Dottoressa Frischi ist die neue Laborverantwortliche bei Parodi Valsecchi, erst vor Kurzem mit ihrer Familie von Florenz nach Verate gezogen. Die Wohnung sucht sie für ihre Mutter; sie selbst hat schon über die Firma eine.« Er seufzt, und man merkt ihm die Enttäuschung über die verpasste Provision an. »Ihre Mutter ist seit Kurzem Witwe. Sie verkaufen jetzt die alte Wohnung der Familie in Mailand, und das heißt, es wird interessant, denn wir haben keinerlei

Limit beim Budget.« Hier leuchten seine Augen schon wieder.

»Gut.« Das wird mir Gelegenheit geben, mit den Kunden eine der Wohnungen in »vornehmer Umgebung« anzusehen, die der Fabulierkunst des Geometra zum Opfer gefallen sind.

Zum Termin in der Agentur erscheint dann lediglich Dottoressa Frischi.

Eine attraktive Frau um die fünfzig, der das enge Kleid aus grauer Merinowolle gut steht. Sie ist sorgfältig geschminkt und trägt einen blonden Pagenschnitt, der aussieht wie frisch geschnitten, außerdem schlichten, aber außergewöhnlichen Schmuck. Automatisch kontrolliere ich, ob bei mir alles sitzt, und versuche, mein Haar ein wenig zu ordnen.

»Entschuldigen Sie, Signorina, doch ich habe nur sehr wenig Zeit«, sagt sie, noch bevor sie sitzt. »Ich habe Ihnen eine E-Mail geschickt, in der aufgelistet ist, wie die Wohnung sein sollte.« Ich schaue mir im Computer die ziemlich lange Liste an. »Wie Sie wissen werden, ist die Wohnung für meine Mutter. Sie sollte unbedingt in meiner Nähe wohnen. Die Gegend habe ich für Sie vermerkt, also im historischen Stadtkern, mit Portier natürlich. Wohnküche – keine kleine Küche oder, noch schlimmer, eine Kochnische –, mindestens zwei Schlafzimmer, denn ich muss zukünftig mit festem Pflegepersonal rechnen, zwei Bäder, davon wenigstens eines mit Wannenbad, beide mit Fenster, außerdem ein Keller. Eine Garage ist nicht unbedingt erforderlich. Auf jeden Fall aber muss die Wohnung im Erdgeschoss liegen und barrierefrei sein, denn in Zukunft wird sich meine Mutter eventuell mit einem Rollstuhl behelfen müssen. Schön wären Grünflächen in der Nähe des Wohnhauses. Es sollte etwas Solides sein, denn für mich ist es auch eine Investition. Also bitte keine Extravaganzen. Haben Sie das? Gut. Ich rufe Sie um vier Uhr an, dann können Sie mir eventuelle Neuigkeiten mitteilen. Ab heute Abend erwarte ich Angebote von Ihnen.«

Ich habe gerade einmal Zeit zu nicken, schon ist sie wieder weg.

Weniger ein Termin als ein Briefing.

Während ich in der Datenbank nach Wohnungen suche, die den Anforderungen der Kundin entsprechen, kommt Cristina, bietet mir einen Tee an und fragt: »Wie war es denn heute Morgen mit dem Ingegnere?«

»Genau, wie war es?«, will nun auch der Geometra wissen und schaut von seinem Zwischengeschoss herunter. Aus beiden spricht die Angst, dass ich die Beziehung zu ihrem besten Kunden ruiniert haben könnte. Also unterdrücke ich das Bedürfnis, detailgetreu von der Arbeit mit Andrea Sanna zu erzählen, und sage einfach nur: »Gut.«

Die auf diese Unwahrheit folgende Stille spricht Bände. Sie glauben mir kein Wort.

Ich kam viel zu früh zum Termin mit Sanna um acht Uhr morgens (aber ich wohne ja auch in der *Trattoria Moretti*), weil ich hoffte, dann noch in Ruhe frühstücken zu können. Doch er, der Ingegnere, war natürlich schon da, an seinem üblichen Tisch, wie üblich elegant grau in grau gekleidet.

»Guten Morgen, Maffei. Darf ich Sie zu einem Kaffee einladen?«, war seine freundlich-steife Begrüßung.

Eigentlich bin ich morgens etwas ganz anderes gewohnt, doch ich wusste nicht, wie ich ihm das hätte erklären können, ohne unhöflich oder gefräßig zu wirken. Aber zu meiner großen Erleichterung blieb Eleonora ihrer Gewohnheit treu und bediente uns schon, ohne dass wir etwas bestellt hatten. Schwarzen Kaffee für ihn, ein Stück Kirschgebäck, Müsli mit Joghurt und frisch gepressten Saft für mich.

Aber meine unendliche Erleichterung darüber, diesen Tag nicht auf nüchternen Magen begehen zu müssen, war nur von kurzer Dauer. Denn nachdem Sanna einen neugierigen Blick geworfen hatte auf das, was da vor mir stand, und beinahe unmerklich den linken Mundwinkel zu einer Art Lächeln hob, bemerkte er: »Sie halten offensichtlich das Frühstück für die wichtigste Mahlzeit des Tages.«

Dann sah er zu, wie ich mich bemühte, lautlos zu essen, und der Versuchung widerstand, mir Kirschmarmelade von den Fingern zu lecken. Nach diesem zur Tortur gewordenen Frühstück sagte er: »Ich würde mit den Außenvermessungen anfangen. Ich nehme an, das können Sie?«

»Sicher«, antwortete ich. Einen Moment lang wollte ich ihm schon beichten, dass ich noch bis vor Kurzem davon überzeugt gewesen war, bis an mein Lebensende Vermessungen durchzuführen.

»Kamera und Theodolit besorgt uns Geometra Volpe.« Ein Glück, ich sah mich schon Stativ und Apparatur schleppen, gut zwanzig Kilo zusammen.

Sanna warf einen Blick auf die Uhr. »Eigentlich glaube ich, dass er schon auf uns wartet. Wollen wir aufbrechen?«

Wir wollten und nahmen den kürzesten Weg, am Fluss entlang. Werktags um die morgendliche Zeit wimmelte es hier nicht wie sonst von Radfahrern und Spaziergängern. Wie es sich gehört, öffnete mir Sanna das Törchen, das vom Garten der Morettis zum Flussweg geht, achtete darauf, die lärmenden Gänse nicht rauszulassen, und dann waren wir allein. Er sagte kein Wort. Ich auch nicht. Ein wenig verlegen (bin ich immer in seiner Nähe, das muss ich wohl oder übel zugeben) und schweigend. Aber der Zauber dieses frühsommerlichen Morgens, taghell und noch durchhaucht von morgendlicher Frische, der neben uns hersprudelnde, reine Fluss, die zwitschernden Vögel in den großen, sich im Wasser spiegelnden Bäumen und der frische Grasduft brachten mich fast gegen meinen Willen zu dem Ausruf: »Wie wunderschön es hier ist, finden Sie nicht?« Ihm folgten eine peinliche Stille und schließlich ein lakonisches: »Ja, ganz schön.«

Ein wahrer Romantiker.

Die vier Häuser tauchten hinter einer Flussbiegung auf. Angeordnet hinter dem Krankenhaus, vier graue Würfel aus den Siebzigern mit grünen Dächern und roten Fensterrahmen, die irgendwie skandinavisch anmuten, was noch verstärkt wird durch einige Birken auf der etwa tausend Quadratmeter großen Grünfläche davor. Von Weitem sehen sie noch ganz in Ordnung aus. Aber je näher man kommt, desto deutlicher treten die Zeichen jahrelanger Vernachlässigung und fehlender Instandhaltungsmaßnahmen zutage. Eines der Häuser ist sogar unbewohnbar.

Der Garten, in dem Volpe auf uns wartete, war völlig verwahrlost. Eine Ecke diente als Müllplatz, aber so unordentlich, dass alles aussah wie eine illegale Müllkippe.

Der Geometra legte den Theodolit auf ein Stück spärliches, verbranntes Gras, wo wohl früher ein Blumenbeet gewesen war, drückte mir die Kamera und den Vermarkungsnagel zum Abstecken des Bodenpunkts in die Hand und ging dann eilig davon. Dabei versuchte er, mit einer Haarsträhne seine Halbglatze zu kaschieren, und murmelte etwas über eine nicht funktionierende Heizung. Ende Juni, bei mindestens dreißig Grad im Schatten. Ein wahrer Notfall.

»Wissen Sie, wie man es stationiert?«, fragte Sanna und zeigte auf das Messgerät. In seiner Stimme lag mehr Neugier als Misstrauen.

Ich blieb ihm die Antwort schuldig und beschränkte mich darauf, entspannt Fotos und Messungen vom Außengelände zu machen. Offensichtlich erwartete er, dass ich ihn bei der Positionierung des Prismas um Hilfe bitten würde. Aber das ließ ich schön bleiben, nahm es, brachte es allein in Position, ging in aller Ruhe zurück und steckte den Punkt ab. Um hier mal die Verhältnisse zu klären. Kein einziges Mal sah ich ihn an, ich ignorierte ihn einfach. Damit ich unter seinem Kontrollblick nicht durcheinandergeriet, nicht unsicher wurde. Als wäre das eine Prüfung. Wahrscheinlich war es das auch, und während ich den Punkt maß, die Libelle einspielte und das Instrument zentrierte, fühlte ich mich beobachtet, bewertet, seziert.

Er half mir, das Vermessungsgerät zusammenzulegen, und froh bildete ich mir ein, einen Hauch Anerkennung in seiner Stimme zu hören, als er sagte: »Gut, jetzt können wir mit den Hausbesichtigungen anfangen. Ich würde vorschlagen, wir beginnen mit den vermieteten Wohnungen. Bitte geben Sie den Bewohnern von Gebäude C Bescheid. Wir fangen morgen früh um acht Uhr an.«

Dann kam Volpe, lud uns und den Theodolit ein, und zusammen fuhren wir ins Zentrum von Verate. Das Ganze dauerte ungefähr zwei Stunden. Kamen mir vor wie hundert.

Bevor wir auseinandergingen, das übliche, entmutigende: »Ich hoffe, Sie waren präzise mit den Kollimationswinkeln und sind in der Lage, die Werte in den Computer zu übertragen.«

Darauf antwortete ich einsilbig: »Ja, war ich, ja, werde ich.« Daraufhin warf mir der Geometra einen panischen Blick zu.

Um Punkt drei Uhr ruft Dottoressa Frischi an, worauf ich glänzend vorbereitet bin.

»Ich habe hier zwei Wohnungen, die Ihren Vorstellungen

entsprechen, beide bei uns in der Nähe. Sagen Sie mir, um wie viel Uhr es Ihnen passt.«

Wir verabreden einen Termin für sechs Uhr.

Diesmal kommt auch ihre Mutter mit.

»Sie wollte unbedingt«, erklärt die Dottoressa, als wäre ihre Mutter nicht da.

Ich konzentriere mich ganz auf die ältere Dame, die nicht wirklich alt ist. Sie sieht ausgesprochen nett aus, klein und weich, in eine lange orange Leinentunika gehüllt, viele bunte dicke Perlenketten um den Hals, Birkenstocks an den Füßen und mit einer geblümten Umhängetasche aus Korb.

»Barbara«, stellt sie sich mit einem energischen Händedruck und einem freundlichen Lächeln vor.

Und los geht's zur ersten Wohnung.

90 m², Wohnung mit separatem Eingang in ruhiger, friedlicher Lage, Portier-Service vorhanden. Zwei Zimmer, zwei Bäder, großzügiger Wohnraum, Wohnküche

Angekommen an einem vornehmen Gründerzeithaus, habe ich Mühe, von der Portiersfrau eingelassen zu werden. Hier nehmen sie es so genau, dass es fast unhöflich ist. Schlussendlich lässt sie sich überzeugen, dass weder ich noch die beiden Damen in meiner Begleitung kriminelle Absichten gegenüber den Hausbewohnern hegen, und erlaubt uns, die Wohnung zu besichtigen.

Ein schöner Eingangsbereich, dann ein Flur, von dem aus man links in das Esszimmer, die Küche und ein Bad kommt, rechts in die beiden Schlafzimmer, zwischen denen das zweite Bad liegt. Das Haus ist in einem guten Zustand, doch der vornehme Marmorfußboden ist ein wenig zu dunkel, und da die

Wohnung im historischen Stadtkern und darüber hinaus im Erdgeschoss liegt, ist sie recht düster. Doch der Blick in den Park ist hübsch, und die Ausrichtung nach zwei Seiten verspricht eine hervorragende Luftzirkulation.

»Diese Wohnung gefällt mir außerordentlich, Mutter. Ganz deinen Ansprüchen entsprechend, auch den zukünftigen. Außerdem ist der Portier-Service überaus aufmerksam, und das finde ich wirklich beruhigend.«

Barbara (innerlich nenne ich sie schon so) und ich werfen uns einen irritierten Blick zu.

Während ihre Tochter die Abflüsse kontrolliert, sagt Barbara schüchtern zu mir: »Wissen Sie, Signorina, ich male sehr gern.«

Anfangs berührt mich das nicht besonders, wie das so ist, wenn Leute etwas Privates erzählen, ohne dass man sie darum gebeten hätte. Dann jedoch sehe ich mir diese Erdgeschosswohnung in ihrer zwar malerischen, aber dunklen Zentrumsgasse noch einmal mit anderen Augen an und habe dabei Barbaras Stimme im Kopf, die Stimme einer Frau mit einem Traum, für dessen Verwirklichung sie Hilfe braucht.

Die zweite Wohnung betrachte ich sofort mit den Augen eines Menschen, der das Malen liebt. Und sie besteht die Prüfung nicht. Während die Tochter ihrer immer uninteressierter wirkenden Mutter die sinnvolle Anordnung der Steckdosen zeigt (»Schau mal, Mutter, alle auf der richtigen Höhe, da brauchst du dich nie zu bücken«), suche ich auf meinem Tablet nach Wohnungen, die ganz anderen Anforderungen entsprechen.

Und da ist auch schon eine:

Lichtdurchflutetes Penthouse mit Panoramablick im fünften Stockwerk, vornehmes, historisches Gebäude. Stimmungsvolle Innenausstattung. Sofort frei

Ich gehe kurz außer Hörweite und rufe in der Agentur an, um auch sicherzugehen, dass im Haus ein Portier ist.

»Natürlich«, versichert mir Cristina. »Meine Eltern wohnen da, und die Portierin ist meine Mutter.« Was für eine wunderbare Überraschung! Cristina ist eine der offensten und herzlichsten Menschen, die ich jemals kennengelernt habe, und ich hoffe, ihre Mutter ist ebenso.

Ich habe Mühe, der Tochter gegenüber diesen so gar nicht ihren Vorstellungen entsprechenden Vorschlag zu rechtfertigen.

Doch ihre Mutter (deren Augen schon bei dem Wort »lichtdurchflutet« aufleuchteten) setzt sich freundlich, aber bestimmt durch. »Diese Wohnung möchte ich sehen, Amanda.« Und Dottoressa Frischi kommt mit, wenn auch unwillig.

Das Sprichwort »Der Apfel fällt nicht weit vom Stamm« findet in Signora Gianna, Cristinas Mutter, seine volle Bestätigung. Sie empfängt uns nicht nur herzlich und fröhlich, sondern besteht auch noch darauf, uns zu begleiten und zu helfen, die Fensterläden zu öffnen.

»Sie werden sehen, es ist eine wahre Freude!«, begeistert sie sich, während wir in den großen Aufzug steigen, in den in Zukunft, sicher nicht in naher, ohne Weiteres ein Rollstuhl passen dürfte.

Das Dachgeschoss wurde erst vor Kurzem ausgebaut, war also noch nie bewohnt und riecht noch ganz neu.

»Schauen Sie nur, dieses Licht!«, ruft Signora Gianna Barbara mir zu, auf deren Gesicht ein seliges Lächeln erschienen ist. »Und der Ausblick! Ganz Verate sieht man von hier, die Dächer, den Park und da unten den Fluss und die Hügel.« Was aber unsere Künstlerin regelrecht verzaubert, ist das große Dachfenster, das fast eine ganze Seite ausfüllt und den großen

Wohnraum und die integrierte Küche mit Licht versorgt. Ein perfektes Maleratelier.

»Gut, Mama, jetzt waren wir ja hier …« Das Penthouse lässt die Tochter völlig kalt.

»Ich finde diese Wohnung ganz bezaubernd, Amanda«, sagt Signora Barbara ruhig und entschieden.

»Das verstehe ich ja, aber sie ist doch gänzlich ungeeignet. Du wirst schließlich nicht jünger, und wir müssen an die Zukunft denken. Ich muss dich gut untergebracht wissen.« Man merkt, dass Amanda keine Widerworte gewohnt ist, auch nicht von ihrer Mutter.

»Hier bin ich bestens untergebracht, genau so ein Licht brauche ich, und ich könnte endlich wieder malen«, antwortet die zutiefst berührte Barbara auf die Proteste ihrer Tochter, die einen verzweifelten Seufzer ausstößt.

Dann sagt Dottoressa Frischi: »Ja, Mama, deine Aquarelle, ich weiß, doch hier wird es im Sommer sicher sehr heiß und im Winter bitterkalt, mit diesen riesigen Fenstern …«

»Ganz und gar nicht. Die sind alle isolierverglast, diese Wohnung hat die Energieeffizienzklasse A. Sie ist sehr gut isoliert und hat eine Klimaanlage.« Cristinas Mutter sollte unbedingt diesen Job machen. Meinen Job.

Ich übernehme wieder meine Rolle. »Außerdem hat sie zwei Schlafzimmer und zwei Bäder, wie Sie es wollten, und ob man die Küche so belässt, kann man ja noch überlegen … Haben Sie die Ausstattung gesehen? Die Mosaikarbeiten in den Bädern sind wunderschön, und in einem ist ein Wannenbad vorgesehen.«

Kopfschüttelnd über die unerwartete Entschiedenheit ihrer Mutter, lässt sich Dottoressa Frischi schlussendlich überzeugen und kommt dann auf den Preis zu sprechen. »Wenn mein

Angebot angenommen wird, können wir den Vorvertrag abschließen.«

Ich versichere ihr, mit der Besitzerin zu sprechen und sie auf dem Laufendem zu halten. Gewiss werde ich das Geschäft abschließen können.

Beim Rausgehen dreht sich Barbara fast heimlich zu mir um und drückt herzlich meine Hand, dann sagt sie sichtlich aufgewühlt: »Danke, danke! Sie können sich gar nicht vorstellen, was dies hier für mich bedeutet!«

Das berührt mich tief.

Das richtige Heim kann also doch glücklich machen, oder?

7

Außergewöhnliches Gründerzeithaus mitten im Grünen, 400 m².
Imposante Deckenhöhe. Absolut sehenswert

Heute Morgen zusammen mit Sanna Besichtigungen der Wohnungen. Gestern Nachmittag habe ich die Termine vereinbart, und da Haus C anscheinend nur von Rentnern bewohnt wird, werden wir wohl heute mit allen Besichtigungen durchkommen.

In einem Anfall von Selbstbestimmung habe ich darum gebeten, dass wir uns direkt vor den Häusern treffen. Um in aller Ruhe frühstücken zu können.

Und da wartet er auch schon. Sogar hier, in diesem völlig heruntergekommenen Sozialbau-Treppenhaus voller Fahrräder und mit Flyern vollgestopfter Briefkästen, schafft er es, wie ein eleganter Snob auszusehen, der sich so richtig wohlfühlt in seiner Haut.

Genau, schon die Gemeinschaftsflächen sind, gelinde gesagt, baufällig. Und ich spreche nicht vom aufgerissenen Boden und dem Zustand der Wände und Treppen, sondern von den allgegenwärtigen feuchten Flecken, die Schlimmes in den Wohnungen vermuten lassen.

»Fertig, Maffei?« Auf mein Bejahen fragt er: »Wo fangen wir an?«

»Im vierten Stock, dann können wir sofort den Zustand des Daches bewerten.«

»Wissen die Anwohner Bescheid?«

»Natürlich.«

Er nickt zufrieden.

Die erste Wohnung ist von den Signori Russo bewohnt, einem betagten Ehepaar, von dem wir äußerst herzlich begrüßt werden.

Man merkt der Signora ihre Verlegenheit und die gleichzeitige Bewunderung für Sanna an. Denn trotz allem ist er ein gut aussehender Mann mit ganz eigenem Charme, einem Charme, den ich als ziemlich arktisch bezeichnen würde.

»Was können wir Ihnen anbieten?«

Ich sehe den Ingegnere an, der mit undurchdringlichem Blick den Kopf schüttelt.

»Danke, Signora, doch wie ich schon am Telefon sagte, brauchen wir nur ein paar Minuten«, sage ich.

Ihre Enttäuschung ist riesig.

»Nicht einmal einen Kaffee?«, fragt sie voller Hoffnung.

Eine so traurige Frage, dass Sanna und ich gleichzeitig antworten.

»Ach, ja, doch.« Ich.

»Nein, danke.« Er.

Ich erlaube mir, ihm einen bittenden Blick zuzuwerfen, und dieses Mal gibt er ein positives Zeichen von sich, gefolgt von einem kaum hörbaren Seufzer.

Der Punkt geht an mich.

Signora Marias Freude ist so groß, dass Sanna sich zurückhält und mit uns Platz nimmt in dem mit glänzenden Möbeln und unzähligen Fotos ausgestatteten Wohnzimmer.

Der in den »guten« Tässchen servierte Kaffee ist ein Gedicht. Das sage ich auch und werfe dem Ingegnere einen Blick zu in der Hoffnung, dass er das bestätigt.

»Ja, wirklich, köstlich.«

Signora Maria sagt zurückhaltend: »Ach, wissen Sie, ich

komme aus Neapel. Wenn ich keinen guten Kaffee zustande brächte, das wäre doch eine Schande. Ich freue mich, dass er Ihnen und dem Signore schmeckt.« Aber sie wagt gar nicht, Sanna anzusehen.

Ganz anders Signor Antonio, der gern erzählt. Von den nahezu sechzig Ehejahren (»Wir waren fast noch Kinder, als wir geheiratet haben«), von den vierzig Jahren Arbeit bei der Parodi Valsecchi (»Damals noch mit dem Vater von Dottore Giorgio, dem jetzigen Direktor«), von den Kindern (»Die Kosten für das Studium haben wir nur unter Schwierigkeiten aufbringen können, aber das war es wert«). Dann zeigt er uns Fotos von Kindern, Enkeln, Urenkeln, jedes Bild einzeln.

Während er erzählt, macht Signora Maria sich um uns herum zu schaffen. Dabei lässt sie keine Gelegenheit aus, ihn wie zufällig zu berühren, tastet nach seiner Hand, als sie ihm die Tasse reicht, streicht beiläufig über seinen Kopf, berührt zärtlich seine Schulter. Er sieht sie liebevoll an.

Sie sind ein schönes Paar, glücklich, da zu sein, wo sie sind, gesund und munter. Und das sagen sie uns auch. »Ein Segen«, wiederholen beide, als sie uns händchenhaltend die Wohnung zeigen – deren Zustand genauso schlimm ist wie befürchtet.

»Hier gehört einiges renoviert, das stimmt schon, Dottore. Aber diese Wohnung ist unser Zuhause. Wir haben immer pünktlich die Miete gezahlt, und das war weiß Gott nicht einfach, glauben Sie mir, mit drei Kindern. Und wir möchten hier nicht wegziehen. Hier kennt jeder jeden. Allesamt kamen wir als junge Paare an, frisch verheiratet. In diesem Garten hier standen zuerst die Kinderwagen, später dann rannten Heerscharen von spielenden Knirpsen herum, der schönste Lärm der Welt! Sind zusammen groß geworden, haben gemeinsam die Schule besucht, der eine länger, die andere kürzer, haben sich verlobt, geheiratet … Zu den Hochzeiten sind wir immer allesamt hin, und jetzt kommen die Kinder sonntags mit den Enkeln zu Besuch, und die Enkel sind ein bisschen die Enkel von uns allen hier. Sie werden das verstehen, woanders würden wir eingehen«, sagt Antonio und schaut Sanna direkt an.

Ich bin zutiefst gerührt. Der Ingegnere hingegen, direkt neben mir, scheint kein bisschen beeindruckt von diesem Appell zu sein. Zum Glück kann er nicht sehen, wie ich mir mit den Fingerspitzen die Augen trocknen muss. Plötzlich taucht ein Taschentuch unter meiner Nase auf.

»Um Himmels willen, Maffei«, raunt Sanna entnervt. Ohne sich auch nur umzudrehen.

Wie hat er sehen können, dass ich weine? Habe ich vielleicht die Nase zu lautstark hochgezogen?

Wie auch immer. Dankend nehme ich diesen duftenden schneeweißen Rettungsanker an.

»Wenn Sie außerstande sind, den Realitäten ins Auge zu blicken …«, flüstert er mir zu, während ich versuche, mir Notizen über die schimmeligen Badezimmerwände zu machen (»Mein Sohn streicht hier alle drei Monate drüber«), die Schäden am Dach, von denen ein großer Teil des Schlafzimmers in Mitleidenschaft gezogen ist (»Wir haben einen Schrank davorgestellt«), und den nunmehr abgebröckelten Putz in der Küche (»Wenn es regnet, läuft das Wasser da runter«).

»Sie kümmern sich doch darum? Wir dürfen bleiben, oder?« Die letzte Frage wird uns in jeder einzelnen Wohnung gestellt, wie sich noch zeigen wird.

Ich verspreche es.

Sanna schweigt.

Mit einem lachenden und einem weinenden Auge verlasse ich die Familie Russo. Weinend wegen der Zustände, unter denen sie dort wohnen, und wegen ihrer Hoffnungen, von denen ich mir wünsche, dass sie nicht zerstört werden. Lachend wegen der übergroßen Herzlichkeit in diesem Heim, der Selbstverständlichkeit ihres Familienzusammenhalts, der nicht stärker sein könnte.

»Familie bedeutet ihnen alles. Schön, oder? Da bekommt man gleich Lust, es selbst auszuprobieren«, rutscht es mir heraus, als wir wieder allein sind.

Ohne mich anzusehen und in einem Ton, der keine Widerworte duldet, sagt er: »Sich mit jemandem fortzupflanzen ist nicht zwingend richtig und auch nicht immer möglich. Außerdem wird Familie meines Erachtens überschätzt; sie kann auch etwas Zerstörerisches an sich haben.« Nach dieser kryptischen Aussage ist er anscheinend ziemlich schlecht gelaunt. Was er wohl für Erfahrungen gemacht hat, um ein solcher Pessimist zu werden?

Die Begehung geht traurig weiter. Einen Energieausweis gibt es nicht, und wir können von Glück sagen, dass die Energieeffizienzklasse nicht schlimmer als H werden kann. Keine doppeltverglasten Fenster; durch die Tür- und Fensterspalten könnte hoch erhobenen Hauptes eine Katze spazieren. Der Heizkessel ist definitiv zu alt für eine Zentralheizung. Auch in den Gemeinschaftsflächen sind die Elektroinstallationen außerhalb jeder Norm. Dämmung unbekannt.

Wir verbringen den Morgen mit Begehungen, und als wir schließlich viele Tassen Kaffee später das Erdgeschoss erreicht haben, schlägt Sanna vor, das Dachgeschoss des unbewohnbaren Hauses zu besichtigen.

»Die Wohnungen müssen wir ohnehin nicht kontrollieren; sie müssen alle komplett erneuert werden. Lassen Sie uns wenigstens eine Einschätzung des Daches vornehmen.«

Die Haustür hängt schief in den Angeln; der Boden ist mit Laub und wer weiß, womit sonst noch bedeckt; der Treppe fehlt das Geländer.

Ich werfe ihm einen steinerweichenden Blick zu. Vier Stockwerke auf einer solchen Treppe? Kommt gar nicht infrage.

»Wir nehmen den Aufzug. Geometra Volpe hat ihn extra für diese Begehung reparieren lassen. Die Treppe ist zu gefährlich.«

Nun also stehe ich in einem verdreckten, kleinformatigen Aufzug, allein mit Sanna – das hoffe ich wenigstens. Und mit meinem kleinen Handikap …

Okay, keine Panik. Wie lange kann ein Aufzug schon in den vierten Stock brauchen? Mach die Augen zu, Bianca, atme tief ein, und schon ist alles vorbei.

Die Türen schließen sich, der Aufzug fährt ein paar Meter, bleibt dann mit einem Satz stehen und öffnet seine Türen auf eine Betonwand. Nach zwei Sekunden fange ich an zu hyperventilieren. Der viele Kaffee ist nicht unbedingt hilfreich.

Sanna fängt an herumzuhantieren, drückt vergeblich alle möglichen Knöpfe auf der abgenutzten Schalttafel, greift schließlich fluchend (leise, aber fluchend) zum Handy (zwecklos) und dreht sich dann zu mir um. »Maffei, wir müssen …« Da bemerkt er wahrscheinlich meine Gesichtsfarbe. »Maffei, was …« Seine Stimme klingt teils perplex, teils besorgt oder irgendwas dazwischen.

»Bianca«, hauche ich. Ich sterbe hier gerade. Da werde ich wohl das Recht haben, so genannt zu werden, wie es mir passt.

»Bianca, was ist los?« In seinem Ton liegt nun ein Hauch Mitgefühl.

»Nichts, machen Sie sich keine Sorgen«, bringe ich heraus

und rutsche tatsächlich auf dieses bodenartige Gebilde runter. Völlig egal, dass ich mir höchstwahrscheinlich eine ansteckende Krankheit wie Leptospirose und/oder Zeckenfieber einfangen werde. Aber er hat mich Bianca genannt. Vielleicht sterbe ich, und er will mir nur nicht widersprechen. Wahrscheinlich sehe ich bedenklich aus, denn er kniet sich neben mich und sagt mit mir völlig unbekannter sanfter Stimme: »Bianca, versuchen Sie, ganz ruhig zu bleiben, und atmen Sie tief ein und aus. Tiefe Atemzüge, so ist es gut, uns fällt schon etwas ein.«

»Bestimmt.«

Wenn ich hier nicht gerade die Klaustrophobie-Attacke des Jahrhunderts hätte, erschwert durch die Anwesenheit von Mister Eisenstange, würde ich laut loslachen, denn tiefe Atemzüge helfen vielleicht bei einer Geburt, aber jetzt ganz bestimmt nicht.

Doch er scheint wirklich besorgt zu sein, und ich atme gehorsam tief ein und aus. Tatsächlich funktioniert es, denn mein Herz hat aufgehört, zu hämmern wie ein Vorschlaghammer.

»Gut so.« Er drückt meine Hand; ich habe seine anscheinend im Eifer des Gefechts ergriffen. Mir ist klar, dass ich ihn dankbar ansehe. »Volpe wird sich fragen, wo wir stecken, und dann kommt er her.« Das glaubt er ja wohl selbst nicht.

Fragend sieht er mich an. »Geht es jetzt besser?«

»Ja, besser.« Und das stimmt, denn kurz geht es mir wirklich gut in diesem stinkenden, stickigen Aufzug, und es geht mir gut, weil er … weil er was?

Der Aufzug ruckelt, die Türen schließen, und die Kabine setzt sich in Bewegung.

»So, in einer Minute sind wir hier raus.« Er steht wieder auf. »Maffei, kommen Sie, ich helfe Ihnen. Geben Sie mir die

Hand. Alles in Ordnung?« Seine Stimme ist wieder wie gehabt, höflich, aber kalt. Ich bin wieder Maffei.

Er hilft mir aufzustehen, und endlich kommen wir im vierten Stock an. Jetzt möchte ich nicht in Geometra Volpes Haut stecken, denn sofort nach Verlassen des Aufzugs geht Sanna außer Hörweite und telefoniert. Ich höre nicht, was er sagt, kann es mir jedoch lebhaft vorstellen.

Aber irgendwie meine ich, in diesen wenigen Minuten im Aufzug etwas gesehen zu haben. Ich weiß nicht genau, was. Seine Hand hat meine ein klein wenig zu lange gedrückt. Ganz sicher.

Ich beobachte ihn genau, als er auf mich zukommt, suche dieses Etwas in seinem Blick, aber der ist wie immer: kalt, professionell, abweisend. Mir bleibt nichts anderes übrig, als meine Aufmerksamkeit auf das Gutachten zu lenken.

Das Dach ist eine Katastrophe; es muss komplett erneuert werden. Schließlich nehmen wir die Treppe nach unten. Er ganz locker. Ich an die Wand gedrückt.

Gegen Mittag komme ich in die Agentur zurück, aufgewühlt und mit einer langen Liste notwendiger Arbeiten: Alles muss erneuert werden, von den Böden über die Fenster, von den sanitären Anlagen ganz zu schweigen.

»Wie war es?«, fragt Cristina, noch bevor sich die Tür wieder hinter mir geschlossen hat.

»Hab's überlebt«, antworte ich. Sie wirft mir einen neugierigen Blick zu, der mir verrät, dass Volpe die Aufzugepisode und den daraus folgenden Anpfiff von Sanna für sich behalten hat. Ich beschränke mich also auf die Besichtigung. »Einen Kostenvoranschlag für die Sanierung zu erstellen wird langwierig und schwer.« Vor allem für Leute wie mich, die das zum ersten Mal machen.

»Nein, ich meine den Ingegnere.«

Ich setze mich an den Schreibtisch, sehe sie an und frage: »Darf man erfahren, was es mit dieser ganzen Panik um Sanna auf sich hat?«

»Na ja, also …« Peinliche Pause.

»Na ja, was?«

»Wir hätten nicht gedacht … also, ich hätte nicht gedacht, dass er sich so involvieren würde bei den Gutachten. Sicher soll hier ein Gemeinschaftsgutachten erstellt werden, doch das heißt ja noch lange nicht, dass man alles zusammen machen muss.«

»Du glaubst, er vertraut mir nicht?«

»Das habe ich nicht gesagt …«

Okay, sie denkt, er traut mir nicht. Super. Zehn Jahre nach meinem Uni-Abschluss, vier als Bauleiterin in einem internationalen Architekturbüro – und Ingegnere Sanna traut mir nicht. Großartig.

»Wir erstellen ein Gutachten und die anderen auch. So kenne ich das. Dieses Gutachten hier hat ziemlich viel von … Gemeinsamkeit, würde ich sagen.«

Darüber würde ich gern ausführlicher sprechen, doch Volpe erscheint auf dem Treppenabsatz. »Ah, Bianca, du bist schon da. Es scheint dir ja wieder gut zu gehen. Der Ingegnere hat sich ziemliche Sorgen gemacht.«

Dieser Kommentar sagt mir zwei Dinge: Sanna hat ihm von meiner Klaustrophobie-Attacke erzählt, und unser Geometra verfährt ganz nach dem Motto »Angriff ist die beste Verteidigung«.

Er wartet erst gar keine Antwort ab. »Wir haben eine neue Immobilie reinbekommen, ein außergewöhnliches Haus. Wird jedoch nicht leicht zu verkaufen sein. Cristina gibt dir die nötigen Infos.«

»Ich habe dir die Adresse geschickt. Es ist das Haus von den Levatis. Der Garten grenzt an den Fluss, wir haben schon einen Anzeigenentwurf geschrieben. Dazu kannst du uns ja später noch etwas sagen. Nimm den Fotoapparat mit.« Cristina, die Effizienz in Person.

»Warum wird es verkauft?«

»Signora Mafalda ist als Letzte aus der Familie übrig geblieben. Sie hat dort mit ihren beiden Schwestern gelebt, und ich glaube, sie kann sich das Haus jetzt nicht mehr leisten.«

Oh nein, wie traurig ist das denn?

Ich klingele am dunkelgrünen schmiedeeisernen Tor. Grün sind auch die Fensterläden, die sich vom gelben Putz des etwas verfallenen Hauses abheben. Ein kurzer, grasüberwucherter Schotterweg, dann sieht man eine stilvolle, halb von einer weißen Kletterrose verdeckte Veranda, die auch als Gewächshaus dient. Es duftet nach Zitronen, die in großen dekorativen Töpfen stehen. Und dort geht es auch ins Haus. Signora Levati begrüßt mich mit Opernmusik.

»Mozart«, erlaube ich mir zu bemerken.

»Kennen Sie die Arie?« Sie lächelt.

»Ja, das ist *Voi che sapete*, gesungen von Joan Sutherland, würde ich sagen.« Der Name der Sängerin war mehr geraten.

»Die ist es, genau.« Damit habe ich ihre Zuneigung gewonnen. Danke, Papa.

Mafalda Levatis Alter ist schwer zu schätzen. Groß und schlank, wie sie ist, bewegt sie sich elegant, aber doch mühevoll in einem blau-weißen Kaftan durch dieses Haus voller Familienmöbel, die vor den nun ausgeblichenen, aber noch überraschend pompejisch-rot gestrichenen Wänden schön zur Geltung kommen. Freundlich zeigt sie mir die mit Erinnerungen angefüllten vierhundert Quadratmeter des großen, schönen Hauses. Freundlich, doch sehr zurückhaltend.

An der Wand bei der Sandsteintreppe hängen Entwürfe von Bühnenkostümen. Ich erkenne *Aida*, die *Pagliacci*, *Madame Butterfly*, *Turandot*.

Sie sind mit sicherer Hand gezeichnet. Farben und Technik vermitteln die Illusion, die Stoffe berühren zu können, das Fließen von Samt und Seide unter den Fingern zu spüren.

»Die sind wunderschön.« Ich bin ganz hingerissen.

»Danke, das sind meine. Bis vor wenigen Jahren war ich Kostümzeichnerin an der Scala. Eine fantastische Zeit.«

Vor allem die Stoffe fallen in diesem Haus ins Auge. Stoffe auf dem hellen Holztisch im Eingangsbereich, auf den kleinen, überall verteilten Beistelltischen, als langer Läufer über dem Klostertisch im Esszimmer, auf den salbeigrünen Samtsofas im Wohnzimmer – Stoffe überall. Gewebte Stoffe in unzähligen Materialien und Farben, Damast, geknüpft oder herrlich bestickt. Der Holzdielen-Boden ist bedeckt von geblümten russischen Karabagh-Teppichen in lebhaften Farben und den etwas filigraneren amerikanischen Ziegler-Teppichen.

Ein warmes Heim voller Geborgenheit, in dem in jedem einzelnen Detail Sorgfalt und Liebe stecken. Das Klavier aus glänzendem Holz, die gefüllten Blumenvasen, das feine Porzellan in den Vitrinen, die aufgereihten Kristalletageren, die nur darauf warten, mit märchenhaftem Gebäck gefüllt zu werden.

Auch dieses Haus erzählt mir seine Geschichte. Ich kann die drei Mädchen förmlich sehen, wie sie die Treppe herunterlaufen, plappernd frühstücken in der Küche direkt am Gemüsegarten, der ebenso schön und farbenprächtig ist wie der sich zum Fluss hin neigende Blumengarten. Ich sehe sie am Kaminfeuer lesen oder im Schatten der großen Ulme sitzen, Preludes von Chopin spielen, fröhlich im immergrünen Patio ihre Brote knabbern, sehe, wie sie jeden der Teller, die hinter dem Esstisch an der Wand hängen, auf einem anderen Flohmarkt aussuchen.

Eine furchtbare Vorstellung, ein solches Haus verkaufen zu müssen.

Aber erst als wir an der anderen Seite des großen, bepflanzten Gartens sind und das Haus hinter der Wiese betrachten, blitzt in Mafalda Traurigkeit auf. Wie zu sich selbst sagt sie: »Ich weiß gar nicht, was ich ohne dieses Haus machen werde. Ich bin hier geboren. Aufgewachsen mit meinen Schwestern, meinen Eltern, meinen Großeltern und einer Schwester meiner Mutter, einer Jungfer. So nannten wir früher alleinstehende Frauen. Alle kamen und gingen. Meine Schwestern sind mit ihren Männern weggezogen und dann als Witwen zurückgekommen, und wieder waren wir drei zusammen ... Jetzt bin ich allein, ich habe alle verloren und werde nun auch dieses Haus verlieren. Das ist so schlimm, als würde ich noch eine Schwester verlieren.« Dann schüttelt sie den Kopf und lächelt ein wenig gezwungen. »Aber ich kann es mir einfach nicht mehr leisten, zu groß, viel zu viel Arbeit für mich allein. Ich werde mich auch von vielen der Möbel trennen müssen. Schauen Sie doch, ob der eventuelle Käufer sie nicht übernehmen will.«

Traurig komme ich in die Agentur zurück. Diese Arbeit hat eine emotionale Komponente, die ich so sicher nicht erwartet hätte.

Volpe steht sofort in seiner Bürotür. Langsam gewöhne ich mich an diesen Informationsaustausch am Fuß der Treppe mit dem Kopf im Nacken.

»Und, was meinst du?«

»Das Gebäude ist sehr solide und gut instand gehalten, die Anschlüsse sind in Ordnung, und eigentlich ist das Haus in drei Wohnungen aufgeteilt. Das wurde bei Renovierungsarbeiten gemacht, als die Schwestern zurückgekommen sind. Ein weiteres Highlight ist der Dachboden: sehr hoch, mindestens drei Meter an der höchsten Stelle. Dort könnte man eine weitere Wohnung schaffen.«

»Das kommt darauf an, ob der eventuelle Käufer eher am Haus oder am Grundstück interessiert ist.«

»Abreißen?« Wer würde so etwas tun?

»Setz mal eine Anzeige auf. Die lassen wir in Mailänder Kreisen kursieren und schauen, ob wir Aufmerksamkeit erregen können. Hast du Fotos gemacht?«

»Ja, natürlich.«

Ich fange an zu schreiben.

Traumhafte Gründerzeitvilla mitten im Grünen, 400 m², imposante Deckenhöhe, große Fensterfronten mit Gartenblick. Fantastische Sicht auf den Fluss

Ich fühle mich wie durchgeschüttelt. Zu viele Gefühle.

Aber wenn ich die Augen schließe, dann sehe ich immer noch, wie er neben mir kniet und mich Bianca nennt.

Muss an der Müdigkeit liegen, so viel ist klar. Woran sonst?

8

Ruhige Zweizimmerwohnung, dritter Stock, Altbau. Mit Keller und Garage. Renovierungsbedürftig

Samstagmorgen. Mittlerweile wohne ich seit drei Wochen hier und bin tatsächlich bei den »Mädels von Verate« aufgenommen. Und da sind sie auch schon, winken mich ausholend zu sich an den Frühstückstisch, der umringt ist von blonden Kindern unterschiedlicher Altersstufen in ihren Kinderwagen oder Buggys.

»Komm rüber, Bianca! Wir besprechen gerade, welche Veranstaltungen wir für den Sommer organisieren wollen, und noch so einiges mehr«, ruft Alessandra und zeigt auf einen Stuhl zwischen Sassi und Costanza.

Ich setze mich also, und zwei Sekunden später bringt Eleonora auch schon Brot, Marmelade und Kaffee für alle, dann lässt auch sie sich am Tisch nieder.

»Also, außer dem Vintage-Festival, das nächste Woche stattfindet und schon ein Orga-Team hat, müssen wir uns noch einiges mehr ausdenken, für den Sommer und darüber hinaus.«

»Wir veranstalten doch noch das Sternschnuppenfest am zwölften August, oder?«, fragt Eleonora.

»Klar.«

»Dann müssen wir noch freiwillige Helfer finden, die die Terrasse leer räumen und die Liegen aufstellen.« Costanza, so viel habe ich schon mitgekriegt, ist die am praktischsten veranlagte.

»Das Programm von *Kino unterm Sternenhimmel* ist so weit

fertig. Es geht los mit *Die Ahnungslosen*, weiter mit *Shanda's River* und dann *Hard Powder*.« Ein ziemlicher Gemischtwarenladen. »Am fünfzehnten August gibt es dann ein Feuerwerk. Ja, und da wären wir auch schon beim lieben Geld.«

»Sind unsere Kosten nicht gedeckt? Der fünfzehnte August ist doch bereits in einem Monat«, regt sich Sassi auf.

»Für das Feuerwerk und die Filme ist Geld da. Aber wir wollten ja auch etwas gratis anbieten. Außerdem haben wir noch nicht das Geld für die Weihnachtsbeleuchtung zusammen.«

»Für die San-Lorenzo-Nacht könnten wir wie letztes Jahr einen Teeausschank organisieren«, schlägt Eleonora vor.

»Ich glaube, eine Bar würde besser ankommen.« Wie gesagt, Costanza ist ziemlich pragmatisch.

»Okay, doch um das durchzubekommen, müssen mindestens fünfzig Prozent der Kosten gedeckt sein. Bei den Geschäftsleuten hier in Verate waren wir schon überall, und ich glaube, es wird schwierig, mehr Geld aufzutreiben.«

»Die Patrol Real Estate habt ihr wahrscheinlich längst gefragt«, werfe ich ein und bereue es sofort.

Denn Alessandra bejaht nachdrücklich, und während sie auf ihrem Handy herumwischt, erklärt sie: »Klar, für ein Immobilien-Unternehmen, das hier bei uns ein so großes Gebiet übernehmen möchte, schien es uns ein kluger Schachzug zu sein, sich auf diese Art ins Gespräch zu bringen und positiv aufzufallen. Aber hör mal hier. Ich lese dir vor, was Sanna unserem Kommissar für Handel, Giovanni Bonsignore, geantwortet hat. Bonsignore hat es mir weitergeleitet. So, hier die Sanna-Logik.«

Die anderen kennen die Mail, sie liest sie nur für mich vor.

»Unser Ingegnere urteilt folgendermaßen: *Sternschnuppen? Völlig belanglose Staub- und Gesteinskörnchen. Weihnachtsbeleuch-*

tung? Unnötige und definitiv zu teure Energieverschwendung. Und zu guter Letzt: *Feuerwerk? Gefährliche, lautstarke Geldverschwendung.*«

Hört sich an wie ein »Nein«.

Völlig unverblümt, genau wie ich dachte.

»Da kommt er«, warnt Eleonora, und wir alle drehen uns in seine Richtung. Falls er die fünf auf ihn gerichteten Augenpaare bemerkt, gibt er es nicht zu erkennen.

Das einzig Legere an seiner heutigen Freizeitkleidung sind die fehlende Krawatte und zwei geöffnete Hemdknöpfe.

»Weiß eine von euch, wie alt er ist?« Habe *ich* das gefragt?

Jetzt schauen alle mich an. Ja, habe ich also.

Alle mit diesem vielsagenden Grinsen.

»Und warum willst du das wissen?«, hakt Eleonora, die Direkteste, nach.

»Nur so … Wir arbeiten ja zusammen, und da bin ich neugierig geworden.«

»Okay, wie alt sind denn Cristina und Volpe?« Wieder Eleonora.

»Keine Ahnung, aber …«

»Da bist du wohl nicht so neugierig geworden, wie?«

Ich ignoriere die Frage, später werde ich sie mir vielleicht selbst stellen.

»Ganz bestimmt bin ich nicht an ihm interessiert, falls es das ist, was du meinst. Würde ich niemals auch nur in Betracht ziehen. Er ist mir einfach zu kühl«, sage ich spitz.

»Das ist ja wohl noch nie ein Hindernis gewesen, oder?«, kommentiert Sassi, und ich frage mich, ob sie aus eigener Erfahrung spricht.

»Meiner Meinung nach ist Sanna einfach nur sehr unglücklich«, bemerkt Eleonora.

»Unglücklich? Warum sollte er unglücklich sein?« Alessandra bringt auf den Punkt, was alle denken.

»Das weiß ich nicht, doch ich finde, er wirkt wie einer, der ein großes Gewicht mit sich herumträgt.«

Aber jetzt fangen die bis eben mucksmäuschenstillen Kinder an, im Chor nach ihren Müttern zu schreien, und mit Eleonoras Worten beenden wir unsere kleine Versammlung.

Anstatt mir nach dem Essen das Buch vorzunehmen mit dem ellenlangen Titel *Lehrbuch mit abschließendem Test für die Prüfung zur Befähigung zum Handelsvertreter in vermittelnder Position, Sektion Immobilienmakler*, das genauso langweilig ist, wie es sich anhört, und für meine Prüfung zu lernen, mache ich lieber eine Pause und setze mich zum Lesen auf meinen Balkon. Ein Sommertag voll warmer, leuchtender Farben und die Aussicht auf den Fluss und den Krankenhauspark mit seinen Wegen und von alten Bäumen beschatteten Wiesen ist regelrecht erfrischend. Ich schlage meinen über alles geliebten Roman von Kent Haruf auf, da höre ich jemanden lachen.

Zwei junge Männer sind auf dem Weg zu sehen, der an unserem Garten vorbeiführt, einer im Rollstuhl. Er lacht über etwas, das ihm der andere, der ihn schiebt und sich nun über ihn beugt, ins Ohr geflüstert hat.

Sie bleiben stehen und lachen gemeinsam. Der offenbar Ältere hat sich inzwischen vor den anderen gekniet, die Hände auf die Armlehnen gestützt, und redet auf den Jüngeren ein. Ein Bild, das mein Herz berührt.

Ich meine, sie sehen sich auch ähnlich, im Profil. Ein etwas hageres Profil, wie das von …

Abrupt stehe ich auf und gehe zum Geländer. Das kann nicht sein. Aber wenige Meter von mir entfernt, mit hochgerollten Hemdsärmeln, strubbeligen Haaren und einer aufmerksamen, ja, liebevollen Körpersprache, steht Ingegnere Sanna.

Die zwei Männer entfernen sich, doch ich sehe genau, wie der Ingegnere dem Jüngeren durchs Haar wuschelt.

Hitzschlag? Meiner? Seiner?

Nur mit Mühe kann ich mich wieder auf mein Buch konzentrieren. Meine Gedanken kehren immer wieder zu einem Andrea Sanna voller Energie und Wärme zurück, so anders als der zugeknöpfte, den ich kenne. Den er mir bisher gezeigt hat. Außer im Aufzug vielleicht, aber das war nur ganz kurz und außerdem ein Notfall.

Und wer war der junge Mann im Rollstuhl?

Ich zwinge mich, zu meinem Buch zurückzukehren, und bin bald in Harufs Mikrokosmos der Kleinstadt Holt gefangen.

Ein Glück, denn dieses völlig grundlose und ständige Denken an Sanna finde ich langsam, aber sicher ziemlich befremdlich.

Montagmorgen. Ich habe um neun Uhr einen Termin mit Paola Rizzi, Lehrerin.

»Sie kommt aus Padua und hat eine Stelle als Physiklehrerin an unserem Gymnasium bekommen, ist frisch geschieden und will sich hier mit ihrem elfjährigen Sohn niederlassen. Ich habe dir eine Wohnung rausgesucht, die wie für sie gemacht ist. Ist auch die einzige, die sie sich leisten können«, informiert mich Cristina.

Ruhige Zweizimmerwohnung, dritter Stock, Altbau. Mit Keller und Garage. Renovierungsbedürftig

Renovierungsbedürftig? Ich fürchte, es handelt sich nicht darum, einmal durchzukehren. Lieber frage ich erst gar nicht nach.

Professoressa Rizzi ist der nervöseste Mensch, der mir je untergekommen ist, ihr Sohn hingegen der ruhigste und stillste.

Während ich ihr unsere Angebote unterbreite, zappelt sie auf dem Stuhl herum, kaut an den Nägeln, fährt sich durchs Haar, fummelt an ihrer Brille, streicht ihrem Sohn über den Kopf, zupft ihm circa hundert Mal den Kragen seines Poloshirts zurecht.

Die Wohnung ist im Haus direkt gegenüber der Agentur. Ich nehme die Schlüssel, und los geht's. Die beiden gehen direkt neben mir her, von einem gemeinsamen Schmerz gebeugt.

Die Wohnung ist in so schlechtem Zustand, wie ich befürchtet hatte, aber wenn einmal der Boden und die Sanitäranlagen erneuert sind, kann sie sich mit einem frischen Anstrich zu einem schönen Zuhause für Mutter und Sohn mausern. Der Preis ist definitiv interessant.

»Wie lange dauert es denn, bis das hier bewohnbar ist – eventuell?«

»Einige Wochen. Wir können Ihnen helfen, für die Zwischenzeit etwas zu finden.«

Sie schüttelt den Kopf. »Eigentlich hatte ich gehofft, eine Wohnung zu bekommen, die ich dann innerhalb eines Monats auch beziehen kann.«

»Wenn diese Sie interessiert, können wir versuchen, alles so schnell wie möglich zu machen.«

»Ich weiß nicht … Ich hätte lieber etwas Größeres, mit einem eigenen Zimmer für Paolo, doch wir haben eben nicht genug Geld. Ich denke noch einmal darüber nach und melde mich dann bei Ihnen.«

»Leider ist diese Wohnung hier momentan die einzige, die zu ihren Preisvorstellungen zur Verfügung steht.«

»Verstehe, vielleicht ein anderes Mal … für die Zwischenzeit suche ich etwas zur Miete.«

Während unserer Unterhaltung ist Paolo von Fenster zu Fenster gegangen, wie auf der Suche nach etwas. Schließlich ruft er: »Und die Wiese? Du hattest mir doch eine Wiese versprochen.« Ganz furchtbar enttäuscht klingt er.

»Paolo, wir sind hier ja auf dem Land. Hast du gesehen, wie viele Wiesen es in der Nähe gibt? Außerdem ist der Park nur ein paar Schritte entfernt«, versucht seine Mutter, ihn zu trösten.

»Ich will so eine Wiese, wie wir sie in Padua hatten. Eine Wiese ganz für mich. Für meine Ameisenforschung.«

Ich sehe Paolo an, und die von ihm ausgehende, so unvermittelte Traurigkeit geht mir durch Mark und Bein.

»Ich werde sehen, was ich tun kann, in Ordnung?«, verspricht seine Mutter, wobei sie mir einen hoffnungsfrohen Blick zuwirft. Und noch bevor ich diese Hoffnungen zerstreuen kann, erklärt sie: »Paolo interessiert sich leidenschaftlich für Insekten. Er möchte gern Insektenforscher werden wie sein Vater und ist auf der Suche nach neuen Ameisenarten. Das ist ihr gemeinsames Projekt.«

Und ganz plötzlich geht von diesem apathischen Jungen ein intensives Leuchten aus. »Wussten Sie, dass es nach einer aktuellen Studie der Universität Hongkong fünfzehntausend verschiedene Ameisenarten auf der Welt gibt? In Italien sind zweihundertsiebenundfünfzig verzeichnet. Aber die Nachforschungen sind noch nicht abgeschlossen. Es handelt sich um eine laufende Forschung, das hat mir mein Papa erklärt. Doch ich brauche eine Wiese, um weiterforschen zu können. Papa und ich werden später einen Artikel darüber veröffentlichen.«

Seine Mutter sieht ihn an, mit dieser liebevollen Verständnislosigkeit, die Müttern so oft eigen ist.

»Wissen Sie, mit meinem Mann haben wir in einem großen Haus mit Garten gelebt. Jetzt fehlt Paolo die Wiese so sehr … Eigentlich fehlt ihm das ganze Leben, das wir hatten. Nun wollen wir hier ein neues anfangen, was sein Vater im Übrigen schon getan hat – mit einer zweiundzwanzigjährigen Studentin von ihm, aber das nur nebenbei gesagt … Es ist eben schwierig, die Orte zu vergessen, an denen man glücklich war. Außerdem hat Paolo hier keine Freunde.«

»Noch nicht.« Ich denke an ein ganz bestimmtes Mädchen in seinem Alter, das ganz sicher seine Freundin sein möchte. Auch wenn ich nicht weiß, was Nuccia von Ameisen hält.

Bevor ich gehe, verspreche ich, nach einer Wohnung mit Garten – wenigstens mit Gemeinschaftsgarten – zu suchen, die sofort beziehbar ist.

Ein Versprechen, das ich momentan nicht werde einlösen können, das weiß ich ganz genau. Dieser Job bringt mich um.

Ich sitze hier am Computer, hoffe auf das wundersame Erscheinen einer Verkaufsanzeige für ein Haus mit Garten, das so viel kostet wie eine Zweizimmerwohnung, als mein Telefon klingelt.

Unbekannte Nummer. Kaum habe ich Zeit, »Hallo« zu sagen, da ertönt auch schon ein nur allzu bekanntes »Maffei«. Geometra Volpe hat sich also nicht die Mühe gemacht, mich darüber zu informieren, dass er Sanna meine Mobilnummer gegeben hat.

»Ich wollte mal hören, wie weit Sie mit der Kostenschätzung für Gebäude C sind, bevor wir die anderen begehen.«

Wie weit ich bin? Ich habe nicht einmal angefangen. Aber das behalte ich lieber für mich.

»Bitte entschuldigen Sie, Ingegnere, doch ich habe hier gerade Kundschaft. Kann ich Sie später zurückrufen? Dann kann ich Sie auf den aktuellen Stand bringen.«

Die darauf folgende Stille sagt mir, dass er es nicht schätzt, vertröstet zu werden, aber schließlich antwortet er: »Rufen Sie mich an, sobald Sie Zeit haben, danke.« Und schon ist er weg.

Cristina, die mir gegenübersitzt, hat das Gespräch (wenn man es so nennen kann) mitgehört, hebt eine Augenbraue und wirft mir einen fragenden Blick zu.

»Ich habe jetzt keine Zeit, ihn auf den Stand der Dinge zu bringen«, rechtfertige ich mich und stehe schon voller Schuldgefühle mit dem Rücken an der Wand.

»Na klar, du musst ja den Monitor anstarren. Für etwas anderes hast du keine Zeit«, meint sie nur.

Okay, jetzt ist also der Moment gekommen, an dem ich es mit der Kostenschätzung aufnehmen muss.

Ich weiß, wie es geht. Man macht eine Aufstellung ohne Preise und trägt nur die Anzahl ein, dann sendet man das Ganze an mehrere Firmen, damit die einem Kostenvoranschläge schicken. In der Zwischenzeit informiert man sich in *Preise für Leistungen im Baugewerbe* von der Handelskammer. Ein Kinderspiel. Aber ich habe es noch nie gemacht und möchte weder Fehler noch Nachlässigkeiten riskieren. Im Büro hat sich Irene um so etwas gekümmert. Ich könnte Locatelli anrufen und ihn um Hilfe bitten. Doch wie könnte ich meine Arbeit anderen anvertrauen? Außerdem steht der Patrol Real Estate, also Sanna und seinen Partnern, die Entscheidung zu, welche Firma sie beauftragen. Bleibt nur noch Irene.

Sie meldet sich sofort, und ihr freudig-überraschter Ton gibt mir ein gutes Gefühl.

»Bianca! Wie schön, dass du anrufst! Wie geht es dir?«

»Gut, danke, und dir?«

»Gut. Ich habe Eugenia getroffen. Sie hat mir erzählt, dass du wieder arbeitest«, sagt sie vorsichtig. Sie weiß, welchen Nerv sie da trifft.

»Ist nicht einfach gewesen. Irgendwann musste ich nehmen, was da war.« Zu leicht will ich es ihr nun auch wieder nicht machen. Doch dann fällt mir ein, dass ich ja etwas von ihr will und deshalb besser nicht so dick auftrage. »Na ja, Ende gut, alles gut.«

»Das ist schön.« Klar, bestimmt auch erleichternd.

»Irene, ich brauche deine Hilfe.« Irgendwie ist sie mir das auch schuldig.

»Na klar, gern.« Und ich weiß, das meint sie ehrlich.

Kurz erkläre ich ihr meine Situation, dann rücke ich raus: »Also, wenn du über meine Schätzungen schauen könntest?«

»Klar, mail sie mir, wenn du damit fertig bist. Wenn du willst, schicke ich sie auch inoffiziell an ein paar von unseren Firmen, nur noch mal zur Absicherung. Vielleicht an Locatelli.« Für einen Moment ist die alte Verbundenheit wieder da. Das tut etwas weh, und ihre Schuldgefühle werden dadurch sicher auch nicht weniger.

»Ich sage dir Bescheid. In ein paar Tagen schicke ich dir den ersten Entwurf der Kostenschätzung.«

»In Ordnung.«

Nach diesem Gespräch geht es mir besser. Und das nicht wegen der Baukostenschätzungen. Oder nicht nur.

Unter Cristinas ermutigendem Blick rufe ich Sanna schließlich zurück.

»Treffen wir uns in der *Trattoria Moretti.*« Da dies zweifellos ein Befehl ist, mache ich mich sofort auf den Weg.

Der übliche Tisch, der übliche Anblick, die übliche Kälte.

So langsam bezweifle ich, ihn erst vorgestern lachend über einen Rollstuhl gebeugt gesehen zu haben oder dass er nur vor wenigen Tagen meine Hand gehalten hat. Aber vielleicht ging das ja eher von mir aus und ist somit ungültig.

Wie auch immer, warum muss man sich eigentlich stets hier treffen? So langsam finde ich das wirklich seltsam. Aber das werde ich wohl fürs Erste für mich behalten.

Kurz bringe ich ihn auf den aktuellen Stand: »Sie werden eine grundsätzliche Kostenschätzung bis Ende der Woche bekommen.«

»Maffei, heute ist Montag. Können wir das nicht besser?«, gibt er verwundert zurück, und ich muss ihm leider recht geben.

»Ich schaue, was ich tun kann, doch ich verspreche nichts.« Dann rede ich weiter, einfach nur, um nicht bei meiner Unfähigkeit zu verharren. »Ich habe mich gefragt, ob Sie schon ungefähr wissen, mit welchen Firmen Sie zusammenarbeiten möchten.«

»Für diese Entscheidung ist es noch ein wenig früh. Bis wir nicht in etwa die Kosten einschätzen können, werden wir keine Partner auswählen. Aber Ihr Rat wird sehr nützlich sein. Sie haben doch viel Erfahrung als Bauleiterin.«

Er weiß, dass ich auf der Baustelle gearbeitet habe.

»Sie haben sich über mich informiert.« Bin ich genervt? Geschmeichelt? Auf neugierige Art geschmeichelt, ich gebe es zu.

Mittlerweile stehen auf dem Tisch ein Kaffee, ein Smoothie aus Pfirsich, Aprikose und Karotte und kleine, warme Kamut-Focaccias.

»Finden Sie es so seltsam, dass ich wissen möchte, mit wem ich zusammenarbeite?«, erwidert Sanna.

Ich habe mich ja auch über ihn informiert.

»Und ich habe über Sie herausgefunden, dass Sie ein Bauingenieur-Studium abgeschlossen haben und jetzt C.E.O. bei der Patrol Real Estate sind, die ihren Sitz in London hat. Ich dachte, Sie würden dort wohnen.« Wie ist mir denn das herausgerutscht?

»Nein, ich bin hier nach Verate gezogen.« Er wirkt überhaupt nicht genervt.

»Gefällt es Ihnen hier?« Rede ich tatsächlich mit Andrea Sanna über persönliche Belange? Kaum zu glauben.

»Wenn man von den Gründen absieht, die mich hierher verschlagen haben, ja. Doch, ich würde sagen, ja. Und Sie, Maffei? Leben Sie gern in Verate, oder fehlt Ihnen Mailand?«

Überrascht sehe ich ihn an. »Sie wissen, dass ich aus Mailand bin? Was wissen Sie denn noch über mich?«

Er bleibt völlig entspannt. »Dass Ihr Vater eine erfolgreiche Firma für Hydraulik-Fittings führt, dass Sie eine Schwester haben, eine Zwillingsschwester, um genau zu sein, Anwältin. Außerdem weiß ich, dass Sie bis vor wenigen Wochen in Mailand gelebt haben, wo Sie als Architektin gearbeitet haben oder, besser gesagt, als verantwortliche Bauleiterin für Mattavelli & Tortora.«

Da weiß er ja einiges.

»Mir gefällt es auf jeden Fall hier.« Seltsamerweise entspricht dies der Wahrheit. »Auch wenn manchmal …« Ich stocke. Was mache ich hier eigentlich? Vertraue ich mich tatsächlich einem Mann aus Eis an?

Aber er hakt nach. »Fehlt Ihnen Mailand? Oder die Arbeit als Architektin?«

»Na ja, beides. Mailand fehlt mir, die Stadt, die Ausstellungen im Palazzo Reale, die Darsena am Sonntagmorgen, der Markt in der Via Fiamma, Frühstück in der Bar *Sissi*, das neapolitanische Essen von Gennaro Esposito … Aber vor allem fehlt mir meine Arbeit, und ich gestehe, dass ich Baustellen meide. Schon die Schilder mit den Sicherheitsvorschriften sind wie ein Stich ins Herz für mich.« Keine Ahnung, warum ich hier so redselig bin. Ich sehe ihn an, auf Ablehnung oder wenigstens Gleichmut gefasst, doch …

»Ja, das verstehe ich.« Man hört, dass er das wirklich versteht. Hinter der Brille ist sein Blick ganz warm geworden.

Doch da klingelt auch schon sein Handy, und während er anfängt, in geschliffenem Französisch auf den Anrufer einzureden, ziehe ich mich zurück, so würdevoll, wie es geht mit einem Smoothie in der einen und einem Berg Focaccias in der anderen Hand.

9

Möblierte Einzimmerwohnung in hervorragendem Zustand, mit Küchenzeile, Tageslichtbad und Balkon

Jetzt ist die von Irene korrigierte Kostenschätzung fertig, und Ingegnere Sanna ist verschwunden.

Wenn wir so weitermachen, wird es Monate bis zur Fertigstellung des Gutachtens dauern.

Ein Gutachten, das ich anfertigen, aber – Achtung – nicht werde unterschreiben können.

Der Geometra hat mir aufgetragen, unseren Ingegnere anzurufen, um einen Termin für eine weitere Hausbegehung abzusprechen, denn – feige wie er ist – mag er nicht selbst mit Sanna reden. Aber trotz meiner wiederholten Versuche erreiche ich seit drei Tagen nur den Anrufbeantworter.

Und um den Immobilienmarkt muss ich mich ja auch noch kümmern.

Heute habe ich einen Termin mit Mauro Sturba, einem Physiotherapeuten, der im Rehabilitationszentrum angestellt ist. Wie ich herausgefunden habe, wurde es erst vor einem Jahr im Verateser Krankenhaus eröffnet und ist mittlerweile zu einem Exzellenzzentrum für die Therapie schwerer Behinderungen geworden.

»Zuerst wollte ich eine Wohnung mieten«, erzählt der junge Mann, der aussieht wie ein Bodybuilder, bei unserem Termin, »aber mittlerweile bin ich sicher, dass ich hierbleiben möchte.«

»Dann gefällt Ihnen Verate?«

»Ja, sehr. Das Zentrum, in dem ich arbeite, ist eines der besten in ganz Europa, und die Lebensqualität in Verate ist sehr hoch: Viel Grün, viele Fahrradwege, die Berge sind nicht weit, es liegt direkt am Fluss … Für jemanden wie mich, der viel Sport treibt, ist das ziemlich wichtig.«

Er sucht eine Einzimmerwohnung. Wir haben eine möblierte anzubieten, die dem vorherigen Kommunalsekretär gehört. Er ist gerade endgültig wieder in seine Heimatstadt Sassari gezogen.

Das Appartement ist in einem hervorragenden Zustand, die Einrichtung in neutralen Farben gehalten, ein Schlafsofa in grobem, naturfarbenem Leinen, eine gut ausgestattete Küchenzeile, ein überraschend geräumiges Bad, an den Wänden bunte Teppiche, die Sitzmöbel aus hellem Korbgeflecht.

Unserem Physiotherapeuten gefällt die kleine Wohnung auf Anhieb. Sie liegt direkt am Park und der Piazza von Verate.

»Das ist ja ideal. Obwohl ich nicht weiß, ob ich mich jemals daran gewöhnen werde, allein zu wohnen. Wissen Sie, ich komme aus einer großen, sehr lauten Familie. Im Moment wohnen wir zu sechst auf hundert Quadratmetern, wir drei Geschwister, meine Eltern und Stella, die vierjährige Tochter meiner Schwester. Und wir haben nur ein Bad. Ist immer ganz schön was los.«

»Na, dann wird das ja eine tolle neue Erfahrung für Sie, so eine Wohnung ganz allein.«

»Ja, ich glaube schon.« Aber so richtig überzeugt wirkt er nicht. »Wie gesagt, ich ziehe hierher, weil die Pendelei von Novara, wo ich mit meiner Familie lebe, nach Verate ziemlich nervig ist. Andererseits ist immer jemand da, wenn ich nach Hause komme, mit dem ich reden oder auch einen Teller Spaghetti essen kann, auch mitten in der Nacht. Ich kann es mir noch überhaupt nicht vorstellen, allein zu wohnen.« Nachdenklich schüttelt er den Kopf. »Wie auch immer, die Entscheidung ist getroffen«, sagt er dann überzeugt. Vielleicht mehr zu sich als zu mir.

Ich verspreche ihm, den Besitzer zu kontaktieren, damit wir einen Termin für den Vorvertrag ausmachen können.

Es fällt mir schwer zu glauben, dass jemand das Durcheinander einer Großfamilie der Ruhe seiner eigenen vier Wände vorzieht. Obwohl ich zugeben muss, dass ich hier mit der Trattoria und den Mädels um die Ecke auch in einer Art erweiterten Familie lebe. Aber wenigstens habe ich ein eigenes Bad.

Doch jetzt muss ich mich beeilen, denn heute Abend findet die erste Vorstellung im Open-Air-Kino statt. Ich kann es gar nicht erwarten. Auf dem Programm steht *Die Ahnungslosen* von Özpetek. Mochte ich immer sehr. Schön, den Abend so zu verbringen. In Tränen aufgelöst.

Doch zuerst staune ich, wo und wie sie den »Saal« gestaltet haben. Wie in einem natürlichen Amphitheater sind die Holzstühle am Hügel absteigend zur Leinwand hin angeordnet (die fast schon im Kiesbett steht, sehr nahe am Wasser). So einfach wie genial. Die Nacht ist schön lau und vom Duft der hier und dort versprengten gelben und roten Wunderblumen durchdrungen. Ein paar Eidechsen huschen malerisch über die schon dunklen Felsen.

Als ich nach oben schaue, bin ich überwältigt von der leuchtenden, blinkenden Sternenfülle am Himmel, der sich wie ein samtblaues Gewand um den Hügel gelegt hat.

Ich setze mich in die Mitte des »Saals« und krame schon mal ein Taschentuch hervor, denn ich weiß genau, ich werde es von der ersten Sekunde an brauchen. Bei einem Film zu weinen ist eines der schönsten Dinge, die es im Leben gibt. Zumal im Kino, wo der Film nicht von irgendeinem Werbespot für

Tampons unterbrochen wird und einem so die wohlverdiente Rührung vermasselt.

Der Vorspann läuft, Margherita Buy schlendert durch das Museo Centrale Montemartini in Rom und sieht sich römische Statuen an. Im Hintergrund ist ihr Mann im Smoking zu sehen – schon fange ich an zu heulen, womit ich nicht aufhören werde, bis zum letzten Ton des Tiromancino-Songs. Schon jetzt genieße ich diesen perfekten Moment, doch irgendwie fühle ich mich seltsam unbehaglich. Als ich mich umdrehe, entdecke ich Sanna einige Reihen hinter mir. Er sieht eher mich an als die Leinwand. Mein erster, seltsamerweise erfreuter Gedanke: Er ist zurück! Als ich mich wieder gefangen habe, ist der zweite: Kann er aus dieser Entfernung erkennen, dass ich weine? Das bringt mich ins Hier und Jetzt zurück.

Als der Film zu Ende ist, gehe ich mit geschwollenen Augen rüber zu Alessandra, Sassi und Costanza, die gerade anfangen aufzuräumen. Wie es sich gehört, biete ich meine Hilfe an, aber anscheinend brauchen sie mich nicht, weder für den Kassenabschluss noch um den »Saal« aufzuräumen. Mit geschäftiger Miene winkt eine nach der anderen ab. »Nein, geh ruhig, wir machen das schon …«

»Wir kennen das doch schon alles …«

»Bevor wir dir das jetzt erklärt haben …«

Und die Mädels, die einen normalerweise niemals ausschließen, lassen mich allein auf dem nur spärlich mit LEDs beleuchteten Weg stehen.

»Darf ich Sie begleiten, Maffei?«

Fast hätte ich laut losgeschrien, so tief sitzt der Schreck.

»Tut mir leid, ich wollte Sie nicht erschrecken.« In seiner Stimme klingt Bedauern.

»Nein, nein, mir tut es leid.« Sieh mal an, Sanna hat auf

mich gewartet. Und ich müsste lügen, wenn ich sagen würde, dass mir das keine Freude bereitet.

»Ja, danke, sehr freundlich von Ihnen.« Und ich bin ihm wirklich dankbar.

Außer uns nur Grillen und Sterne. Seltsam deutlich nehme ich seinen Körper neben meinem in der Dunkelheit wahr. Ich spüre seinen Atem. Und seine Wärme.

Schweigend gehen wir weiter. Ich möchte gern etwas sagen, aber mir fällt nichts ein.

Unglaublicherweise ergreift er dann das Wort. »Ich habe gesehen, dass Ihnen der Film ziemlich gefallen hat.«

»An den Tränen?«, frage ich auf meine trockene Art.

»Eigentlich auch an den Schluchzern.« O Gott, ich habe also auch geschluchzt. »Dieser Film hat Sie wohl sehr gerührt.«

»Ja, sehr.«

»Das ist eine Ehre für ein fiktionales Werk.«

»Hat er Ihnen denn gefallen?«, gebe ich höflichkeitshalber zurück.

»Die Darstellungskunst der italienischen Schauspieler ließ, wie so oft, zu wünschen übrig und war etwas dilettantisch. Aber das Drehbuch ist sehr sorgfältig ausgearbeitet, glaubhaft, würde ich sagen. Sehr interessant ist das labyrinthische Spiel, eine sehr gute Kameraführung. Der Regisseur hat zweifellos schon viel Erfahrung gesammelt.«

Doch noch bevor wir anfangen können, über den Wert von Özpeteks Schaffen zu diskutieren, sind wir schon bei der *Trattoria Moretti* angekommen, und ich schlüpfe schnell durch das von Sanna freundlicherweise geöffnete Törchen in den Garten.

Als ich mich noch einmal umdrehe, um mich zu bedanken, macht er eine unbestimmte Handbewegung und setzt sich allem Anschein nach in Bewegung. An der Haustür angekommen, werfe ich vor dem Reingehen noch einen Blick zurück auf den Weg, und da steht Sanna noch. Neben dem Törchen. Er wartet, dass ich ins Haus gehe.

Und erst als ich drinnen bin, fällt mir auf, dass ich ihm gar nichts von der Fertigstellung der Kostenschätzung gesagt habe.

Samstags zur Essenzeit kommen überraschend (und zu meiner großen Freude) meine Eltern zu Besuch.

»Wir wollen doch wenigsten einmal sehen, wie du hier so wohnst«, bemerkt mein Vater mürrisch.

Ich zeige ihnen die Wohnung. Meine Mutter findet alles entzückend. Papa nickt nur. Niemals gäbe er zu, dass er es hier schön findet.

»Wie klappt es denn mit der Arbeit?«, will er wissen, während Mama mit Signora Tilde schaut, was der Speiseplan für eine »überzeugte Veganerin«, wie sie sich jetzt nennt, heute zu bieten hat.

»Alles in Ordnung, Papa. Ich habe schon drei Wohnungen verkauft, und jetzt muss ich mich um den Verkauf eines ganz entzückenden Besitzes kümmern. Und, äh … ja«, fahre ich fort, als hätte ich es fast vergessen, »und ich kümmere mich um den Verkauf einer Parzelle mit vier Häusern an eine englische Gesellschaft …« Das erzielt die erhoffte Wirkung auf ihn.

»Gut, sehr gut. Aber ich habe das Formular für die Wiedereintragung in die Liste der Architektenkammer eingerahmt in deiner Küche hängen sehen …« Genau so kriegt er einen.

»Ja, das habe ich noch nicht ganz aufgegeben.« In Wahrheit gehe ich fest davon aus, es bald zu benötigen.

Als wir dann am Tisch sitzen, verwöhnt Eleonora meine Mutter mit dreierlei Humus und Zucchini-Spaghetti mit Erdnusssoße, und Papa und ich genießen fantastisches Hähnchen und Gemüse in Aspik. Aber später, als wir schon Kaffee getrunken haben, passiert etwas Unerwartetes. Etwas sehr Unerwartetes.

Genauer gesagt wird ein Schatten auf den Tisch geworfen, und noch bevor ich die beherrschte Stimme höre, weiß ich, zu wem er gehört. »Guten Tag, Maffei.«

»Guten … guten Tag, Ingegnere«, stottere ich überrascht. Kann man angenehm verlegen sein? Gibt es das überhaupt?

Wir sitzen da und starren uns gegenseitig an, alle vier, schließlich sagt er: »Das sind sicher Ihre Eltern.«

»Ja.« Okay, jetzt müsste ich noch etwas hinzufügen, habe aber keine Ahnung, was das sein soll. Also redet er weiter.

»Ich bin Andrea Sanna und arbeite mit Ihrer Tochter zusammen.« Dann gibt er erst meiner Mutter, dann meinem Vater die Hand.

»Setzen Sie sich und trinken einen Kaffee mit uns«, erwidert mein Vater. Das ist ein Befehl, doch Sanna zieht sich höflich zurück.

»Nein, nein, ich möchte nicht stören; ich möchte nur für einen Moment Ihre Tochter entführen. Maffei, ich müsste kurz mit Ihnen sprechen, wenn dies möglich wäre.« Ach, und worüber?

Noch ein paar entschuldigende Worte an meine Eltern, und schon stehen wir uns ein Stückchen entfert gegenüber.

»Ich wollte Sie um einen Gefallen bitten.«

Unverhofft kommt oft.

»Ja, okay«, antworte ich in der festen Überzeugung, ihn falsch verstanden zu haben. Was für einen Gefallen?

»Eine Tante von mir ist verstorben und …« Seine Stimme ist sehr leise.

»Oh, das tut mir leid, mein Beileid.« Ich bin etwas verwirrt.

Er macht eine unbestimmte Handbewegung. »Sie war die Tante meiner Mutter und schon sehr alt.« Einen Moment lang verliert er sich in Gedanken oder Erinnerungen, und sein Blick geht ins Leere. »Sie war schon lange nicht mehr bei uns. Sie lebte am Gardasee.«

Das sagt er, als läge der Gardasee in einer weit entfernten Galaxie.

»Auf jeden Fall habe ich anscheinend ihr Haus in Sirmione geerbt.«

Er schaut mich an. Erst jetzt, im direkten Licht, sehe ich, dass seine Augen hinter der Stahlfassung graublau sind. Der Mann der Grautöne.

»Würden Sie mit mir kommen, um eine Begutachtung der Immobilie vorzunehmen?«

»Ja.« Unmöglich kann ich es gewesen sein, die so prompt geantwortet hat. Eigentlich war er noch gar nicht fertig mit seinem Satz.

»Ich hätte gern Ihre Einschätzung, ob man aus der Immobilie ein Hotel machen könnte. Morgens hin und abends zurück.«

»Okay.«

»Gut, dann treffen wir uns morgen um acht Uhr hier.«

Morgen schon? Einfach so?

»Ich sage Volpe Bescheid. Wir werden mit dem Taxi nach Mailand fahren und von dort aus mit dem Zug nach Desenzano. Dort wird man uns abholen. Bis morgen dann. Und grüßen Sie nochmals Ihre Eltern, und entschuldigen Sie mich noch einmal bei Ihnen.«

Etwas verstört kehre ich an den Tisch zurück, wo meine Eltern schon warten.

»Nicht schlecht, dieser Andrea Sanna, wirklich nicht schlecht. Welcher Art ist denn eure Zusammenarbeit?«, fragt meine Mutter mit einem süffisanten Lächeln.

»Rein professioneller Art, Mama, sonst nichts.« Er hat mir nur während einer Klaustrophobie-Attacke die Hand gehalten und mich Bianca genannt. Aber wer ihn nicht kennt, kann die Tragweite dieser Geste nicht ermessen.

Ich fahre mit ihm nach Sirmione.

Bevor meine Eltern sich auf den Heimweg machen, schenkt mir meine Mutter eine CD von Måneskin. Auf dem Cover vier stark geschminkte Jugendliche.

»Hör dir die mal an, die ist großartig. Ich habe mir meine signieren lassen, von allen vieren. Aber nur Damiano, der Frontmann, ist eine wirkliche Wucht.«

Während ich mich bedanke, steht mein Vater hinter ihr und schüttelt den Kopf.

Um Punkt acht Uhr geht es los nach Mailand. Auf der Fahrt im Taxi telefoniert Sanna permanent mit verschiedenen Leuten in wechselnden Sprachen. Sein Tonfall variiert zwischen höflich-entgegenkommend und überheblich-gereizt. Ich frage die Mädels via SMS um Rat, wie ich einen ganzen Tag in Begleitung eines derart schlecht gelaunten Sanna überstehen soll. Darauf bekomme ich unterschiedliche Antworten:

Lass dir nichts gefallen. Von Alessandra.

Tu einfach so, als wäre nichts, dann ist der Tag ruckzuck vorbei. Von Costanza.

Ich glaube ja, dass dieser Ingegnere … Von Sassi.

Genieß es. Von Eleonora.

Nachdem das übliche Chaos am Mailänder Hauptbahnhof überstanden ist, sitzen wir uns nun gegenüber.

Sanna versteckt sich sofort hinter dem *Wall Street Journal*. Da erscheint es mir nur recht und billig, *Verstand und Gefühl* auszupacken.

Woraufhin er die Zeitung sinken lässt (auf jeden Fall hat er Röntgenaugen), einen Blick auf das Buch wirft und die Stirn runzelt. »Ich hätte nicht gedacht, dass Sie so …«

»So was?«

»So eine Literatur lesen.«

»Da höre ich doch eine gewisse Kritik«, gebe ich spitz zurück.

Er seufzt, beugt sich zu mir herüber, und in einem Ton, den man normalerweise intellektuell vermeintlich unterlegenen Personen gegenüber anschlägt, erklärt er: »Ich meine, dass Literatur Denkanstöße geben, die kritische Betrachtung schärfen, dass sie anregen sollte, die menschliche Natur zu reflektieren, den Leser von selbst dazu bringen müsste, die Persönlichkeitsfacetten der Protagonisten sowie deren Verhalten zu hinterfragen. Sie sollte also wahrer sein als die Wahrheit selbst, nicht tröstlich. Niemals.«

Es bringt mich schon auf die Palme, dass er das Werk von Jane Austen als »so eine Literatur« abtut, doch dass er mir noch väterliche Ratschläge zu meinem Literaturgeschmack geben muss, geht entschieden zu weit.

Ich erwidere also: »Und warum? Was ist an Tröstlichem so furchtbar? Braucht das früher oder später nicht jeder von uns? Trost? Zusprache? Wenn es nicht einzig um das Happy End geht. Als wäre nur das gute Literatur, was auch Schmerz und Gram durchlebt hat. Hier spiegelt sich das in dem Glück der Protagonisten, einem Glück, das Hoffnung gibt und ermutigt, das eigene Glück zu suchen. Ein Glück, das wir alle – und da bin ich sicher – erreichen können.«

Pause. Ich glaube, eine so heftige Reaktion hat er nicht erwartet. Die anderen Reisenden wohl auch nicht. Nicht mal ich selbst.

Schließlich ein beschwichtigendes: »Sie Optimistin.«

»Ist das so schlimm? Optimistin zu sein?«

Er schüttelt den Kopf, dann schenkt er mir ein Lächeln. Das erste wirkliche Lächeln, seitdem wir uns kennen. »Nein, vielleicht nicht.«

10

Außergewöhnliches Anwesen mit Seeblick, großer Park, Pool, traumhaft gelegen am Gardasee

Am Bahnhof in Desenzano erwartet uns ein Mann mit einem alten Punto.

Der Mann ist ebenfalls recht betagt, umarmt Sanna jedoch mit einer solchen Heftigkeit, dass es fast peinlich ist. Unser Ingegnere aber erwidert die Umarmung umstandslos, und zwar ausgesprochen herzlich (zu meiner großen Verwunderung).

»Vincenzo«, stellt er vor, »das ist Architetto Maffei. Sie wird mir bei der Begutachtung des Hauses helfen.« »Architetto«, er hat mich tatsächlich »Architetto« genannt.

»Herzlich willkommen, Signorina«, begrüßt Vincenzo mich und zerquetscht mir fast die Hand. »Schon mal in Sirmione gewesen?«

»Nein, noch nie. Tatsächlich überhaupt noch nicht am Gardasee.« Papa war immer ein Anhänger des Lago Maggiore.

»Es wird Ihnen gefallen!«

Während wir den Bahnhof in Richtung Sirmione verlassen, erfahre ich aus Sannas und Vincenzos Unterhaltung, dass der Mann Hausmeister im Haus von Sannas Großtante ist, aber jetzt mit seiner Frau den Umzug nach Sizilien plant.

»Vincenzo, du weißt, dass das nicht nötig ist. Ihr könnt so lange bleiben, wie ihr möchtet.«

»Andrea, nun, da die arme Signora Elena nicht mehr ist, sollten wir wieder zurück nach Hause. Es gibt keinen Grund mehr hierzubleiben; es ist nun wirklich an der Zeit. Doch wir haben keine Eile, das weißt du ja. Ausgerechnet jetzt lassen wir dich nicht allein.«

Ausgerechnet jetzt? Wer weiß, was passieren muss, damit Sanna nicht allein gelassen werden kann. Wahrscheinlich meint Vincenzo das Hotelprojekt.

Der Eingang zur Altstadt von Sirmione könnte nicht spektakulärer sein. Am Ende einer geraden Straße überquert man die Brücke einer komplett erhaltenen, atemberaubenden Burg aus dem Mittelalter und steht inmitten kleiner Gassen voller pastellfarbener Häuser oder solchen aus blankem Stein. Rechts und links schimmert das Wasser des Gardasees. Jetzt erst wird mir klar, dass wir uns auf einer Halbinsel befinden.

Dann wird die Straße breiter, und wir kommen an ein säulengerahmtes Tor. Dahinter schlängelt sich ein Weg durch den Park.

Die Villa taucht ganz plötzlich hinter einer Kurve auf. Ein zweistöckiger, neoklassizistischer Bau. Front und Giebel werden von zierlichen Säulen getragen.

Am Fuß der Treppe zur eleganten Vorhalle blühen Sträucher in Rosa und Weiß. Nach drei weiteren Stufen tritt man durch eine helle, mit Bleiglas versehene Holztür, und schon steht man in der großzügigen Eingangshalle, die von zwei rosafarbenen Marmorsäulen eingeteilt ist.

Eine Halle voller Bedeutung, Tor zu einem angesehenen Haus. Eine (sicher weibliche) Hand hat es meisterhaft verstanden, dem Ganzen Leichtigkeit und Eleganz zu verleihen, ohne auch nur ansatzweise ins Kitschige zu verfallen.

Die Wände sind in Ölfarben abwechselnd zartrosa und mattgrau gestrichen. Der graue Sims hebt sich eine Spur dunkler ab.

Rechts und links führen zwei große, mindestens einen Meter tiefe Bögen zu den beiden Flügeln des Hauses. Durch vier rechteckige, grau gerahmte Fenster neben den Bögen fällt enorm viel Licht ein.

Weißer Marmorboden, dessen Abstufungen das Rosa der Säulen aufgreifen. Die Decke, von der eine große Lampe aus milchigem Muranoglas herabhängt, ist mit Fresken bemalt, die einen blauen, von wenigen weißen Wölkchen durchzogenen Himmel zeigen. Eine Girlande aus Blumen und Früchten führt rundherum.

An der hinteren Wand zwei elegante Tischchen, allem Anschein nach von Maggiolini oder – weniger wahrscheinlich – nach seinen Zeichnungen angefertigt, darüber zwei herrliche Blumenstillleben. Französisch, würde ich sagen.

Ich drehe mich um, um Sanna meine Begeisterung über diese erste Kostprobe mitzuteilen, da sehe ich ihn mit Vincenzo und einer Frau noch in der Vorhalle stehen. Ganz bestimmt reden sie nicht über Erfreuliches, denn der Mann schüttelt niedergeschlagen den Kopf, und die Frau trocknet sich die Augen mit ihrem Schürzenzipfel.

Als Sanna mich auf der Schwelle sieht, stellt er mich der Frau des Hausmeisters vor, Ersilia, deren Augen unübersehbar gerötet sind.

Schließlich machen wir mit Vincenzo einen Rundgang durch die Villa, die in einem ausgezeichneten Zustand ist.

»Mein Urgroßvater, ein österreichischer Baron, hat dieses Haus gebaut. Er liebte den Gardasee und Sirmione ganz besonders, und trotz einiger der Erbstreiterei geschuldeter Missgeschicke ist es immer im Familienbesitz geblieben. Die Letzte hier war Großtante Elena. Vor wenigen Tagen ist sie mit achtundneunzig Jahren verstorben. Aber eigentlich war sie schon lange nicht mehr unter uns, sie war an Alzheimer erkrankt.« Aus seinen Worten sprechen Schmerz und tiefe Zuneigung. »Wie auch immer, Urgroßvater ist nicht kleinlich gewesen. Der Veroneser Marmor wurde mit Frachtkähnen auf dem Wasserweg gebracht; die Fresken stammen aus berühmter Hand der damaligen Epoche; das farbige Glas aus Murano und einige der Möbel sind aus venezianischen Häusern, die Kamine natürlich auch.«

In den anderen Zimmern des Erdgeschosses finden sich die Charakteristika der Eingangshalle wieder. Helle Farben, Gardinen in zweierlei Grautönen, im Esszimmer ein großer weißer Rokoko-Tisch mit passenden Stühlen, deren gestreifte Baumwollchintz-Bezüge in unterschiedlichen Farben gehalten sind. Die Sessel in den zwei Wohnzimmern, von denen eins einen wunderbaren Steinway beherbergt, greifen Muster und Farben wieder auf. Ein großer, leerer Tanzsaal. Ein Zimmer mit Billardtisch, eine bemerkenswerte Bibliothek. Überall beeindruckendes Mobiliar, das in etwa der Bauzeit des Hauses entspricht. Auf einigen Möbelstücken und dem Flügel stehen Fotos einer schmalen, blonden Frau. Manchmal allein, manchmal mit zwei Kindern. Ich könnte wetten, dass es Sannas Mutter ist.

Der Ingegnere sieht Vincenzo fragend an. Er muss gar nichts sagen, der Mann rechtfertigt sich sofort: »Du weißt doch, wie Ersilia ist … Sie hatte sie doch so gern.«

»Räumt das bitte weg.« Sein Ton ist gefasst, aber etwas Stählernes liegt darin. Etwas wie Titan. Hört sich auf jeden Fall nicht nach einem großen Liebesbeweis an seine Mutter an.

Schließlich besichtigen wir noch die Küche, die schon lange von niemandem mehr benutzt wurde.

»Ersilia bereitete das Essen bei uns in der Küche zu und brachte es dann der Signora und den Krankenschwestern hierher«, erklärt Vincenzo.

Im oberen Stockwerk befinden sich acht Schlafzimmer mit

Bad und angeschlossenem Wohnzimmer. Zwei davon, die für Gäste bestimmt sind, sehen wir uns an. Vor dem dritten bleibt Sanna zögernd stehen.

»Es ist offen, Andrea, du kannst reingehen.«

Aber er schüttelt den Kopf, seufzt und sagt dann: »Ich denke, wir haben alles gesehen. Danke, Vincenzo. Ich habe jetzt noch einen Termin bei Notar Bigli.« Während der Hausmeister geht, weiht er mich in seine Pläne ein. »Ich muss zum Notar nach Lazise. Würden Sie gern mitkommen? Es wird nicht lange dauern, und Sie könnten sich in der Zwischenzeit das Städtchen ansehen. Es ist absolut sehenswert, das versichere ich Ihnen.«

Kann ich ablehnen? Ich sterbe vor Neugier, was es mit *diesem* Zimmer auf sich hat, doch jetzt geht es erst einmal zum Notar.

Allerdings haben wir nicht mit Ersilia gerechnet, die uns von Vincenzo ausrichten lässt, das Essen sei fertig.

Und niemand möchte die Einladung ausschlagen.

Das Haus des Hausmeister-Pärchens ist sofort mein Traumhaus. Es liegt abseits vom Haupthaus, das man von hier gar nicht sieht, ist weiß mit grauen Fensterläden. Sein fröhliches blaues Tor wird von zwei zierlichen Zypressen geschmackvoll flankiert, und an der Fassade sorgt eine üppige Kletterpflanze für grüne und tiefrosa Farbtupfer. Von der zweckmäßig ausgestatteten Küche aus betritt man eine Terrasse, die wie ein Schiffsbug über dem See liegt und dazu einlädt, direkt in das blaueste Wasser zu springen, das ich jemals gesehen habe. Eine riesige Strandkiefer spendet Schatten. Alle Farben, alle Düfte hier sind zutiefst mediterran.

In herzlicher, vertrauter Atmosphäre essen wir in der Küche, was viel darüber aussagt, wie sehr das Paar Sanna zugetan ist. Er und Vincenzo reden über noch zu erledigende Arbeiten auf dem Grundstück, und der Hausmeister spart nicht an väterlichen Ratschlägen – so kommen sie mir wenigstens vor. Während des Essens entgeht mir nicht, wie liebevoll Ersilia dem Ingegnere sein offensichtliches Lieblingsgericht serviert: Risotto mit Schleie. Eine wahre Delikatesse, wie auch der darauf folgende Zitronenkuchen.

Später aber erlebe ich eine böse Überraschung, denn anstatt zum Auto werde ich zu einem hölzernen, auf Pfählen stehenden Aufbau geführt. Ein Bootshaus. Nach Lazise geht's per Boot.

Einem Holzboot.

»Der Motor hat zwanzig PS. Das heißt, er erreicht etwa zehn Knoten.« Hört sich wie eine gute Nachricht an, doch als ich einsteige, kralle ich mich trotzdem sofort fest.

Sanna sieht mich belustigt an. »Sagen Sie nicht, dass Sie *auch* vor Wasser Angst haben?«

Nein, sagen werde ich das bestimmt nicht.

»Nein, nein, überhaupt nicht … Wie lange sind wir denn etwa unterwegs?«, frage ich souverän, und er scheint darauf hereinzufallen.

»Zwanzig Minuten, höchstens eine halbe Stunde«, wiederholt er höflich. »Sie werden sehen, es wird Ihnen gefallen.«

Na klar, ich darf nur nicht daran denken, dass sich zwischen mir und dem Abgrund ausschließlich ein paar Holzlatten befinden.

»Hm … wie tief ist der See eigentlich?« Man kann ja mal fragen.

»Am tiefsten Punkt circa dreihundertfünfzig Meter.« Das sagt er, als wäre es völlig normal, so viel Wasser unter sich zu haben.

Ich muss schlucken.

»Aber hier, wo der See breiter ist, höchstens hundert.«

»Aha.« Eine nicht wirklich beruhigende Nachricht für mich. Ich hatte gehofft, man könnte den Boden berühren. Denk an etwas anderes, Bianca. Denk an etwas anderes.

Anfangs kann ich ganz gut an etwas anderes denken, denn die Küste von Sirmione ist in ihrer Herrlichkeit kaum zu überbieten. Villen in prächtigen Parks, stilvolle Häuser in unmittelbarer Nähe zum Wasser, üppige Gärten, Oleandersträucher, Zypressen und Strandkiefern, aber dann geht es aufs offene Wasser hinaus.

»Sehen Sie?«, ruft Sanna und zeigt auf das viel zu weit entfernte Ufer auf der anderen Seite. »Lazise liegt direkt gegenüber.«

»Aha.« Superweit.

Okay, ich muss mich ablenken. Sollte vielleicht über die Arbeit reden. Obwohl er jetzt, so ohne Sakko, mit aufgekrempelten Hemdsärmeln, nackten Füßen in den Mokassins, Sonnenbrille und windzerzausten Haaren gar nicht so aussieht wie der Ingegnere Sanna, den ich kenne.

»Ich wollte sagen …«, schreie ich einfach mal zusammenhangslos gegen den Motor an, »dass die Kostenschätzung fertig ist!«

Er nickt, doch ich fürchte, er hat überhaupt nichts verstanden. Vielleicht will er auch gar nicht über die Arbeit reden.

Es bleibt mir nichts anderes übrig, als entweder ihn, den wolkenlosen Himmel oder die nur sehr langsam näher rückende Küste anzusehen. Am liebsten ihn, das muss ich wohl zugeben.

Und dann erscheinen endlich majestätisch die alte Zollstation, die Dogana, der wunderschöne Hafen und die Seepromenade von Lazise. Wir sind da.

Sanna wirft den Anker und springt souverän auf den Anlegesteg, hält mir die Hand hin, um mir beim Aussteigen behilflich zu sein. »Maffei, ich werde hier etwa eine Stunde beschäftigt sein. Wir treffen uns dann an der Dogana.« Damit geht er eilig in Richtung der engen Zentrumsgassen davon.

Mein erstes Ziel ist die Uferpromenade, und ihr folge ich bis zum Ortskern. Es ist wirklich schön, hier im Schatten der Orangenbäume am Wasser entlangzuspazieren. Die Enten und Schwäne ziehen friedlich ihre Kreise und kümmern sich nicht um die Menschenmassen auf der Promenade. Ich setze mich in eine der zahlreichen Außengastronomien und will einen Kaffee trinken. Dann aber bekomme ich ziemlich Lust auf eine der Pizzen, die hier direkt an meiner Nase vorbeigetragen werden, obwohl es erst drei Uhr am Nachmittag ist. Auch die großen Eisbecher sind sehr verlockend. Schließlich sehe ich mir noch den Stadtkern an und entdecke, dass Lazise seine Besucher ebenfalls mit einer Burg empfängt. Es gibt Säulengänge mit wunderbaren Geschäften, enge charakteristische Gassen. Der Zufahrtsweg ist von Blumen gesäumt, doch das Herzstück ist und bleibt die Dogana. Auf dem Weg dorthin suche ich in Google nach Informationen und finde heraus, dass das graue Steingebäude seit dem frühen fünfzehnten Jahrhundert die Zollstelle für den Warenverkehr zwischen der Lombardei und der Republik Venedig war. Es liegt direkt am See, eine wunderbare Location, die heutzutage für Veranstaltungen aller Art genutzt wird. Noch von der anderen Seite des Hafens aus betrachte ich das Gebäude und denke, dass eine Hochzeit dort nicht zu verachten wäre. Und dann, dann sehe ich ihn. Auf einer Bank vor der Dogana, neben sich ein Päckchen, den Blick auf den See gerichtet.

Als ich vor ihm stehe, sammelt er sich und lächelt. Wieder ein richtiges Lächeln. »Da sind Sie ja!« Er klingt fast erfreut.

Ich zeige auf das Päckchen. »Haben Sie Einkäufe gemacht?«

»Nein.« Nachdenklich schüttelt er den Kopf. »Sie werden es nicht glauben, doch dieses Päckchen ist Teil meiner Erbschaft.« Komisch, dass er mir so vertrauliche Dinge erzählt.

»Na, dann ist hoffentlich ein Schatz darin.«

»So etwas in der Art … etwas, womit ich nicht gerechnet hätte, sehr schön, doch auch sehr seltsam.« Neugierig warte ich, wie die Geschichte weitergeht. Aber da kann ich wohl lange warten.

Auf dem Rückweg im Boot gilt meine ganze Neugier dem Päckchen. Ich taste unauffällig danach, trommle mit den Fingern darauf herum und frage schließlich: »Was ist denn jetzt eigentlich in dem kleinen Paket drin?« Sofort wird mir klar, dass diese Frage absolut unangebracht ist.

Er aber antwortet völlig normal und höflich. »Briefe, Briefe sind drin.«

»Briefe. Wie schön.« Und jetzt muss ich meine Neugier im Zaum halten, denn es gibt keinen Weg mehr, auf höfliche Art und Weise zu erfahren, was das für Briefe sind (obwohl ich kurz drüber nachgedacht habe, ob es nicht doch einen gibt). Also versuche ich, mich abzulenken, zeige auf ein ungewöhnliches, sehr langes Boot mit vier Ruderern und will wissen: »Was ist das?«

»Ein Bissa-Boot. Davon gibt es hier in der Gegend viele. Zwischen Juni und August finden die Bootswettkämpfe statt, an denen achtzehn dem See zugehörige Gemeinden teilnehmen«, erklärt er außerordentlich gesprächig.

Einige Minuten sehe ich der Heckwelle des Bootes im weichen Spätnachmittagslicht nach.

Er zeigt mir die Insel Isola dei Conigli, den Felsen Scoglio dell'Altare, den Berg Monte Baldo und die Städte am See: Salò, Desenzano … Und schon sind wir zurück in Sirmione.

Als wir wieder festen Boden unter den Füßen haben, wirft Sanna mir einen Blick zu und fragt: »Was halten Sie davon, sich den Park anzusehen?«

Ehrlich gesagt, wollte ich mir eigentlich das Dachgeschoss genauer anschauen; dort wird man sicherlich noch weitere Zimmer schaffen können. Aber ich folge ihm wortlos.

Er führt mich an die Rückseite bis zu einer halbrunden, von Säulen getragenen Terrasse, von der aus man eine spektakuläre Sicht auf Garten und Gardasee genießt. Ein grünblaues Bild.

Von dort aus gehen wir zum Park.

Zwischen uns und dem See liegt eine englische Rasenfläche, umstanden von großen Bäumen, ein schmaler, langer Pool und ein ins Wasser ragender Steg.

Hinter Oleandersträuchern ein brachliegender Tennisplatz.

»Das ist ja wunderbar hier, Pool, Tennisplatz … für Sportsfreunde, würde ich sagen.«

»Na ja, eigentlich für meinen Bruder und mich. Wir haben hier einige Jahre verbracht, nachdem wir … Großtante Elena anvertraut wurden. Sie war schon lange Witwe und hatte keine eigenen Kinder.«

»Ein wahres Kinderparadies …«

»Ja, trotz allem habe ich hier die schönsten Sommer verlebt, die sich ein Junge nur wünschen kann. Wir fuhren mit dem Rad überall am See herum oder mit einem kleinen Dingi aufs Wasser hinaus, spielten bis zum Umfallen Tennis in der Sommersonne und sprangen dann vom Steg da vorne direkt ins Wasser. Die Kleider rissen wir uns rennend auf dem Weg vom Leib.« Er lächelt in der Erinnerung an diese Sommer. Ganz offensichtlich sind es schöne Erinnerungen, denn er fährt fort: »Das Wasser dort ist tief und eiskalt. Wir hielten um die Wette die Luft an, Giacomo gewann immer.«

»Als echte Männer natürlich im See, nicht im Pool«, sage ich einfach nur, um diese vertrauliche Unterhaltung in Gang zu halten.

»Der Pool ... also, der Pool kam erst später ... für Giacomo.« Das weckt anscheinend unschöne Erinnerungen, denn sein Gesicht verfinstert sich plötzlich.

Wir sind jetzt nahe am See. Am Himmel glüht ein Sonnenuntergang in warmer Farbenpracht; von Gelb über Rot bis Orange und einem Glimmen Lila.

»Wie war es denn den Rest des Jahres hier?« Aus den Augenwinkeln sehe ich, dass er gleichgültig mit den Schultern zuckt, doch er erzählt weiter.

»Wir gingen in die Schule, trieben Sport. Am Bagatta-Gymnasium in Desenzano waren wir. Ich am naturwissenschaftlichen Zweig, Giacomo am klassischen. Vincenzo brachte uns hin. Ich war der Strebsame, Giacomo der Charmante. Schon mit vierzehn sah er unglaublich gut aus und war stets von einer Traube Mädchen umringt. Er ist zwei Jahre jünger als ich, doch für mich war er immer schon mein bester Freund.«

Warum wundert es mich überhaupt nicht, dass er ein Streber war? Aber so langsam fürchte ich, dass diese Geschichte schlecht ausgeht.

»Dies alles hier für eine Tante und ihre zwei Neffen ...« Ich blicke zur Villa und zum Park hinüber. Es ist wirklich sehr idyllisch. »Traumhaft.«

»Ja, wenn man so will.«

»War es nicht schön?«

»Eher kompliziert. Die Großtante hatte uns gern. Sie brachte uns die etwas unvorbereitete Liebe einer schon alten Frau entgegen, die viele Jahre allein gelebt und nicht mehr damit gerechnet hatte, noch Kinder großzuziehen, schon gar nicht solche, die nicht ihre eigenen waren. Zum Beispiel interessierte sie sich nie für unsere Schulleistungen. Ich glaube nicht, dass sie jemals mit unseren Lehrern gesprochen hat. Ersilia kümmerte sich darum, dass wir aßen und anständig gekleidet das Haus verließen. ›Warm im Winter und leicht im Sommer‹, sagte sie immer.« Jetzt lächelt er wieder. Offensichtlich ist diese Erinnerung an Ersilia eine sehr zärtliche. »Aber die Tante las uns Goethe auf Deutsch vor, brachte uns das Klavierspielen bei, sorgte dafür, dass wir Fechten und Ski fahren lernten, dass wir reisten. Bis Giacomo …«

Seine Finger krallen sich in das Geländer, die Knöchel werden weiß. Ich habe ja gesagt, dass diese Geschichte schlecht ausgeht.

»Bis Giacomo?«, hake ich nach, ohne mich bremsen zu können.

»Bis Giacomo irgendwann Koordinationsschwierigkeiten bekam. Zuerst wirkte das Ganze einfach nur ein wenig tollpatschig. Obwohl er noch nie tollpatschig gewesen war. Er stolperte, fiel manchmal hin. Wir lachten darüber. Eines Tages dann ist ihm beim Fechten das Florett hingefallen, und er konnte es nicht wieder greifen.«

Ich kann nicht glauben, dass Mister Nordpol mir hier aus seinem Leben erzählt, und dann auch noch etwas so Schmerzhaftes, Persönliches. Aber … »Den Schock kann ich mir vorstellen«, sage ich verständnisvoll.

»Ersilia war es, die sich sorgte und darauf bestand, ihn einem Arzt vorzustellen.« Er seufzt, natürlich ist die Erinnerung an all das nicht einfach. Seine Stimme ist gefasst, lässt jedoch den Schmerz erahnen. Sein ganzes Ausmaß. »Jahrelang wurde er behandelt, und alles ging gut. Er hat die Uni abgeschlossen, ist dann dort geblieben, erst als Assistent, dann als Philologie-Dozent für Germanistik.« Er schüttelt den Kopf. »Wer hätte das jemals gedacht? Er machte Witze und sagte, die Krankheit habe ihm ›den Kopf geradegerückt‹. Sein Zustand verschlechterte sich dann schlagartig, und die Therapien konnten das auch nicht mehr aufhalten. Krücken, Rollstuhl, zum Schluss war er an allen vier Gliedmaßen gelähmt. Als sich der Krankheitsverlauf dann noch weiter verschlechterte, bin ich aus London gekommen und hier in Verate auf das Rehabilitationszentrum gestoßen. Dann bin ich hergezogen. Damit ich bei ihm sein kann.« Giacomo, der jüngere Mann im Rollstuhl.

»Was hat er denn für eine Krankheit?«

»Eine sehr seltene genetische Krankheit, eine der wenigen, die sich vom Vater auf den Sohn vererben. Die Ursache ist eine Mutation der väterlichen Gene.«

»Das muss für Ihren Vater ja auch sehr schlimm gewesen sein.«

»Unser Vater hat nicht lange genug gelebt, um zu sehen, dass seine Gene im Körper des jüngeren Sohnes verrücktspielen.«

»Und Ihr Bruder? Wie hat er auf das Ganze reagiert?«

»Er hat Witze gemacht, wie er das sonst auch tat, hat sogar unterschrieben mit Giacomo GVO Sanna, wenigstens solange er das noch konnte – GVO für Gentechnisch veränderter Organismus.«

»Und wie geht es ihm jetzt?«, frage ich leise und fürchte mich vor der Antwort.

»Es gibt gute und schlechte Tage«, antwortet er schulterzuckend, und ein tiefer Seufzer entfährt ihm.

»Das tut mir leid. Sehr leid«, und das meine ich ernst. Es tut mir leid für ihn und für diesen lachenden, sympathischen Mann.

»Man könnte sagen, er hat im genetischen Roulette verloren. Auch wenn es da noch nie irgendwelche Gewinner gab.«

Kurze Pause, dann sammelt er sich und kehrt ins Hier und Jetzt zurück. »Gut, nun haben wir wohl alles gesehen. Was meinen Sie? Könnte man das Haus in ein Hotel umwandeln?«

Auch ich kehre ins Hier und Jetzt zurück, nachdem ich die unerforschte Welt der Sannas betreten habe. Durcheinander und tief berührt. »Ganz bestimmt.« Und ehrlich, ich glaube nicht, dass er mich brauchte, um das herauszufinden.

»Würden Sie sich für mich darum kümmern?«

»Ja, gern.«

»Dann werde ich mit Volpe reden und einige finanzielle Details klären. Erfreuliche, das werden Sie sehen.«

Finanzielle Details? Kurz dachte ich, ich wäre diejenige, die ihn bezahlen müsste. Fand ich gar nicht so absurd.

»Gut.« Ich werde also dieses wunderbare Haus in ein Hotel umwandeln. Fantastisch.

»Im unteren Stockwerk muss nicht viel gemacht werden, die Zimmer muss man natürlich verkleinern. Jetzt sind sie ja alle circa vierzig Quadratmeter groß. Wir werden die Tragfähigkeit der Deckenplatten messen müssen und Dachflächenfenster einsetzen. So könnte man im Dachgeschoss noch mehr Zimmer schaffen.«

Ich sage doch, dass er mich nicht braucht.

Wir fahren im Auto zurück. Obwohl ich diesen Begriff nicht unbedingt verwenden würde.

Das Auto ist nämlich ein Oldtimer, ein Lancia Aurelia B24 Coupé, um genau zu sein, von Sanna angekündigt wie königlicher Besuch. In meinen Augen sieht das Ding eher aus wie eine für heutige Verhältnisse viel zu kleine, zu niedrige Kiste.

Als ich sitze, bin ich dann auch tatsächlich mit dem Bürgersteig auf Tuchfühlung. Auf der Autobahn gaffen uns alle nach, vielleicht voller Bewunderung, vielleicht sogar neidisch, doch für meinen Geschmack viel zu weit von oben herab.

»Der Wagen gehörte Großtante Elenas Mann. Sie hat ihn all die Jahre wie eine Reliquie bewahrt, ihn immer wieder überholen lassen, Steuern und Versicherung bezahlt, damit er in der Garage stehen und hin und wieder bewegt werden konnte. Giacomo und ich haben in diesem Wagen fahren gelernt. Jetzt muss ich mal sehen, was ich mit ihm anfange.«

Wir sitzen viel zu nah beieinander.

Irgendwie fühle ich mich nicht richtig wohl damit. Denke aber gleichzeitig, wie nett es von ihm war, Ersilia nach einem Tuch zu fragen, damit ich auf der Fahrt meine Haare bändigen kann. Eine völlig unerwartete Aufmerksamkeit.

Hinter Brescia fährt Sanna an einer Raststätte ab. »Was halten Sie von einem Imbiss? Wir kommen ja doch ziemlich spät an.«

»Ja, gut.« Aber ich befinde mich in diesem Niemandsland zwischen dem durchaus vernünftigen Wunsch, so schnell wie möglich nach Hause zu kommen, und dem unvernünftigen, diese Reise niemals zu beenden.

»Erlauben Sie mir, Sie auf ein Rustichella-Panino oder eine Camogli-Focaccia einzuladen«, sagt er lächelnd.

»Nur, wenn ich auch eine Cremeschnitte bekomme.« Das meine ich ernst.

»Ich vergaß Ihren unersättlichen Appetit.«

Unersättlich, das ist ja wohl übertrieben.

Bald darauf sitze ich ihm gegenüber, beiße in eine Focaccia und schlürfe Coca-Cola (»Ich dachte, das würde am besten zu Ihrer Mahlzeit passen«, hat er gesagt, als wäre ich zwölf Jahre alt). Er hingegen isst ganz asketisch ein Panino mit rohem Schinken und trinkt stilles Wasser.

Es überrascht mich selbst, doch ich fühle mich wirklich wohl. Und als er fragt: »Heute habe ich Ihnen viel von mir erzählt. Vielleicht möchten Sie mir nun etwas über sich erzählen?«, enthülle ich lieber nichts Kurioses oder Exzentrisches (obwohl mir in kürzester Zeit zwei oder drei wirklich originelle Dinge über mich und mein Leben einfallen würden) und beschränke mich auf das eher Diplomatische. »Sie wissen ja schon so einiges über mich. Doktor in Architektur, Vater mit Unternehmen, Zwillingsschwester Anwältin …«

»Aber was tun Sie denn beispielsweise, wenn Sie nicht arbeiten?«

»Lesen, ich liebe die angloamerikanische Literatur, Haruf, Strout, Greer. Ich gehe ins Kino, bin ein großer Fan englischer Komödien. Aber einer meiner Lieblingsfilme ist *Manchester by the Sea*, der so gar nicht zum Lachen ist. Ich gehe gern spazieren, doch ich verbringe sehr viel Zeit vor dem Computer. Netflix ist ein Fluch für mich, denn ich neige zu Serienmarathons …«

Bei diesem Geständnis muss er lächeln. Seine Augen sind sehr schön. Und wie er die Brille mit zwei Fingern über der Nase zurechtrückt. Und er hat seine Haare wachsen lassen. Jetzt sind sie ein bisschen windzerzaust.

»Reisen Sie auch gern?«

»Ja, sehr gern, vor allem westwärts. Ich liebe zum Beispiel Skandinavien. Und ich mache tagtäglich eine kleine Webcam-Tour.« Jetzt habe ich doch eine meiner Macken offenbart.

»Was meinen Sie damit?«

»Ich folge verschiedenen Webcams, am liebsten der auf dem Hauptplatz in Lerwick auf den Shetland-Inseln.«

»Und was sieht man da?« Sein Blick ist interessiert, vielleicht sogar neugierig. Das amüsierte Lächeln in seinen Augen steht ihm wahnsinnig gut.

»Eigentlich nichts. Da passiert wirklich wenig, wenn man bedenkt, dass Lerwick die wichtigste Stadt der Inseln ist. Es regnet viel.«

Er hat aufgegessen, ich habe noch meine Cremeschnitte.

»Und was sagen Sie zu Ihrer neuen Arbeit? Macht sie Ihnen Spaß?«

Ich zucke mit den Schultern. »Sie ist besser, als ich erwartet habe.« Obwohl mir dieser Job gefühlsmäßig mehr abverlangt, als ich dachte. »Aber, wie ich schon sagte, mir fehlen die Baustellen.«

»Ist denn nicht eigentlich dies die Fortsetzung Ihrer vorherigen Arbeit? Da schließt sich doch der Kreis. Häuser werden gebaut, damit jemand dort einzieht und sie mit Leben füllt.«

»Na ja, stimmt eigentlich.« Darüber muss ich noch mal in Ruhe nachdenken.

Dann reden wir über das neue Haus-Projekt, und er hat sehr genaue Vorstellungen davon. Es stellt sich heraus, dass er ein ziemlicher Macher ist und weiß, wie er sich bewegen muss, welche Ergebnisse er womit erzielt.

»Sie sind definitiv vom Fach.«

»Unser Unternehmen kümmert sich vor allem um Wiederaufbau und Renovierungen großer Gebäude. Es ist unsere *Mission*, wenn Sie mir diesen Ausdruck erlauben, nichts Neues zu erschaffen, sondern marode Gebäude wieder zum Leben zu erwecken, Gebiete umzustrukturieren, zu beleben, oft in Partnerschaft mit der öffentlichen Verwaltung.« Das ist wirklich ganz wunderbar. Ich schäme mich, ihn für einen Immobilienhai gehalten zu haben.

Aus reiner Höflichkeit (und nicht, weil ich etwa ein schlechtes Gewissen hätte) biete ich ihm die Hälfte meiner Cremeschnitte an. Ich rechne mit höflicher Ablehnung, doch zu meiner großen Überraschung nimmt er an. Ich weiß nicht, ob ich jetzt enttäuscht oder erfreut sein soll. Also teile ich meine Cremeschnitte in zwei Hälften, gebe ihm die eine, sehe seinen amüsierten Blick, als ich mir die Creme von den Fingern lecke.

»Gibt es in Ihrem Leben jemanden? Frau, Freundin, die in London auf Sie wartet?« Warum tust du das, Bianca, warum?!

Wenn ihn diese Frage überrascht oder irritiert, zeigt er es nicht. Er beugt sich ein wenig vor. »Nein, Bianca. Niemanden. Weder in London noch irgendwo sonst auf der Welt. Und in Ihrem Leben?«

»N-nein, niemanden«, stammele ich. Ich habe eine völlig unangemessene Frage gestellt, und er hat mich schon wieder Bianca genannt.

Als sein Blick und meine Verlegenheit aufeinanderprallen, ist sie nur einen kurzen Moment da, diese seltsame, aber ziemlich präsente Spannung. Mit einem ungerechtfertigten Ruck stehe ich auf, als hätte ich es plötzlich sehr eilig. Er bleibt noch sitzen und sieht mich an. Um seine Mundwinkel spielt ein undurchdringliches Lächeln.

»Haben Sie es eilig, Bianca?«

»Nein, nein, doch so langsam sollten wir mal, oder?«

»In Ordnung.«

Und es geht zurück nach Verate.

Sanna hält vor der Trattoria, wo es wie immer zwischen Tischen und Sonnenschirmen hoch hergeht.

Es versteht sich von selbst, dass ein solches Auto Aufmerksamkeit auf sich zieht, und all diese Blicke sind mir höchst unangenehm. Am liebsten würde ich ganz schnell aussteigen. Ich versuche, die Tür zu öffnen, und sage: »Gut, bis morgen dann.« Mein Ton soll professionell und selbstsicher klingen, aber tut es in meinen Ohren überhaupt nicht. Ich möchte einfach nur raus aus dieser peinlichen Situation. Mir ist sie auf jeden Fall peinlich.

Aber die Tür will sich nicht öffnen lassen, so sehr ich auch daran rüttele.

Und dann sagt er das erste Mal seit dem Rastplatz etwas. »Lassen Sie mich das machen. Es gibt einen Trick, wenn die Tür nicht aufgeht.«

Und er langt mit dem Arm über mich zur Beifahrertür und ist so nah, so verdammt nah, dass ich seinen Atem spüren kann.

Sein Körper ganz zu mir gewandt. Seine Schulter an meiner. Sein Arm berührt mich.

»So, sehen Sie, man muss nach rechts drücken und dann …«

Okay, jetzt muss ich ganz schnell hier weg.

Aber als ich mich für die Hilfe bedanken will, ist sein Gesicht plötzlich nur noch wenige Zentimeter von meinem entfernt.

Sein Gesicht.

Sein Mund. Ganz nah an meinem.

Zwei Sekunden lang bewegen wir uns nicht, sehen uns nur gebannt an.

In seinen Augen etwas Neues, Unerwartetes, in meinen wahrscheinlich bloß ein Riesendurcheinander.

Dann dieser unglaublich sanfte Kuss.

Und obwohl ich nicht damit gerechnet habe, obwohl ich nicht will, öffne ich den Mund und erwidere ihn, gebe mich ganz diesem Kuss hin, nach dem ich mich so gesehnt habe, ob mir das nun passt oder nicht.

Bevor er sich von mir löst, drückt er noch einmal für wenige Augenblicke seine Lippen sanft auf meine, dann zieht er langsam den Kopf zurück. Das, was mir an klarem Verstand bleibt, kratze ich zusammen, und ohne einen Blick oder ein Wort stolpere ich aus dem Auto, ignoriere seinen mir hinterhereilenden Ruf.

Erst jetzt wird mir klar, welche Vorstellung wir hier vor der versammelten Trattoria abgegeben haben. Unauffällig wenden alle schnell den Blick ab und tun emsig beschäftigt, als hätten sie nichts mitbekommen von diesem romantischen Intermezzo – wenn man es denn so nennen will.

Und als ich mich fast rennend nach Hause aufmache, kann mich nur ein Mindestmaß an Haltung davon abhalten, meine Hand dorthin zu legen, wo ich diesen süßen, warmen Kuss immer noch spüre, um ihn einen Moment länger zu bewahren.

11

Paris, zentrale Lage, Designerwohnung, 115 m² in stilvollem Art-Déco-Gebäude

Absurderweise ist es tatsächlich Nuccia gewesen, die einen Wendepunkt in der Sache mit Irene herbeigeführt hat.

Sie brachte mir einen Blumenstrauß (Hortensien, Rosen und blühenden Rosmarin) aus dem üppigen Hausgarten der Familie, und während sie ihn auf einer der Konsolen arrangierte, geriet ihr meine Doktorarbeit zwischen die Finger.

»›Bianca Maffei und Irene Principe: *Der neue Bahnhof von Bergamo als Verbindungsglied zwischen Zentrum und südlichen Randbezirken. Eine architektonische Perspektive.*‹ Das klingt aber interessant. Wer ist denn diese Irene Principe?«

»Meine beste Freundin. Oder vielleicht ehemalige beste Freundin, weiß nicht so genau.« Und plötzlich erinnere ich mich an diese anstrengende, aufregende Zeit, in der wir die Arbeit schrieben.

»Wieso weißt du das nicht?« In Nuccias grünen Augen blitzt dieser Inquisitions-Blick auf.

»Es sind ein paar Dinge passiert … Na ja, es ist ziemlich kompliziert.« Ich mache eine unbestimmte Handbewegung, als wäre das Ganze unwichtig.

»Und jetzt?« Als ließe sich Nuccia jemals abspeisen.

»Und jetzt habe ich vielleicht einfach keine beste Freundin mehr«, antworte ich. Ich versuche, scherzhaft zu klingen, kann Nuccia aber nicht einmal ansatzweise hinters Licht führen.

Sie wirft mir einen strengen Blick zu. »Dann reden wir darüber!«

Darüber reden?

»Was ist denn *genau* passiert?« Sie klingt absolut professionell, nimmt mir gegenüber Platz. Ich sitze auf dem Sofa. Die Szene erinnert mich vage an die italienische Version von *In Treatment* mit einem damals noch jungen und hübschen Sergio Castellitto.

Aber anstatt unter diesem verständnisvollen und verstehenden Blick zu lachen, erzähle ich. Von Irene, von Piergiorgio, von dem schrecklichen Gefühl, die Arbeit verloren zu haben. Davon, wie weh es tat, dass sie mir ihre Gefühle für Mat nicht einmal andeutete, wie sie diese Affäre benutzte, um ihren Job zu retten, und von meiner Wut, die einfach nicht nachlassen wollte.

»Verstehst du?«, frage ich schließlich. Kann mich dieses Kind überhaupt verstehen? Ich komme mir ziemlich albern vor.

»Wahrscheinlich hat sie dir nichts erzählt, weil sie sich geschämt hat. Es ist wirklich eine Schande, dass eine junge Frau heutzutage noch eine Affäre haben muss, um arbeiten zu können. Hat sie nichts gelernt aus *Good Night Stories for Rebel Girls?*«

Pause. Ich weiß nicht, was ich sagen soll. Verstanden hat Nuccia auf jeden Fall alles.

»Wie auch immer, meine Großmutter sagt immer, wenn man eine Tür schließt, dann öffnet sich ein Tor. Und du bist jetzt hier, bei uns. Gehst deinen Weg. Bist du nicht furchtbar stolz auf dich?«

Bin ich das?

»Wenn ich du wäre, würde ich versuchen, wieder Kontakt zu dieser Irene aufzunehmen. Jeder braucht eine beste Freundin. Sie braucht dich, du brauchst sie. Man braucht jemanden, mit dem man zusammen lachen, weinen und Geheimnisse teilen kann, oder? Darauf würde ich nicht verzichten.«

Sie hat recht, genau das ist es. Warum sollte ich darauf verzichten? Und das musste ich mir von einem kleinen Mädchen erklären lassen. Einem weisen Mädchen allerdings.

Da fällt mir etwas ein. »Nuccia, entschuldige, ich wollte dich noch etwas fragen. Wie stehst du eigentlich zu Ameisen?«

Also rief ich Irene an und schlug vor, zusammen essen zu gehen. »Ich lade dich ein, ich wollte mich noch für deine Hilfe bei der Kostenschätzung revanchieren.«

»Hör mal, was hältst du davon, wenn ich auf ein Wochenende in Paris erhöhe? Ein Freund von mir überlässt mir nächstes Wochenende seine Wohnung dort. Was meinst du? Zum Essen kannst du mich ja dort einladen«, schlägt sie eifrig vor.

Und in meiner Begeisterung darüber, zwei Tage mit ihr in einer meiner Lieblingsstädte zu verbringen, denke ich gar nicht darüber nach, welcher »Freund« wohl eine Wohnung in Paris haben könnte.

Als ich auflege und mir klarmache, dass der Wohnungsbesitzer nur Piergiorgio sein kann, ist es zu spät, um noch zurückzurudern.

Außerdem muss ich mal weg aus Verate. So unglaublich es auch klingen mag: Erst vertraut er mir Persönlichstes aus seinem Leben an, teilt eine Cremeschnitte mit mir, hört sich alles Mögliche aus meinem Leben an, und als wir aus Sirmione wiederkommen, küsst er mich (überfallmäßig mitten auf der Piazza). Und dann, dann verschwindet dieser Robin Hood von Andrea Sanna mal wieder spurlos. Eine unauffällige Nachforschung meinerseits hat, von Alessandra bestätigt, ergeben, dass aus seiner Wohnung über der ihren schon seit Tagen kein Mucks mehr zu hören ist.

Auch wenn mir klar ist, dass sein Leben bedingt durch die Krankheit des Bruders kompliziert ist, und da er ja C.E.O. bei einer internationalen Immobiliengesellschaft ist, hat er sicher auch zwei, drei Arbeitstermine, aber ich hätte doch, wenn schon keinen Anruf, wenigstens eine Nachricht erwartet. Alles in allem wird es mir guttun, ein Wochenende woanders zu sein.

Außerdem scharwenzeln die Mädels um mich herum und warten auf die Gelegenheit, mir Löcher in den Bauch zu fragen. Besser ist es, einige Hundert Kilometer zwischen den Kuss und ihre, wenn auch liebevolle, Neugier zu bringen.

Sogar Volpe hat seinen Finger in die Wunde gelegt. Bei einer seiner Treppenansprachen hat er mich beglückwünscht. »Sanna hat dir ja ein großzügiges Angebot für den Job in Sirmione geschickt. Ziemlich großzügig.«

Ich kann nicht einmal schnell genug fragen, wie er an das Dokument gekommen ist, schließlich wurde es doch an mein Postfach gesendet, da redet er schon selbstgefällig weiter: »Du machst das hier alles sehr gut. Erst ziehst du in die *Trattoria Moretti*, meiner Meinung nach der Dreh- und Angelpunkt von Verate, und dann freundest du dich auch noch mit Sanna an, was weiß Gott nicht leicht ist. Nur weiter so, sehr gut! ›Bleib hungrig, bleib wahnsinnig‹, immer.«

Ich starre ihn nur an und traue mich gar nicht, ihm zu sagen, dass all diese nützlichen Kontakte nicht, wie er meint, mein Verdienst sind, sondern dem Zufall geschuldet. Und über meine »Freundschaft« mit Sanna gäbe es noch so einiges mehr zu sagen.

Dann geht es nach Paris.

Während des Fluges planen Irene und ich genau unser Programm. Wir haben zwei Tage Zeit, also können wir nur das (unserer Meinung nach) Beste vom Besten (wieder) machen.

Die Ägyptische Sammlung im Louvre ansehen (vor allem den *Codex Hammurapi* und den *Sitzenden Schreiber*), die *Venus von Milo* und die *Nike von Samothrake*.

Im Marais Falafel essen, Geschäfte gucken und auf dem Place des Vosges mit *Frites* auf der Wiese sitzen.

Das ganze Musée d'Orsay besichtigen, aber vor allem vor François Pompons großem Eisbären im *Café de l'Ours* einen *Café au lait* trinken.

Alle sieben Stockwerke der Galeries Lafayette durchstöbern, eventuell mehrfach (Irenes Vorschlag).

Durch das Viertel La Défense laufen (mein Vorschlag).

Das Centre Pompidou lassen wir aus, denn laut Irene ist es ein misslungenes Projekt. (»Findest du es gelungen? Sieht aus wie ein riesiger Einkaufswagen«, urteilt sie unbarmherzig.)

In den fünfundvierzig Minuten, die die RER B bis Notre-Dame braucht, erzählt sie mir aus dem Büro: wer gegangen ist (nicht freiwillig, möchte ich noch einmal betonen), wer geblieben ist und wie sie nun alles mit der Hälfte des Personals versuchen zu schaffen, dass sie gerade wenig Aufträge haben, aber gute Zukunftsaussichten.

»Alle vermissen dich. Locatelli fragt mich auch immer nach dir. Sobald es etwas besser läuft, stellt Piergiorgio dich wieder ein«, versichert sie mir.

»Hoffentlich.« Aber eigentlich weiß ich gar nicht, ob ich zurückwill. Vielleicht lieber in ein anderes Büro. Irgendwie habe ich diese Tür zugemacht, jetzt warte ich geduldig darauf, ein Tor öffnen zu können.

Die Wohnung liegt in der Rue de Verneuil am Rive Gauche, wenige Minuten von der Sorbonne entfernt, wo Piergiorgio an der Geisteswissenschaftlichen Fakultät jahrelang Bildende Kunst und Kunstgeschichte unterrichtete. Daran erinnere ich mich noch.

Das Viertel ist vornehm, das Haus gediegen, bürgerlich, mit einem wunderbaren Art-Déco-Eingangsbereich. Ein stilvoller, holz- und glasverzierter Aufzug bringt uns in den dritten Stock.

Im Eingang hängt ein avantgardistisches Fahrrad mit Titanrahmen. So langsam glaube ich, dass Mat eine fetischistische Neigung zu Fahrzeugen jeglicher Art hat. Auf einer Kommode ein Familienfoto. Mit Frau. Irene sieht es nicht (oder tut so).

Auch hier in der Wohnung dominieren Weiß, helles Holz und Metall, wie im Büro. Viele Designstücke, die in einer Architektenwohnung nicht fehlen dürfen: Chaiselongue von Le Corbusier, ovaler Tulip-Tisch von Eero Saarinen und Ghost-Stühle von Philippe Starck. Orla-Sofa von Cappellini, ebenso von Cappellini sind an den Kopfenden die zwei S-Chairs aus Sumpfstroh.

Alles in allem nichts Weltbewegendes. Im Bad ein Ungetüm von einer Lavastein-Dusche. Im Schlafzimmer dafür ein urgemütliches Bett von B&B mit gepolstertem Kopfteil.

Wir sind mit dem ersten Flug vom Flughafen Linate gekommen. Zehn Uhr ist es jetzt, und wir beschließen, Räder von Velib zu mieten und zum Musée d'Orsay zu fahren. Diese klobigen grauen Räder sind irgendwie komisch, und gut zu bedienen sind sie auch nicht. Allerdings bin ich auch nicht sonderlich beweglich.

Unter großem Gelächter (was endgültig das Eis zwischen

uns bricht) sind wir dann schließlich bereit, es mit der Stadt aufzunehmen.

Es ist ein heißer, aber klarer Tag. In Paris Fahrrad zu fahren ist traumhaft. Solange man nicht von einem Taxifahrer umgenietet wird.

Am Orsay stellen wir uns in die Schlange und vertreiben uns die Zeit damit, Geschichten über die Leute vor und hinter uns zu erfinden. Bis sich herausstellt, dass der außer Form geratene Signore in kurzer Hose und zerknautschtem Hemd kurz vor uns, den ich für einen Metzger aus Quimper hielt, der nur ins Museum geht, um sich *L'origine du monde* anzusehen, in Wahrheit ein Notar aus Asti ist, Präsident der örtlichen *Azione Cattolica*. Das erfahren wir von seiner (bemerkenswert forschen) Frau, die in der Schlange direkt neben mir steht.

Während des ganzen Besuchs versuchen wir, dem Paar nicht mehr über den Weg zu laufen, doch natürlich sehen wir sie an jeder Ecke, auch im *Café de l'Ours*, wo sie bei Kaffee und Macarons sitzen.

Langsam stellen sich unser blindes Verständnis füreinander, unsere alte Harmonie wieder ein und wachsen über Enttäuschung und Wut hinaus, unter denen ich sie begraben hatte. Das ist für uns beide eine so große Erleichterung, dass wir ununterbrochen wie zwei Teenager auf großer Tour kichern und giggeln.

Als wir alles im Museum gesehen haben (auch *L'origine du monde*, allerdings ohne uns so nahe davorzustellen, wie die zahlreichen Männer es hier scheinbar für nötig halten), wollen wir die Seine auf der Pont de la Concorde überqueren und dann über den gleichnamigen Platz zum Boulevard Haussmann gehen.

In den Galeries Lafayette (so etwas wie Irenes Sainte Chapelle), wo wir an jedem Stand in jedem Stockwerk waren, einschließlich Hausfrauen- und Kleinkinder-Abteilung, gehen wir hoch bis in den siebten Stock auf die herrliche, mit Sofas ausgestattete Dachterrasse. Die Oper liegt direkt gegenüber, der Ausblick ist fabelhaft, und wir genehmigen uns einen Pernod und ein *Assiette de Charcuterie.* Mehr können wir uns in diesem Jahrmarkt der Eitelkeiten nicht leisten.

Wir reden über die Absurdität, dass ein so chauvinistisches, protektionistisches Volk wie die Franzosen, unsere Verwandten jenseits der Alpen, in ihrem heiligen Luxustempel zum Englischen übergehen und dieses Lokal hier tatsächlich *Ice Cube Bar* genannt haben.

Sehr erschöpft gehen wir zur Wohnung zurück. Wir besuchen aber vorher die großzügig ausgestattete *Boulangerie* direkt um die Ecke und decken uns dort mit zwei Stücken *Tarte Tatin* ein.

In der Poggenpohl-Küche machen wir uns dann Tee; wahrscheinlich hat noch nie jemand darin gekocht, so weiß und glänzend ist alles. Schließlich setzen wir uns aufs Sofa und fangen schlürfend und schmatzend an zu erzählen. Eigentlich erzählt nur Irene.

Dass es wunderbar sei, einen Mann wie Piergiorgio zu lieben, aber auch schwierig.

»Er kann so viel geben, doch an manche Bereiche komme ich einfach nicht ran. Das ist so frustrierend.«

Ach was. Hätte ich nicht gedacht.

»Gerade ist er mit seiner Familie in Megève. Er liebt seine drei Töchter über alles und würde sie verlieren, wenn er seine Frau verließe.«

Was soll ich dazu sagen? Dass ich solche Geschichten zu Dutzenden gelesen und gehört habe und keine so ausgegangen ist, dass der Liebhaber seine Frau verlassen hat? Vor allem dann nicht, wenn sie die Tochter des Geschäftspartners und Geldgebers ist? Aber ich weiß, dass ich mir das sparen kann. Paardynamiken sind unergründlich.

»Wahrscheinlich solltest du das so akzeptieren und … und nehmen, was er dir geben kann.«

»Ich weiß, ich weiß … Ich darf einfach nicht darüber nachdenken; es macht mich verrückt. Ich will nichts über seine Familie wissen oder darüber, was er mit ihnen macht. Ich will nicht, dass er mir irgendetwas darüber erzählt, nicht daran denken, wie er mit ihnen zusammen ist. Ich will überhaupt nichts von diesem Teil seines Lebens wissen.«

»Ein wahrhaft wesentlicher Teil, würde ich sagen.« Und wenn ich ehrlich bin, glaube ich nicht, dass ihre Vogel-Strauß-Taktik funktioniert.

»Ja, ja, ich weiß. Aber ich bin jeden Tag der Woche mit ihm zusammen, und er macht sich auch immer an einigen Abenden frei, doch ich weiß nicht, wie lange mir das noch reicht. Ich habe die Schlüssel für diese Wohnung nur angenommen, weil er mir geschworen hat, dass seine Frau nie hier gewesen ist. Diesen Gedanken könnte ich nicht ertragen.« Dass seine Frau nie hier gewesen ist, halte ich für ein Gerücht.

Aber angesichts von Irenes Tränen (vielleicht weint sie aus Wut, sicher jedoch aus Frust) will ich ihr keine Standpauke halten oder vorschnell urteilen.

Vor nur wenigen Wochen behauptete sie noch völlig überzeugt, sie erwarte nicht, dass Piergiorgio seine Frau für sie verlasse, und dass für sie alles so in Ordnung sei. Und jetzt …

Wir reden noch ausführlich über die Komplikationen von Dreiecksgeschichten und fallen schließlich erschöpft ins große Bett.

Sonntagmorgen hole ich unten schnell *Pain au chocolat* und Kaffee zum Mitnehmen. Um neun müssen wir im Louvre sein. Am ersten Sonntag im Monat ist der Eintritt frei; es wird auf jeden Fall ziemlich voll.

Ich habe Mühe, Irene zu wecken, doch um Punkt neun Uhr stehen wir vor einem der Seiteneingänge und bleiben bis um zwölf im Museum. Wir wollen noch etwas essen gehen, bevor wir unsere *Luxury Tour* in die Rue Faubourg Saint-Honoré starten. Natürlich nur gucken. Aber die Schaufenster sind wirklich wahre Kunstwerke.

Wir sind gerade aus dem Louvre gekommen und essen zu der Akkordeonmusik eines Straßenmusikers am Place Colette einen *Croque Monsieur* von Le Nemours, da tritt zu meiner großen Überraschung unser unvergleichlicher Ingegnere Sanna aus den Arkaden und überquert den Platz.

Ich traue meinen Augen nicht. Aber er ist es wirklich. Was macht er in Paris?

Ich muss mich gewaltsam zurückhalten, um nicht aufzuspringen, loszurennen und ihn anzuschreien, etwa so: »Wo bist du gewesen? Du erzählst mir von dir und deinem Leben, fragst mich nach mir und meinem, küsst mich, und dann löst du dich in Luft auf? Soll das etwa ein neues Spiel sein? Ich habe schon mit dem Schlimmsten gerechnet, und du spazierst hier fröhlich durch Paris!«

»Was ist denn mit dir los? Hast du einen Geist gesehen?« Irene ist mein Gefühlschaos nicht entgangen.

»So was Ähnliches.« Sie folgt meinem Blick.

»Wer ist das? Kennst du den?«, fragt meine scharfsinnige Freundin.

»Nein.« Und das hört sich seltsam wahr an.

»Nicht schlecht. Man redet ja immer viel über den Charme

der französischen Frauen, doch die Männer sind auch nicht übel. Dieser da ganz besonders.«

»Ja.« Mehr als eine Silbe bringe ich nicht zustande. Ich schaue ihm nach, und ich bin überrascht, dass Andrea Sanna gar nicht so kühl wirkt. Ich könnte nicht sagen, ob sich da etwas an seinem Äußeren oder aber an meinem Blick auf ihn verändert hat. Wie immer trägt er Grau, doch mit dem über die Schulter geworfenen Sakko und der in die Hosentasche gesteckten Hand wirkt er sehr entspannt. Auf dem Platz bleibt er vor dem Akkordeonspieler stehen und wirft ihm etwas in den Hut. Etwas, das den Akkordeonspieler definitiv erfreut, denn er macht eine kleine Verbeugung. Dann verschwindet Sanna in der Metro.

»Was ist los mit dir?«, will Irene perplex wissen.

Ich sammle mich und esse weiter. »Der *Kiosque des noctambules.*« Ich zeige auf das Kunstwerk über dem Metroeingang. »Ein bisschen zu visionär, findest du nicht? Sieht aus wie ein riesengroßes Perlenarmband.«

Aber ich höre ihre Antwort gar nicht, beschäftigt wie ich bin, meinen Herzschlag zu beruhigen, der auf mindestens tausend pro Minute gestiegen ist, als ich Andrea Sanna gesehen habe.

Später am Nachmittag im Marais sitzen wir auf der Wiese im Park am Place des Vosges, essen (ich zerstreut) Falafel und *Frites*, und Irene fragt: »Und, gibt es bei dir Herzensneuigkeiten?«

Tja, diese Frage habe ich mir auch schon gestellt. Aber mir ist nicht danach, etwas zu erzählen, was für mich selbst nicht greifbar ist. »Nichts Neues.«

»Irgendwen Interessantes wird es in Verate ja wohl geben, oder? Du solltest mal anfangen, dich umzusehen.« Warum eigentlich?

»Ja, werde ich tun, versprochen«, sage ich, damit das Thema vom Tisch ist. Ich bin noch nicht bereit, über Andrea Sanna zu sprechen. Schon gar nicht mit Irene, denn irgendwie hat sie mir ja auch das Herz gebrochen.

Den Rest des Tages denke ich an ihn. An das Wenige, das ich weiß oder mir zusammengereimt habe. Er ist Top-Manager in einer Londoner Immobiliengesellschaft. Ich weiß nicht, wie alt er ist, glaube aber, so um die vierzig. Er ist nicht verheiratet, hat auch keine Freundin. Behauptet er wenigstens. Er hat einen kranken Bruder, den er sehr liebt, verbringt oft die Nacht außer Haus, hat eine Wohnung in London und ein Haus in Sirmione, und jetzt sehe ich ihn hier in Paris. Und er hat mich geküsst. Bei dieser Erinnerung fährt meine Hand ganz automatisch an meine Lippen, wie ein Reflex.

In diese Falle darf ich nicht tappen. Ich nehme mir vor, formale Professionalität an den Tag zu legen, wenn ich ihn wiedersehen werde. Man kann ja nicht sein Herz an jemanden verschenken, der kommt und geht, wie es ihm passt (und haargenau das ist *Understatement*), der einen küsst und sich dann nicht mehr blicken lässt.

Auf jeden Fall waren diese beiden Tage in Paris gut für Irene und mich. Wir haben gelacht und geweint, wenn auch noch keine Geheimnisse geteilt.

12

Gesucht: Einsam gelegener Wohnsitz, unbedingte Ruhe und Privatsphäre, mindestens 400 m². Mailänder Umland bevorzugt

Zurück aus Paris, gehe ich am Montagmorgen zum Frühstücken in die Trattoria.

Schon vor Wochen habe ich begriffen, dass es sinnlos ist, etwas zu bestellen. Hier läuft ohnehin alles random, zufällig gewissermaßen, auch wenn das Vorgesetzte nicht wirklich dem Zufall überlassen ist, sondern Eleonoras Laune.

Ich sitze kaum draußen an einem der Tische, da werden mir schon ein mit Ricotta und Pistazienstückchen gefülltes Cannolo, frisch gepresster Orangensaft und ein Espresso gebracht.

»Ich dachte, dass du nach Paris wieder Kontakt zu deiner italienischen Identität aufnehmen möchtest.«

»Eleonora, ich war nicht einmal achtundvierzig Stunden in Paris. Ich kann dir versichern, dass ich nicht das Geringste meiner italienischen Identität verloren habe.«

»Man weiß ja nie. All die Baguettes, Omelettes, Noisettes …«

Während sie alles auf dem Tisch arrangiert, sehe ich mich um.

»Nein, ist noch nicht wieder aufgetaucht«, teilt sie lakonisch mit.

»Wer?«

»Der Ingegnere, wer sonst?«, antwortet sie verwundert.

»Aber ich …«, setze ich an.

Sie seufzt. »Bianca, willst du einen Rat? Verschwende deine

Zeit nicht damit, etwas zu verbergen, das für alle offensichtlich ist. Vor allem nach dem Abend neulich.«

Ich wüsste wirklich gern, was für alle offensichtlich ist, doch da wird Eleonora an einen anderen Tisch gerufen.

Außerdem wollte ich gar keinen Rat.

Signora Levati setzt sich an den Nebentisch. Sie trägt einen seidenen Hosenanzug mit knalligem Ethno-Muster, extrem chic.

»Guten Tag, geht es Ihnen gut?«, frage ich.

»Guten Tag, Architetto«, antwortet sie seufzend, »alles gut, ja. Solange es mir möglich ist, komme ich her und genieße die Aussicht auf den Fluss und die Berge. Solange ich noch hier lebe.«

»Möchten Sie nicht in Verate bleiben, wenn Sie das Haus verkauft haben?« Falls uns das je gelingen sollte.

»Nein, das könnte ich gar nicht.« Wieder ein Seufzer. »Es wäre zu schmerzhaft für mich, mein Zuhause von jemand anderem bewohnt zu sehen.«

Okay, ich muss etwas unternehmen. Und zwar schnell.

Als ich gehe, treffe ich auf Alessandra.

»Hallo, Bianca. Denk dran, heute Abend ist die zweite Vorstellung im *Kino unterm Sternenhimmel.* Es läuft ein ›Thriller‹ à la Dario Argento«, ruft sie und reicht mir einen Flyer, auf dem eine in Strömen blutende Frau im Nachthemd zu sehen ist. Und was ist das da in ihrer Hand? Ihre Augen? Anscheinend.

Ich hasse Blut und grausame Szenen.

Ich sage zwar nichts, aber sie kann es mir wohl ansehen.

»Im Programm soll für jeden etwas dabei sein. Heute Abend sind eben die Jugendlichen an der Reihe. Komm doch auch, bitte.«

Also verspreche ich ihr, mir am Abend *Shanda's River* anzusehen. Eine Geschichte von Hexen und Sekten. Mir wird schon schlecht, wenn ich nur den Flyer sehe.

Noch bevor ich in der Agentur nach dem Plan für heute fragen kann – die Begutachtung können wir ohne unseren Mystery Man ja ohnehin nicht weiterführen –, schneit Barbara, die Malerin, herein.

Sie hat eine große Mappe dabei. Offensichtlich ein Bild. »Architetto, das hier ist für Sie.«

Ich lächle und bereite mich schon mal darauf vor, Begeisterung zu heucheln.

Als ich es dann aber auspacke, bin ich verblüfft. Überraschenderweise ist das Bild wunderschön.

Es stellt aus der Vogelperspektive dar, was Barbara aus ihrer neuen Wohnung sieht. Häuser, Dächer, Bäume, der Fluss und die Hügel in Aquarellfarben, ein sorgfältig gezeichnetes Stadtbild, nur ein Tüpfelchen leuchtender, weicher, so, dass man sofort in dieses Bild einziehen möchte.

»Danke, Barbara, das ist wunderschön.« Die Signora hat wirklich einen feinen Pinselstrich.

»Freut mich, dass es Ihnen gefällt, Architetto.«

»Sehr, wirklich sehr. Sie sind ja eine wahre Künstlerin. Und bitte, nennen Sie mich doch Bianca.«

»Sehr gern, Bianca.«

Und sie geht zufrieden mit sich und der Welt, und ich kann meinen Blick gar nicht mehr von dem Bild abwenden.

Wer hätte das gedacht?

Die Ladentür ist noch nicht wieder ins Schloss gefallen, da öffnet sich die von Volpes Büro, und er erscheint oben an der Treppe.

Cristina und ich sitzen so quasi zu seinen Füßen, den Kopf im Nacken, und warten auf die Ansprache.

»Ich habe prächtige Neuigkeiten, wirklich ganz prächtige!« Kunstpause. »Wir haben einen Käufer. Ein berühmter Regisseur könnte an dem Haus von Mafalda Levati interessiert sein!«

»Hat er es schon gesehen?«, stammele ich und setze mich, um diesen Schlag zu verdauen. Ich will das Haus von Signora Levati nicht verkaufen. Und sie will es auch nicht.

»Fürs Erste nur die Fotos. Doch er sucht einen einsamen, ruhigen Ort, wo er ungestört über seine neuen Projekte nachdenken kann.«

»Aber ich …« Ich stocke. Tatsächlich gibt es nichts gegen den Verkauf einzuwenden.

Geometra Volpe macht eine kurze Pause, um mir Gelegenheit zu geben, meine Einwände vorzubringen, dann redet er weiter: »Das wäre ein großartiges Geschäft, verstehst du? Es geht hier um etwa vierzigtausend Euro Kommission für die Agentur, achttausend für dich. Ein guter Fang, wie?«

Ja, ein guter Fang. Gleich breche ich in Tränen aus.

»Eigentlich wollte ich eine Alternativlösung finden«, höre ich mich sagen.

Irritiert sieht er mich an – verständlicherweise.

»Was für eine Alternativlösung? Wir verkaufen oder vermieten, und in letzterem Fall könnte Signora Levati sich selbst keinen Kauf leisten und müsste für sich etwas mieten. Dazu kommt, dass es ziemlich schwer ist, Mieter für ein Haus dieser Größenordnung zu finden, und wenn im schlimmsten Fall jemand einzieht, der seine Miete nicht zahlt … das wäre für Signora Levati ein ernsthaftes Problem.«

Ich sage gar nichts. Es gibt eine Alternativlösung. Seit Tagen schon denke ich darüber nach. Aber es ist nicht der Moment, Volpe in einen Plan einzuweihen, den bis jetzt nur ich kenne.

Geometra Volpe macht mit der Assistentin des berühmten Regisseurs einen Termin für kommende Woche aus. Das heißt, ich habe nicht viel Zeit, meinen Plan auszuführen.

Und muss vorher noch Unterlagen mit weiteren Fotos anfertigen.

Das tue ich nur ungern, deshalb füge ich (ziemlich unprofessionell) einige zweifelhafte Textelemente ein. Der offensichtlich bewohnbare Dachboden wird »eine eventuell nutzbare Fläche, die jedoch einer sorgfältigen und genauen Prüfung bedarf«, der schöne Garten mit Flussblick »ein schönes, aber arbeitsaufwendiges Stück Grün«. Ich hoffe, Volpe liest das nicht. Falls doch, kann ich mir einen anderen Job suchen.

Doch ich bin traurig. Nicht nur wegen Signora Levatis Haus. Ich schaue immer wieder auf mein Handy. Ich kann es einfach nicht leugnen: Über eine Nachricht von Sanna würde ich mich freuen. Ich hätte da einige Fragen an ihn. Und es geht hierbei nicht um tachymetrische Vermessungen oder Höhenmessungen.

Irgendetwas werde ich für Signora Levati tun können. Im Falle Andrea Sanna aber fällt mir nichts ein. Wir müssen natürlich sein Jobangebot verhandeln. Auch wenn »verhandeln« hier nicht das korrekte Verb ist. Das Angebot ist so reizvoll und großzügig, dass ich gar nicht anders kann, als es dankbar anzunehmen.

Zur Auflockerung ruft Sassi an.

»Ciao, Bianca. Wir bräuchten mal deine Hilfe, wenn es geht. Max ist im Vorstand einer *Casa Famiglia*, einer gemeinnützigen Organisation, die Wohngruppen für Jugendliche aufbaut und betreut. Der Direktor ist ein Freund von ihm, von uns mittlerweile. Leider wurde ihnen die Unterkunft gekündigt, und bis von Amtsseite irgendetwas passiert, wird es wohl ein

Jahrzehnt oder so dauern. Also dachten wir, wir könnten ihnen vielleicht unter die Arme greifen und helfen, neue Räumlichkeiten zu finden.«

»Was genau suchen sie denn?«

»Der Verantwortliche, Galimberti, sagte, ideal wäre eine Bleibe außerhalb von Mailand, im Grünen. Deshalb dachte ich sofort an dich. Es sind jetzt zehn Jungs, mehr kann die Einrichtung nicht aufnehmen, alles Jugendliche. Ich habe schon Alberto gefragt, aber momentan hat er nichts in der Größe zur Miete. Ach ja: Sie wollen aus Mailand weg, um Kosten zu sparen.«

»Ich bespreche das mal mit Cristina, doch ich fürchte, da gibt es im Moment nichts in unserer Datenbank. Ich halte dich auf dem Laufenden«, sage ich und mache mir Notizen.

»Okay, sehen wir uns heute Abend im Kino?«

»Ja, klar. Sollte ich doch noch etwas finden, gebe ich dir später Bescheid.«

Doch Cristina zerstreut meine Hoffnungen sofort. »Dafür bräuchte man ein altes Bauernhaus. Das haben wir gerade nicht im Angebot.«

»Was ist mit den Häusern von der Straßenwacht? Neulich ist mir auf der Nationalstraße noch ein unbewohntes aufgefallen«, gebe ich gleich zurück. »Da müsste man natürlich etwas Arbeit reinstecken.«

»Die Häuser von der Straßenwacht wurden an das Kulturministerium abgegeben, um in Herbergen umgewandelt zu werden. Das Haus, was du meinst, soll eine Radfahrerunterkunft werden.«

»Das wusste ich nicht. Schade. Dann lass uns die Augen offen halten.«

Zu Hause sehe ich mich nach einem geeignetem Platz für Barbaras Bild um. Perfekt ist die Küchenwand; das Licht würde die Farben dort am besten zur Geltung bringen. Aber genau da (in der Mitte) hängt das Formular zur Wiedereintragung in die Liste der Architektenkammer. Nachdem ich alles Mögliche ausprobiert habe, nehme ich es ab und hänge das Aquarell auf. Für das Formular wird sich ein anderer Platz finden; erst einmal kommt es in eine Schublade.

Aber jetzt muss ich schnell noch etwas essen. Gleich fängt der Film an.

Als ich Sassi im »Hügel-Kino« sehe, erzähle ich ihr, dass ich bis jetzt nichts erreicht habe, es jedoch weiterhin versuchen werde.

Dann setze ich mich in die letzte Reihe, denn sollte *Shanda's River* so brutal sein, wie ich befürchte, kann ich unauffällig verschwinden.

Der Film ist das pure Entsetzen, aber mir ist sofort klar, dass »unauffällig verschwinden« keine Option ist.

Ich könnte gar nicht den dunklen Weg hier entlanglaufen, denn im Film ist genau so einer, und auf dem passieren die ganze Zeit die schrecklichsten Dinge. Fassungslos über das, was auf der Leinwand vor sich geht, kneife ich die Augen zu und halte mir entsetzt die Hand vor den Mund. Sollte der Regisseur sich zum Ziel gesetzt haben, seine Zuschauer in Todesangst zu versetzen, kann er bei mir einen vollen Erfolg verbuchen. Vom ersten Blutstropfen an habe ich Blut und Wasser geschwitzt. Der Drehbuchautor muss über eine bemerkenswerte Fantasie verfügen, hat er sich doch zehn mögliche Todesarten für die Protagonistin, eine Anthropologie-Professorin, ausgedacht. Über den kompletten Film verteilt. Jede einzelne ausweglos. Allesamt grausam und äußerst geschmacklos. Vielleicht haben ihn seine eigenen Uni-Erinnerungen inspiriert. Wer weiß?

In der Mitte des Films setzt sich jemand neben mich, doch ich achte nicht darauf, beschäftigt wie ich bin, nicht bei jedem Gemetzel in entsetztes Geschrei auszubrechen.

Mit zusammengekniffenen Augen kralle ich meine Fingernägel in die Handgelenke und stoße unkontrollierte Laute aus.

Plötzlich legt sich eine kühle, glatte Hand auf meine. Dann ein besorgtes: »Alles gut, Bianca?« Trotz des ungünstigen Moments bereitet mir der Klang dieser Stimme ein wirres Glücksgefühl.

»Ja, ist nur dieser Film. Das ist mir irgendwie zu viel«, stottere ich.

»Soll ich dich nach Hause bringen?« Der Kuss hat auf jeden Fall zum Du geführt.

Aber jetzt erinnere ich mich daran, dass ich doch eigentlich professionell distanziert mit ihm umgehen wollte. Also keine Fragen über klemmende Türen in zu tief liegenden Autos und die Konsequenzen daraus. Ich sieze ihn rigoros weiter. Auf sein Hilfsangebot kann ich aber nicht verzichten.

»Ja, danke, Ingegnere.« Mit seinem Titel bekräftige ich noch einmal die Distanz zwischen uns. Als wir aufstehen, entgleitet meine Hand seiner, und das finde ich ziemlich schade. Konsequenz ist nicht gerade meine Stärke.

Doch ich finde, hier läuft einiges nicht ganz korrekt, denn Sanna weiß jetzt, dass ich unter Klaustrophobie und Aquaphobie leide und darüber hinaus auch noch ein Angsthase bin.

Nachdem wir ein Stück gegangen sind, versuche ich also, wieder ein wenig an Land zu gewinnen: »Entschuldigen Sie, so nach und nach offenbare ich Ihnen gegenüber alle meine Schwächen.«

»Bianca, es gibt keine Schwächen, nur Spielräume, innerhalb derer wir uns bewegen und dazulernen.« In seiner Stimme liegt ein Lächeln, ganz offensichtlich versucht er nur, etwas zu sagen, damit es mir besser geht.

Aber ich fühle mich wirklich schon viel besser, und es erfüllt mich mit banger Freude, mit ihm zusammen den düsteren Weg entlangzulaufen.

Ich versuche, mich von diesen Gefühlen abzulenken und ein Gespräch anzufangen. »Was halten Sie von dem Film?«

»Ich habe nur einige Minuten gesehen und kann mir kein Urteil erlauben, doch ich weiß, dass er im Ausland sehr viele Preise gewonnen hat. Vor allem in den Vereinigten Staaten, wo das *Scary Movie* ja sehr beliebt ist.«

»Ach, solche Filme bekommen auch Preise?« Ich fand ja immer schon, dass die Amerikaner einen Schuss haben.

»Ja.«

»Der Drehbuchautor ist psychisch krank, davon bin ich überzeugt. Vielleicht werde ich ihm das noch mitteilen.«

»Ehrlich gesagt glaube ich, dass er das als Kompliment ansehen würde.«

Schweigend gehen wir weiter. Keiner von uns möchte reden. Vielleicht denkt Sanna ja auch an den Kuss.

Als wir am Törchen sind, wiederholt sich die übliche Szene: Er öffnet es, ich sehe mich erst einmal nach dem Federvieh um und gehe dann rein.

»Gute Nacht, Ingegnere, und danke.«

»Bianca?« Schon seine Stimme löst in mir dieses Achterbahn-Gefühl aus.

»Ja, Ingegnere?«

»Ich würde mich freuen, wenn du mich Andrea nennen würdest.« Und ich würde mich freuen, wenn du mich küssen würdest. Noch einmal. Aber das darf ich nicht einmal denken.

»Gut, gute Nacht, Andrea.« Irgendwie macht mich das

glücklich. Obwohl es nur eine Kleinigkeit ist – besser als nichts ist es allemal. Jetzt werde ich auch noch pathetisch.

Und der professionelle Abstand?

Er wartet, dass ich reingehe. Kein Kuss.

Ich drücke mich in der Wohnung herum, ohne zu wissen, wohin mit mir.

Noch einmal nehme ich *Liebe unter kaltem Himmel* zur Hand. Schöne Geschichte, ist aber nichts für heute Abend. Ich schalte den Fernseher an. Sommerprogramm: alte, peinliche Filme. Auf Rete 4 läuft doch tatsächlich *Zorro*. Und so sieht es überall aus. Bei Netflix auch nichts Neues.

Ich gehe auf den Balkon, wo die Schreie aus dem Film überdeutlich zu hören sind; die Leinwand hängt direkt am Hügel gegenüber.

Okay, also wieder rein und bettfertig machen. Dusche, Zähne putzen, Pyjama und ab unter die Decke. Und dann denke ich an Andrea Sanna. Andrea. Er hat mich geküsst und jetzt gebeten, ihn bei seinem Vornamen zu nennen. Was das wohl bedeuten soll? Für ihn, meine ich. Denn für mich weiß ich es sehr gut: einen Haufen Ärger.

Kann ich leugnen, dass er mich fasziniert?

Vielleicht sollte ich meinen schlauen Vorsatz wieder beherzigen, nämlich professionell bleiben. Einfach, um mir die emotionale Achterbahn zu ersparen zwischen Kuss-Verschwinden-Wiederauftauchen-Kein Kuss.

Vielleicht ist es jetzt zu spät.

Denn beruflich werden wir uns ja auf jeden Fall häufiger sehen.

Nachdem ich mich zwei Stunden lang hin und her gewälzt habe, gebe ich auf, ziehe einen leichten Morgenrock über, ein paar Flip-Flops an und gehe auf eine Runde in den Park. Einen klaren Kopf bekommen. Ein völliges Durcheinander herrscht in mir. Viel zu viele ungerechtfertigte Glücksgefühle, wenn er in meiner Nähe ist. Ein viel zu großes Gefühlschaos.

Als ich durch den Gemüsegarten gehe, strecken sich drei gefiederte Köpfe aus dem Holzhäuschen. Diesmal geben die Gänse glücklicherweise keinen Laut von sich, sondern beobachten mich nur schweigend. Missbilligend, wie ich finde. Wann schlafen die drei eigentlich mal?

Mittlerweile ist es ein Uhr, aber die Nacht ist warm, und es duftet nach Sommer. Die Piazza und der Park liegen ausgestorben da. Das ist auch besser so, denn ich bin nicht passend angezogen, um soziale Kontakte zu pflegen. Mit den von unten angestrahlten Bäumen sieht der Park aus wie ein verwunschener Wald. Ein riesiger, über den oberen Ästen hängender Vollmond verstärkt diesen Eindruck noch. Leise, aber doch deutlich ist das Plätschern des großen Brunnens zu hören. Dort werde ich hingehen, mich auf eine Bank setzen und warten, dass ich endlich müde werde.

Aber als ich am großen Platz beim Brunnen ankomme, erlebe ich eine Überraschung. Eine große Überraschung. Auf einer Bank, die Ellbogen auf den Knien und das Kinn in die Hände gestützt – ich würde sagen: nachdenklich –, sitzt Andrea Sanna.

Er sieht mich an, vielleicht verwundert (das wird er wohl ein wenig sein, immerhin streife ich hier in Morgenrock und Flip-Flops umher). Ohne den Blick abzuwenden, wartet er darauf, dass ich mich zu ihm setze.

Dann legt er den Kopf leicht schief. »Bianca«, sagt er zum Gruß.

»Andrea«, gebe ich zurück.

Einige Sekunden Stille.

Schließlich höre ich meine Stimme völlig aus dem Zusammenhang gerissen. »Ich habe meinen Doktor in Architektur mit den besten Noten gemacht; das ist schon mein Kindheitstraum gewesen. In Mailand habe ich als Architektin gearbeitet, als Bauleiterin, wie du weißt. Ich war so stolz auf mich, auf meinen Doktor mit nur dreiundzwanzig, auf meine Arbeit. Als im Büro dann die Aufträge ausblieben und mein Vertrag nicht verlängert werden konnte, war ich vollkommen verloren. Ich habe mich nutzlos gefühlt. Mich nicht mehr wiedererkannt. Als hätte ich meinen Platz in der Gesellschaft verloren.«

Er hat sich zurückgelehnt und hört sich an, was er meiner Meinung nach wissen sollte.

»Ich kam nur hierher, weil ich nicht im Unternehmen meines Vaters Hydraulik-Fittings verkaufen wollte, vielleicht mehr aus Sturheit als irgendetwas sonst. Wohnungen und Häuser zu verkaufen ist nicht schlecht, es ist sinnvoll. Eine gute Sache, für jemanden das richtige Heim zu finden. Es ist sogar eine sehr dankbare Aufgabe, doch umso frustrierender, wenn es einem nicht gelingt. Ich hätte das niemals geglaubt, aber ich fühle mich wohl in Verate. Die Mädels hier haben mein Leben leichter gemacht, die Wohnung neben der Trattoria hat es um Vielseitiges erweitert, und Wärme hat es bekommen durch das Gefühl, Teil einer Gemeinschaft zu sein. Auf jeden Fall eine positive Bilanz. Aber ich möchte wieder Architektin sein.«

Pause. Dann: »Bianca, du wirst immer Architektin sein, egal, in welchem Beruf du arbeitest. Dein Wissen hat sich dir eingebrannt, und niemand wird es dir nehmen können. Und Bürokratie kann schon gar nicht das Gegenteil bezeugen«, sagt er, und seine Worte sind voller Emotionen.

Dann ist also jetzt der Moment der Wahrheit gekommen.

»Du hast mich geküsst.« Ich rücke etwas von ihm ab und sehe ihn nicht an. So ist es leichter.

»Ja.«

»Warum?«

»Ich wollte es. Und, wie ich zugeben muss, schon sehr lange.« Während ich diese Information verdaue, redet er weiter.

»Du bist nach dem Kuss weggelaufen.«

»Ja.«

»Warum?«

»Vielleicht aus dem gleichen Grund. Mir wurde klar, dass ich es auch seit Langem wollte.« Das ist die reine Wahrheit. Wie konnte ich das bloß verbergen, sogar vor mir selbst? Aber vielleicht habe ich es ausschließlich vor mir selbst verborgen, sonst vor niemandem.

»Ich habe dich noch gerufen, doch du bist weitergelaufen.«

»Ich weiß. Ich glaube, ich hatte Angst.« Zu Recht, fürchte ich.

Doch als ich seinen Blick suchen will, hat er seinen schon längst auf mich geheftet. Mein Herz setzt einmal aus, und mein Atem wird flach.

Die Vernunft rät mir, schnellstens wegzulaufen, aber ich bleibe wie festgeklebt sitzen, so rät es mir mein Gefühl.

Schließe die Augen und öffne mein Herz ... und weiß, was jetzt kommt.

Dann spüre ich seine Hände auf meinem Gesicht, das leise Streichen seiner Finger durch mein Haar. Seine Lippen unerwartet erst auf den Lidern, schließlich auf dem Mund.

Der Kuss geht mir durch Mark und Bein, so intensiv ist er, und als er zu Ende ist, bin ich diejenige, die sagt: »Komm, lass uns gehen.« Und das ist keine Frage.

Aber er antwortet trotzdem. »Ja.« Mit aufgewühlter Stimme.

13

Rehabilitationszentrum, Palazzo Parodi Valsecchi, externes Gebäude im alten Villa-Park. Vierzig Schlafplätze

Eng an ihn geschmiegt wache ich auf, mein Kopf an seiner Schulter, sein Arm fest um mich geschlungen.

Ich spüre, dass er auch wach ist.

Langsam streicht meine Hand über seine Brust. Dafür bekomme ich einen Kuss aufs Haar.

»Du bist ja wach.« Seine Stimme ist warm und tief. Wo hatte er die bloß zuvor versteckt?

»Ja.« Ich hebe den Kopf. Schließe die Augen und warte, dass sich seine Lippen sanft auf meine legen.

»Guten Morgen.«

»Guten Morgen.« Ich strecke mich, fühle mich absolut wohl hier mit ihm. Diese Nacht hat alles verändert. Wie hätte es anders sein können?

»Wie geht es dir?« Eine einfache Frage, die es jedoch in sich hat.

»Hervorragend.« Das ist die reine Wahrheit. »Und dir?«

»Mir auch, ganz hervorragend.«

»Es war … sehr schön.« Ich hätte gern ein stärkeres Adjektiv gebraucht, um meine Gefühle zu beschreiben. In mir ist eine tiefe Zufriedenheit, aber auch ein Riesendurcheinander, das muss ich zugeben.

»Ja, das stimmt.«

Ich schmiege mich noch näher an ihn. Am liebsten würde ich alles wieder von vorne anfangen, doch …

»Was meinst du, Bianca?« Kuss. »Stehen wir auf«, Kuss, »und gehen«, Kuss, »frühstücken?« Kuss.

Könnten wir nicht einfach hierbleiben und diesen Gesprächsrhythmus beibehalten? Aber der durch das geöffnete Küchenfenster dringende Trubel erinnert mich daran, dass heute Dienstag ist. Und beinahe schon acht Uhr. Und die Arbeit wartet. Aber ... »Frühstücken? Zusammen?« In aller Öffentlichkeit!

»Wäre nicht das erste Mal.«

»Doch das erste Mal seit ... Außerdem duzen wir uns jetzt ...« Ganz zu schweigen von den Geschehnissen letzte Nacht, die sich nur schwerlich vor den Mädels verbergen lassen werden.

Er lächelt ironisch, und da ist er wieder, mein alter Ingegnere Sanna. »Ich habe nicht vor, irgendetwas vor irgendwem zu verheimlichen. Ich habe dich hier schon in aller Öffentlichkeit geküsst, weißt du das etwa nicht mehr?« Wie könnte ich das vergessen? »Außerdem haben unsere drei persönlichen Haus- und Hofgänse heute Nacht ihre lautstarke Pflicht getan, nicht wahr?«

Stimmt. Priscilla, Penelope und Gedeone haben sich zwar darauf beschränkt, mich beim Verlassen des Hauses lediglich zu beobachten, hielten es jedoch für angebracht, nicht die ganze Stadt, aber wenigstens Familie Moretti über meine Rückkehr zu informieren. Die Trattoria war also plötzlich hell wie ein Weihnachtsbaum erleuchtet, und Eleonora stand am Fenster, um nachzusehen, wer da wohl die Gänse aus ihrem wohlverdienten Schlaf gerissen hatte. Eleonora. Ausgerechnet die Person, die Privatsphäre für überbewertet hält.

Hatte ich tatsächlich vergessen. Was aber passiert ist, nachdem wir die Tür hinter uns geschlossen hatten, weiß ich noch, und zwar alles und haargenau. Ich muss nur seine Haut berühren, um in aller Lebendigkeit den Moment wieder zu erleben, in dem unsere Körper das erste Mal zueinanderfanden.

Sofort war diese Verbindung zwischen uns da. Wie wir uns am Brunnen küssten, dann Hand in Hand bei mir ankamen, ohne Worte, denn die brauchte es nicht. Mit lachenden Herzen und aufgewühlten Körpern. Da gab es etwas, das wir beide wollten. Vielleicht schon lange, und jetzt, jetzt war der Moment da.

Doch als wir in der Wohnung waren, erinnerte ich mich an etwas Wichtiges. Etwas, das ich nicht wusste, aber wissen wollte, bevor ... »Seit wann ... seit wann wolltest du mich küssen?«

Er sah mich an, wirkte fast belustigt über diese kleine Unterbrechung. »Seitdem du bei den Russos so mitgenommen warst. Genau seitdem.«

Das hätte ich nun wirklich nicht gedacht. Er war so wahnsinnig distanziert in dieser Situation gewesen. Aber ich sagte lieber nichts. Dafür werden wir noch genug Zeit haben. Hoffentlich.

Mit einem Gänsehaut-Kuss drückte ich mich noch einmal fest an ihn.

Dann zog er mich aus und ich ihn. Mit rasendem Herzen und allen Sinnen aufs Äußerste gespannt knöpfte ich sein Hemd auf, sog den Duft seiner Haut ein. Er streifte meine Pyjamajacke herunter, drückte seine Lippen auf mein Schlüsselbein.

Seine Hände und Lippen auf mir, erst sanft, dann mit ungeduldiger Leidenschaft. So eroberte er sich jeden Zentimeter meines Körpers, bedeckte ihn mit Küssen und Zärtlichkeiten.

Mit seinem Körper, seiner warmen, sanften Stimme liebte

er mich, elektrisierte, umfing mich und füllte mein Herz ganz aus.

Er begehrte mich und nahm mich.

Und ich antwortete ihm mit jeder Pore meines Körpers.

Entflammt. Haltlos.

In der Nacht, im von silbernem Mondlicht hell erleuchteten Zimmer, lag ich mit dem Kopf an seiner Brust und fragte nach seinem Gefühlsleben. »Nie eine Freundin gehabt? Eine ernste Beziehung?«

Er holte tief Luft, offensichtlich hatte er keine große Lust, mir davon zu erzählen, doch er antwortete mir. »Einige Affären, fast alle kurz, eine Kommilitonin an der Uni, eine Kollegin in der ersten Agentur, in der ich gearbeitet habe, eine in der zweiten. Einige kurze Sommerbekanntschaften, deren Verbundenheit in romantischen Abendessen auf schönen Terrassen und Wochenenden am Meer bestanden. Nichts wirklich Ernstes. Alles nur Gelegenheitsgeschichten. Und du, Bianca?«

»Meinen ersten Freund habe ich auf dem Gymnasium kennengelernt; wir waren einige Jahre zusammen. Aber ich war mehr in eine romantische Vorstellung verliebt als in ihn. Dann auch ein Kollege, doch nur kurz.«

»Gut, ich vergleiche mich nicht gern mit zu vielen Ex-Freunden.«

Kurz wollte ich ihm schon gestehen, dass er sich mit überhaupt keinem Ex zu vergleichen braucht.

Jetzt liegen wir hier wie ein gut eingespieltes, verliebtes Paar. Und vielleicht werden wir ja tatsächlich zu einem gut eingespielten, verliebten Paar. Ein schöner Gedanke.

»Bianca, ich gehe nach Hause, um meine Sachen zu wechseln, dann sehen wir uns gleich unten.«

»In Ordnung.«

Ich schaue ihm zu, wie er sich anzieht, die teuren englischen Schuhe, die wertvolle Schweizer Uhr. »Eine Vacheron Constantin.«

Er wirft mir einen Blick aus dem Augenwinkel zu. »Das ist das einzige Erbstück von meinem Vater.«

Sein Vater, seine Mutter. Ganz sicher gibt es über seine Familie noch so einiges zu erzählen. Irgendwann werde ich das alles erfahren, jetzt im Moment finde ich einfach nur schade, dass er geht. Doch ein letzter Kuss versüßt mir den Abschied.

Als Andrea zurückkommt, sitze ich schon draußen mit Alessandra und Costanza, die mich, untereinander flüsternd, schon von Weitem grinsend begrüßten. Eleonora ist auch da und schwirrt um mich herum.

Mein Herz geht auf, als ich ihn kommen sehe. Es springt fast entzwei, als er sich für einen Kuss zu mir herunterbeugt. So muss sich Glück anfühlen.

»Hat Eleonora schon entschieden, was wir frühstücken?«, fragt er und setzt sich.

»Nein, noch nicht, aber sie kommt bestimmt gleich.«

Und da ist sie auch schon mit einem Tablett voller Kannen, Gläser, Hörnchen und Muffins.

»So, bitte sehr, Kaffee und Milch. Die Hörnchen sind unterschiedlich gefüllt: mit süßer oder herber Marmelade, mit englischer Creme und Waldfrüchten. Die Muffins sind mit Blaubeeren und Preiselbeeren. Wenn ihr noch etwas braucht …«

»Danke, Eleonora, ich glaube, das reicht«, sagt er, und er schenkt ihr ein Lächeln, das sie überrascht erröten lässt.

Andrea, der Verführer.

»Gut, ich nehme mal einen Kaffee und flitze dann in die Agentur, bevor der Geometra mich an die Luft setzt.«

Mit hochgezogenen Brauen und ungläubigem Lächeln sieht er mich an.

»Okay, ich würde auch einen Muffin nehmen … oder zwei.« Unter seinem amüsierten Blick strecke ich die Hand aus.

»Ich hätte drauf wetten können, dass du nicht widerstehen kannst. Jedenfalls habe ich schon mit Volpe gesprochen; du musst heute nicht arbeiten gehen.«

»Ach, nein?«

»Nein, heute fahren wir noch einmal nach Sirmione. Wenn du magst, bleiben wir bis morgen.«

Wir fahren noch einmal nach Sirmione. Und ob ich das mag. Wahnsinnig gern.

»Aber vorher möchte ich noch, dass du Giacomo kennenlernst.«

Ich werde seinen Bruder kennenlernen. Das finde ich ganz fantastisch. Ich werde einem Familienmitglied vorgestellt, ganz wie es sich gehört.

Die Reha-Abteilung im Krankenhaus von Verate, Palazzo Parodi Valsecchi, ist in externen Gebäuden untergebracht, den ehemaligen Stallungen. Davon zeugen noch die alten marmornen Tränken, die nun, mit Geranien befüllt, als Blumenkübel dienen. Innen ist alles sehr gepflegt und einladend. Glänzendes Parkett, lebhafte Farben.

Giacomo sitzt im Gemeinschaftsraum und spielt, wie mir Andrea erklärt, mit seinem Physiotherapeuten Schach am Computer. Durch die großen Fensterfronten sind Park und Fluss zu sehen. Sie sitzen einander gegenüber, jeder vor einem Rechner. Der Physiotherapeut benutzt die Tastatur. Giacomo hingegen ist völlig bewegungslos.

Der Siegesschrei, der uns empfängt, verkündet ein Schachmatt.

»Die Abmachung mit Anselmo ist, dass er nach der Physiotherapie eine Partie Schach mit Giacomo spielt oder, besser gesagt, ihn gewinnen lässt. Giacomo kann die Computermaus mit den Augen steuern.«

»Wie oft habe ich dir gesagt, die Dame nicht zu früh zu spielen? Du setzt sie viel zu leicht den gegnerischen Angriffen aus.« Man hört Giacomo die Genugtuung an.

»Giacomo, weißt du, was Tartakover gesagt hat? ›Immer der vorletzte Fehler gewinnt‹«, verteidigt sich der Besiegte.

»Ja, aber deine Fehler sind völlig vorhersehbar. Mit dir zu spielen ist tatsächlich ein Mordsspaß.« Dann dreht er sich mit dem elektrischen Rollstuhl zu uns um. Giacomo ist wirklich bemerkenswert hübsch, er sieht Andrea sehr ähnlich. Nur sind seine großen Augen grün und von langen Wimpern eingerahmt, die den Neid zahlreicher Frauen hervorrufen dürften. Auch er hat helle Haare, aber wellige, und sein Gesicht ist wie Andreas, hat allerdings gleichmäßigere Züge. Giacomo, der Charmante. Zu Recht.

»Hey, ciao. Du hast ja eine Freundin mitgebracht.«

»Bianca, das ist mein Bruder Giacomo.«

Und jetzt? Händeschütteln geht nicht, doch ihm nur einen Gruß zukommen zu lassen finde ich zu distanziert.

»Okay, Bianca, wer noch?« Der seinem Bruder zugeworfene Blick ist spöttisch. Dann hilft er mir und sagt in gespielt gönnerhaftem Ton: »Du darfst mich küssen.«

Also küsse ich ihn auf die Wange und streiche noch einmal darüber.

Er schließt die Augen, und mit theatralischer Nostalgie ruft er aus: »Ach, ein Frauenkuss! Wie lange ist das schon her?«

»Wo du doch von Frauen und Mädchen umringt bist, die dich ständig küssen«, protestiert sein Bruder.

»Das sind medizinische Fachkräfte, Krankenschwestern, Ärztinnen und natürlich die F.S.J-lerinnen. Es ist Teil ihrer Arbeit, in meinem Falle allerdings angenehme Arbeit, das gebe ich zu.«

»Da haben wir ja einen wahren Herzensbrecher«, bemerke ich.

»Sagen wir mal, ich versuche, das Beste aus meiner Situation herauszuholen.« Dazu wage ich allerdings keinen Kommentar. »Du fährst also heute wieder zu unserem Ahnenhaus?«

»Ja, und Bianca nehme ich mit.«

Giacomo schaut erst ihn, dann mich an. »Das ist gut. Sehr gut.«

»Wir sehen uns morgen Abend.«

»Gut.« Dann wendet er sich mir zu. »Du kannst kommen, wann immer du willst, auch allein. Ich lese sehr gern, aber noch schöner finde ich, wenn mir jemand vorliest. Wenn du kommst, bring also ein Buch mit.«

»Das werde ich.« Und schon überlege ich, welche Bücher ich ihm mitbringen könnte.

»Grüßt bitte Ersilia und Vincenzo von mir … und das Haus.« Hinter dem etwas flapsigen Ton verbirgt sich deutliche Wehmut.

Dieses Mal fahren wir mit dem Auto. Einem richtigen Auto, das eine normale Höhe hat. Dem Himmel sei Dank.

Auf der Fahrt muss ich auf Giacomo zu sprechen kommen. »Dein Bruder ist sehr charmant.«

»Habe ich doch schon gesagt. Und er weiß auch, wie er das für sich nutzen kann. Er hat immer einen ganzen Schwarm Frauen um sich herum gehabt.«

»Und jetzt? Gibt es eine Frau in seinem Leben?«

»Er hatte eine Freundin, aber …« Andrea schüttelt den Kopf.

»Aber?«, hake ich nach.

Er seufzt schwer. »Als seine Krankheit weiter fortschritt, wollte er lieber Abstand von ihr gewinnen. Wir Sannas sind so, wir lassen uns nicht gern bemitleiden.«

Schließlich sage ich lieber gar nichts mehr, sonst fange ich noch an mit Fragen über Giacomos Zukunft, seine Entscheidung, allein zu bleiben, und (vor allem) darüber, wie »wir Sannas« sind. Und ich bin gar nicht sicher, ob ich das alles so genau wissen möchte.

In einer guten Stunde sind wir in Sirmione.

Vincenzo empfängt uns. Wenn das überhaupt möglich ist, drückt er mir dieses Mal noch länger und herzlicher die Hand.

»Ich habe das Gästezimmer mit dem Ehebett für euch vorbereitet.« Ich versuche, mich mit einem Blick auf den See abzulenken, sonst werde ich noch rot.

Andrea antwortet mit einem eiligen »Danke«, woraufhin ich mich frage, ob er nicht öfter weibliche Begleitung mitbringt. Darüber sollte ich noch einmal genauer nachdenken. Ist im Hinterkopf notiert.

Das Zimmer ist ein wenig abgenutzt, hat aber mit seiner ausgeblichenen rosa-goldenen Seidentapete und dem verzierten Holzbett durchaus einen eigenen Charme. Spektakulär der Blick durch die französischen Fenster auf den englischen Rasen und den See.

Vincenzo hat einen Tisch für uns auf die hintere Terrasse gestellt. Dort werden wir arbeiten und dabei die Aussicht auf Park, Pool und See genießen können. Die Lagepläne liegen schon auf der Metallplatte. Sie wurden aus alten Archiven hervorgeholt, und wir müssen kontrollieren, ob sie überhaupt noch mit der heutigen Struktur übereinstimmen.

So verbringen Andrea und ich den Tag an diesem zauberhaften Ort über Zeichnungen gebeugt, sprechen über Stahlträger, tragende Wände, Tragfähigkeit von Zimmerdecken, zeichnen am Computer neue Maße und Flächen ein und entwerfen eine erste Grafik. Überlegen, wo man neue Fenster einsetzen und schon vorhandene verschließen könnte, ohne das harmonische Bild der Fassade zu stören. Die Düfte von Park und See liegen in der Luft.

Ersilia verwöhnt uns mit zahlreichen Leckereien und vertraut mir mit einem verschwörerischen Lächeln an: »Andrea hat mir gesagt, dass Sie gutes Essen zu schätzen wissen.«

Ich werfe dem Verräter einen prüfenden Blick zu und weiß nicht so genau, ob ich verärgert sein soll, weil er mich offensichtlich als Raupe Nimmersatt dargestellt, oder erfreut, weil er ihr von mir erzählt hat. Ich wähle Letzteres, das ist einfacher, und gebe mich rohem Schinken mit Feigen hin, Minipizzen, Pasta alla Norma, diversen Käsesorten kombiniert mit duftendem Honig, Crème Caramel, Keksen mit Marmelade und hausgemachten Fruchtsäften. Wir verdauen das alles bei unserem ständigen Hin- und Hergelaufe ins Haus und wieder heraus, um die Zeichnungen und den Stand der Dinge abzugleichen.

Gedankenlos betrete ich ein Zimmer. Andrea bleibt draußen stehen, einen Schritt vor der Schwelle. Ein Damenzimmer. Geblümte Tapete, antike, gefällige Möbel, viel Rosen- und Birnenholz, edles Holz. Mitten an der Wand prangt ein großes, gut gearbeitetes Aquarell. Es zeigt eine Frau in voller Größe. Blond, schmal, mit hellem Kleid und traurigem Blick. Die Frau von den Fotos. Daneben das Bild eines Jungen, der ihr sehr ähnlich sieht. Andrea.

Ich drehe mich um. Er ist weggegangen. Als ich ihn einhole, sagt er nur: »Das war das Zimmer meiner Mutter; ich betrete es nicht gern. Ich spreche nicht gern darüber. Ich denke nicht gern daran, auch wenn jetzt …« Er beendet den Satz nicht, und mir bleibt nichts anderes übrig, als das zu respektieren. Wenigstens vorerst.

Nach dem Essen schlägt er einen Spaziergang durch den Park vor. »Ich würde dir gern die Nebengebäude zeigen. Dort möchte ich das Spa einrichten.«

Das Spa. Natürlich. Schließlich befinden wir uns hier in einem Thermalgebiet. Und in einem gehobenen Haus darf ein Spa sicher nicht fehlen.

Ich stelle keine Fragen. Zwanglos nimmt er meine Hand, und trotz aller geteilten Intimitäten (und zwar der schamloseren Art) bin ich einfach noch nicht daran gewöhnt, dass Ingegnere Sanna meine Hand nimmt. Großes Herzflattern meinerseits.

Hinter dem Tennisplatz liegt ein Nutzgarten mit zahlreichen Obstbäumen, weiter hinten eine große, baumumstandene Fläche voll farbenfroher Bienenstöcke.

»Das sind Vincenzos Bienen. Der Honig, den du … ver*kostet* hast, kommt von hier.«

»Wunderschön. Wie viel Honig produziert ihr?« Ich ignoriere seinen Spruch über meine Honig-*Verkostung* ganz einfach.

»Jeder Bienenstock produziert vierzig Kilo Honig, das ist ziemlich viel. Wie du siehst, sind es zehn Stöcke. Wir produzieren also genug für unseren Familienbedarf – also für Vincenzo, Ersilia, Giacomo und mich – und können einige Hotels am See beliefern. Hätten wir mehr, könnten wir ihn verkaufen. Aber dafür bräuchten wir Personal.«

»Und was macht ihr, wenn Vincenzo weg ist?«

»Zu seinem großen Kummer werden wir sie nach der Überwinterung weggeben, im nächsten Frühling. Es sind Ligustica-Bienen, eifrige Honigsammlerinnen, die sich durch einen überaus friedfertigen Charakter auszeichnen, wenn man das so von Bienen behaupten kann. Wir werden sie mühelos verkaufen können.«

Bewundernd sehe ich ihn an. Er weiß so viel.

»Komm, ich will dir noch etwas zeigen.« Erneut durchqueren wir den Park, kommen an Tennisplatz und Pool und diesmal auch am Hausmeisterhaus vorbei. Hier erstreckt sich ebenfalls eine große, baumumstandene Wiese.

»Giacomo und ich haben immer davon geträumt, an dieser Stelle ein Basketballfeld anzulegen. Wir haben beide in der Schulmannschaft gespielt, wahrscheinlich aber nur unserer Größe wegen. Vielleicht …«

»Andrea, ich glaube nicht, dass die zukünftigen Gäste hier das Bedürfnis haben, sich nach dem Essen auf eine Partie Basketball zu treffen.«

»Ja, wahrscheinlich hast du recht.« Doch man merkt, wie schwer es ihm fällt, diese Vorstellung aufzugeben.

Nachdem wir die Nebengebäude besichtigt haben, allesamt Lagerräume, deren elegante Architektur dem Haupthaus in nichts nachsteht und die sich tatsächlich nicht besser für ein Spa eignen könnten, gehen wir zurück zum Haus auf die andere Seite der Wiese. Es ist so wunderschön hier. Und plötzlich kommt mir diese Idee, eine völlig verrückte Idee, von der ich nicht weiß, ob Andrea sie jemals in Betracht wird ziehen können.

Zum Abendessen geht es nach Lazise. Mit dem Auto. Pünktlich zum Sonnenuntergang fahren wir die Gardesana Orientale entlang. Die Landschaft verdichtet sich in Grün-, Blau- und Goldtönen. Wir essen in einem kleinen Hafenlokal. Alles ist köstlich. Der kühl servierte Lugana geht runter wie

Öl, die anregende Unterhaltung dreht sich um unsere gemeinsamen Projekte: die Aufwertung der früheren ICTP-Häuser und die in ein Hotel umzuwandelnde Villa.

Zu Letzterem sage ich allerdings nichts.

Beim Dessert schließlich reden wir wieder über uns.

»Ich möchte mit dir nach Albisano; das liegt über Torri del Benaco. Vom Kirchplatz aus hat man einen wunderbaren Blick auf den See, und heute Abend ist in Toscolano ein Feuerwerk. Das ist der Ort direkt gegenüber.«

Ein Feuerwerk?!

»Wie bitte, ein Feuerwerk? Wie hast du das noch gleich genannt? ›Gefährliche und lautstarke Geldverschwendung‹?«

Er sieht mich verdutzt an. »Woher weißt du das denn?«

Hoppla!

»Also, ich habe mit Alessandra darüber geredet, als es einmal um das Sponsoring für diverse Aktivitäten in Verate ging, die wir organisieren wollten …« Aber es ist ziemlich klar, dass ich versuche, mich rauszureden.

»Ich hatte Bonsignore, einem Referenten, auf seine E-Mail geantwortet. Ein wirklich sehr unangenehmer Mensch. Ich gebe zu, ausnehmend unfreundlich gewesen zu sein. Ich habe eben auch so meine Momente.« Und ob. »Das werde ich wieder hinbekommen. Doch es geht ja hier darum, dass ihr über mich redet.«

»Ja. Manchmal.« Ich glaube, das freut ihn.

Der Abend wird zur Nacht, und während wir vom Aussichtspunkt in Albisano zusehen, wie die Raketen bunt vor einem nahezu schwarzen Himmel explodieren, legt er seine Arme von hinten um mich und drückt mir hin und wieder einen Kuss aufs Haar oder auf den Hals, und ich kann nicht anders, als die Augen zu schließen und mich noch näher an ihn zu schmiegen. Wenn das nicht romantisch ist, weiß ich es auch nicht. Ein magischer Moment. Einer, der gut ist, Andrea zu sagen, was mir im Kopf herumgeistert, seit ich die Bienenstöcke gesehen habe …

»Andrea, was hältst du davon, die Villa an eine *Casa Famiglia* mit zehn Jugendlichen zu vermieten?«

14

Dringend gesucht: Wohnmöglichkeit für familiäre Gemeinschaft, ländliche Umgebung bevorzugt

»Das hört sich alles absurd an, ich weiß, aber überleg doch mal ganz praktisch: Die Renovierungskosten würden sich auf einen Bruchteil belaufen. Man müsste das Haus bloß mit einigen Sanierungsarbeiten den heutigen Standards anpassen.« Ich lasse ihm kurz Zeit zum Antworten, aber er schweigt, deshalb fahre ich fort. »Außerdem gäbe es kein Saisonproblem. Außerhalb der Saison würde das Haus nicht leer stehen, und die Miete wäre dir für das ganze Jahr sicher. Ganz bestimmt würden sie auch die Bienenstöcke behalten, und bei heranwachsenden Jungs, da würde sich ein Basketballplatz schon lohnen.« Wir machen uns gerade bettfertig. Andrea steht in der Zimmermitte. Arme verschränkt. Ernster Blick. Hört aufmerksam zu. Hinter den großen Fenstern der dunkle See und die Uferlichter. »Es wäre doch wunderbar, wenn junge Männer wieder Leben in dieses Haus bringen würden.«

Jetzt sagt er doch noch etwas: »Bianca, du musst keine Überzeugungsarbeit leisten. Ich werde darüber nachdenken, das verspreche ich dir.« Er kommt auf mich zu, legt mir die Arme um die Taille und drückt mir einen zarten Kuss auf die Stirn. Ich aber habe mir diese Sache jetzt in den Kopf gesetzt.

»Ich möchte einfach nur, dass du alle Vor- und Nachteile bedenkst. Auch die finanzieller Art.«

»Es geht mir nicht um Gewinne oder Verluste. Trotzdem

lasse ich mich ganz bestimmt nicht davon überzeugen, dass es finanziell lohnenswerter ist, die Villa an eine gemeinnützige Organisation zu vermieten, als ein Fünf-Sterne-Hotel zu besitzen.« Seine Stimme klingt zärtlich amüsiert. »Hast du schon mal daran gedacht, dass die Villa gar nicht der passende Ort sein könnte? Ich nehme mal an, dass bestimmte bauliche Voraussetzungen erfüllt werden müssen.«

Ich sehe ihn an. »Ja, aber das wird kein Problem sein, ganz sicher. Das Haus ist perfekt. Der richtige Ort für junge Leute, die es faustdick hinter den Ohren haben. Eine schöne Landschaft hat heilende Eigenschaften, das weißt du doch. Platons ›gesunder Staat‹, na? Dieses Haus ist fantastisch. Du und dein Bruder, im Grunde genommen wart ihr hier glücklich, und diese anderen Jungs wären es bestimmt auch.«

»Ich wüsste gern, warum dir das so wichtig ist.« Wir sind jetzt fest aneinandergeschmiegt, mein Kopf liegt an seiner Schulter. Geborgen und warm.

»Weil es hier schon genug Hotels für reiche Touristen gibt. Und vielleicht ist es nur fair, dass auch Sirmione in der Realität ankommt und einigen bedürftigen Jugendlichen eine sichere Zuflucht bietet.«

Er zieht mich noch näher an sich. »Auf jeden Fall muss ich noch mit Giacomo darüber sprechen. Wenn er einverstanden ist, sehen wir weiter.«

Ich werfe ihm einen schrägen Blick zu, und seufzend sagt er: »Giacomo wird ganz sicher einverstanden sein.«

»Ich möchte dich auf keinen Fall überreden. Es wäre nur einfach schön, wenn du diese Alternative wirklich überdenken könntest.«

»Sicher, du willst mich nicht überreden. Deshalb sprechen wir auch seit zwei Stunden darüber … mit einigen angenehmen Unterbrechungen.« Er lächelt. »Was hältst du jetzt davon, schlafen zu gehen?«

»Ich bin noch nicht müde.«

»Dann komm mal her!« Wir schmiegen uns später im Bett eng aneinander. Es gibt wieder nur ihn und mich, nichts sonst.

»Du riechst so gut«, flüstert er an meinem Mund, bewegt sich dann langsam abwärts bis zu meiner Brust. Dabei hinterlässt er eine Spur zarter Küsse auf meinem Hals. »Du duftest so gut, Bianca, nach Zimt und Zucker.«

Wie er mich berührt, mit mir redet, meinen Namen ausspricht, fast genießerisch auf jeder Silbe verweilt, sein Mund, seine Hände … Ich möchte, dass wir diese Magie, diesen Zauber niemals verlieren, immer beibehalten.

Ich glaube, ich bin wirklich glücklich.

Am Morgen gehen wir in Sirmione frühstücken, setzen uns in eine Bar am See. Ich lese (zum x-ten Mal) *Der Mann mit der Ledertasche* von Bukowski. Andrea telefoniert, dann schlägt er überraschend vor, die Burg zu besichtigen. Also arbeiten wir heute nicht. Das bedeutet …

»Ich habe nicht gesagt, dass das Hotel-Projekt vom Tisch ist. Wir legen es auf Eis, bis ich mit den Verantwortlichen der *Casa Famiglia* gesprochen habe. Falls ich dich daran erinnern darf, wissen wir nicht einmal, ob sie überhaupt interessiert sind.«

Das stellt mich schon zufrieden. »Okay. Wann darf ich es Sassi sagen?«

»Wann du willst. Wenn ihnen Sirmione und eine klassizistische Villa recht sind, treffen wir uns mit Max Bauser und dem Verantwortlichen der Einrichtung bei Bauser Benelli und Villard in Mailand. Und machen ihnen ein Angebot.«

Ich springe auf und umarme ihn. »Danke.« Dann gebe ich ihm einen leidenschaftlichen Kuss. »Danke. Danke. Ein schöneres Geschenk hättest du mir nicht machen können.«

»Okay, dann storniere ich den Auftrag für das Collier bei Bulgari«, witzelt er.

Ich muss lachen. Einfach so. So viel Freude in mir, und das nicht nur, weil er tut, worum ich ihn gebeten habe, denn wenn er sein Tun in einer so wichtigen Angelegenheit nach mir richtet, kann das nur bedeuten, dass ich ihm irgendwie wichtig bin. Ich glaube wirklich, dass ich ihn liebe. Das ist ein ziemlich großes Ding. Und er hat auch Gefühle für mich, nehme ich wenigstens an.

Am späten Nachmittag fahren wir zurück nach Verate. Gesättigt. Von Sonne, blauem Himmel und See, von Ersilias Essen und unserer Burgbesichtigung, die uns in längst vergangene Zeiten mitnahm (und Andrea lachte nicht, als er dann auch von meiner Höhenangst erfuhr), gesättigt von Schönheit (so viel davon direkt um uns herum) und von Liebe (reichlich und jeglicher Art).

Ich habe Sassi angerufen, die hellauf begeistert war. Baldmöglichst wird sie einen Termin vereinbaren. Bis dahin schicke ich ihr schon mal die Fotos, wie mit Andrea besprochen.

In Verate angekommen, gehe ich widerwillig direkt in die Agentur. Ich habe eine Verabredung mit Veronica Palmieri, der Assistentin von Fosco Arlandi, dem oscarverdächtigen Regisseur, der anscheinend ein Haus auf dem Land haben möchte. Wohl oder übel werde ich ihr das Haus von Signora Levati zeigen. Andrea geht zu Giacomo.

»Danach muss ich arbeiten. Ein Conference Call mit London, der fast den ganzen Nachmittag in Anspruch nehmen wird.«

Wir werden uns zum Abendessen sehen. Bei ihm.

Haus Levati gefällt Veronica Palmieri. Sie macht weitere Fotos von Details, mit denen ich mich nie gewagt hätte, das Haus zu präsentieren. Im Eingang fotografiert sie das Muster der Majolika-Töpfe mit den Zitronenbäumen. Sie fotografiert einen Pfingstrosenstrauch auf der Wiese, den Webstoff auf dem Samtsofa im Wohnzimmer, die obere linke Ecke am Kamin aus gemeißeltem Stein, die gekräuselten Wellen auf dem Fluss (besser gesagt: *eine* Welle).

»Diese Bilder vermitteln Emotionen, sie sind rein intuitiv und können dem Maestro ein Gefühl für das Grundstück vermitteln.«

Aha. Andere Dinge, etwa die bemerkenswerte Instandhaltung des Ganzen, die perfekte Raumaufteilung, die fünf Bäder, drei davon sogar direkt an das jeweilige Schlafzimmer angrenzend, und der prächtige Garten werden also die Entscheidung des Maestros nicht beeinflussen. Verstehe.

Auf dem Rückweg zur Agentur äußert Veronica ihre Zweifel. »Ich finde das Haus sehr schön, fürchte jedoch, es wird für den Maestro nicht originell genug sein. Nicht außergewöhnlich genug. Wissen Sie, sein Stil ist ja das Unkonventionelle, Ungewöhnliche.«

Aha, ihr sucht das Originelle? Unkonventionelle? Da kann ich helfen, und zwar sofort.

»Veronica, ich würde Ihnen gern noch etwas zeigen. Wir sind damit noch in der Planungsphase, doch ganz sicher ist dieses Objekt ein unkonventionelles. Ein wahrlich unkonventionelles, das kann ich Ihnen versichern.«

Das Gezeigte begeistert Veronica hellauf, und nachdem wir

uns verabschiedet haben, gehe ich nicht in die Agentur zurück, denn erstens möchte ich mich lieber morgen als heute mit Geometra Volpe streiten, und zweitens möchte ich mein Versprechen einhalten und Giacomo etwas vorlesen. Ich nehme ein kürzlich gelesenes Buch aus dem Regal, in dem so vieles vereint ist, das mir sehr wichtig ist: Schottland, Bücher, Katzen und guter Humor.

Als ich ankomme, liegt Giacomo im Bett. Er ist blass, ich fürchte, heute ist ein schlechter Tag. Unentschlossen bleibe ich auf der Schwelle stehen.

Die Krankenschwester bei ihm dreht sich zu mir um und schüttelt den Kopf. »Tut mir leid, er hat einen schweren Tag gehabt und muss sich ausruhen. Kein Besuch mehr für heute.«

»Amarilli, lass sie zu mir, bitte. Ciao, Bianca.« Giacomos Stimme ist kaum wiederzuerkennen. Ich kann gar nicht glauben, dass ich erst gestern Morgen mit ihm gelacht und gewitzelt habe.

»Ciao, Giacomo.« Um ihn herum überall Kissen, mit deren Hilfe er aufrecht im Bett sitzen kann.

»Ich verspreche auch, dass wir keine Partie Tennis spielen. Bianca ist zum Vorlesen hier«, wendet er sich an die Krankenschwester.

Sie sieht erst ihn, dann mich streng an. »Dass er sich ja nicht anstrengt, okay?«

Dann verlässt sie das Zimmer, und ich setze mich ans Bett.

»Jetzt bin ich gespannt. Welches Buch hast du mitgebracht? Céline zum Schockieren? Pluto zum Eindruckschinden? Oder Austen fürs romantische Intermezzo?« Seine Stimme ist müde, doch die Witze gehen ihm offenbar noch lange nicht aus.

Ich zeige ihm das Buch. »*Tagebuch eines Buchhändlers* von

Shaun Bythell, Besitzer der größten Second-Hand-Buchhandlung in Schottland«, stelle ich vor. »Es wird dir gefallen.«

»Aha, ein Buch über Bücher. Sicher zum Totlachen.«

Aber wie ich erwartet habe, mag er das Buch dann sehr, amüsiert sich über die Skianzug tragende Angestellte Nicky, die jeden Freitag die aussortierten Süßigkeiten aus dem Müllcontainer des Supermarkts holt und das Ganze dann »Foodie Friday« nennt, über die (hochgradig verrückten) Kundenanekdoten und die ironischen, messerscharfen, oft zynischen Bemerkungen unseres Buchhändlers.

Ich muss lachen. Giacomo grinst. Dann kommt Krankenschwester Amarilli zurück und verjagt mich. »Für heute reicht es.«

Gehorsam stehe ich auf, doch Giacomo sagt: »Bianca, komm noch einmal kurz her.«

»Ich bin da.«

»Andrea hat mir von deinem Vorschlag für das Haus in Sirmione erzählt.«

»Ja.« Und?

»Ich bin einverstanden. Das habe ich ihm schon gesagt. Aber du musst mir versprechen wiederzukommen. Das nächste Mal unterhalten wir uns.«

»Auf jeden Fall komme ich wieder. Versprich du mir, dass du wohlauf bleibst.«

»Ja, sicher …« Aber er ist schon eingeschlummert.

Heute Abend also Essen im »Hause Sanna«.

Die Wohnung ist so, wie ich sie mir vorgestellt habe. Sehr männlich, sehr englisch. Holz, Ledersofas, solide Eiche, schottische Plaids, einige schöne Bronzefiguren.

Auf dem Tischchen am Eingang liegt die Schachtel, die er an jenem Tag aus Lazise mitbrachte. Die Briefe. Stimmt ja.

Er ohne Sakko und Krawatte, die weißen Hemdsärmel hochgekrempelt. Mein Herz macht einen Sprung. Begierig küsse ich ihn. Er küsst mich wieder. Als wir uns voneinander lösen, frage ich: »Diese Schachtel … Was sind denn das für Briefe?« Nichts zu machen, die Neugier geht einfach mit mir durch …

Andrea wirft einen Blick in Richtung Eingang. »Briefe aus Australien, von meiner Mutter an Giacomo und mich.«

Von seiner Mutter? Die, deren Fotos versteckt werden und deren Zimmer man nicht betreten möchte?

Ich tue unschuldig. »Bestimmt wertvolle und schöne Erinnerungen.«

»Ich weiß nicht. Ich habe sie noch gar nicht gelesen.«

Fragend sehe ich ihn an.

»Bianca, das ist … kompliziert, sagen wir mal.« Konkreter wird er nicht. Ganz offensichtlich möchte er nicht darüber sprechen.

Ich schiebe es also erst mal auf und rede über das, was mir am meisten am Herzen liegt. »Ich war bei Giacomo.«

»Wie ging es ihm?«

»Er war müde. Erschöpft.«

»Ja, er hatte heute einen Erstickungsanfall.« Andrea schüttelt den Kopf, den Blick voller Schmerz.

»Aber immer einen Witz auf den Lippen.«

»Ja, so ist er.« Er lächelt. Man merkt, dass er seinen Bruder nicht nur sehr gern hat, sondern auch zutiefst bewundert.

Als er mir später beim Essen ein Glas Rosé einschenkt, der nicht besser zu seinem Carpaccio passen könnte, sagt er etwas Überraschendes. »Wenn wir zu Bauser gehen, möchte ich deine Schwester Eugenia kennenlernen. Wir laden sie und ihren Freund zum Essen ein.«

»In Ordnung.« Ich habe seinen Bruder kennengelernt, da scheint es mir nur recht und billig, dass er Eugenia kennenlernt. Sie wird sich freuen, das weiß ich. Nur zu gut.

Wir sehen uns an. Er streckt die Hand aus und streicht mit den Fingerspitzen von der Innenseite meines Ellbogens bis zum Handgelenk. Entflammt mich.

»Deine Haut ist wie Samt.« Seine Stimme heiser vor Verlangen.

Und das Dessert bleibt einsam auf den Tellern zurück.

Sassi ruft mich am nächsten Morgen an. »Max und Luca könnten euch heute Nachmittag um siebzehn Uhr treffen, wenn das für euch passt. Im Mailänder Büro.«

Ich frage Andrea, der nickt.

»Gut, bis heute Nachmittag dann.«

Wir sind bei den ICTP-Häusern und arbeiten weiter an unserem Gutachten. Nichts Neues zu verzeichnen, es sieht überall gleich aus. Immerhin besteht eine gewisse Gerechtigkeit, denn alle Wohnungen weisen identische Schäden auf und sind gleichermaßen marode. Wenn es so weitergeht, wird das Gutachten in zehn Tagen fertig sein.

Andrea bei der Arbeit zuzuschauen ist eine wahre Freude. Überall sieht er neue Projekte. Er gäbe einen tollen Architekten ab. Aber auch als Ingenieur fasziniert er mich, wie er absolut präzise im Kopf errechnet, wie viele Stahlträger man für die Deckenplatten benötigt. Vielleicht sehe ich ihn jetzt auch einfach nur anders, denn mein Blick auf ihn hat sich definitiv verändert.

Diese Tage sind so intensiv, und er widmet mir viele Stunden davon und alle seine Nächte.

Als ich kurz Zeit finde, melde ich mich direkt bei Eugenia und frage, ob Luca und sie heute Abend schon etwas vorhaben und ob sie Lust hätten, mit mir und einem Freund auszugehen.

»Einem Freund? Was für einem Freund?«

»Ein Freund, der mir sehr wichtig ist.«

»Sieh an, da bin ich aber neugierig.« Als müsste sie das noch betonen.

»Würdest du das Restaurant aussuchen? Andrea möchte uns alle einladen, doch du weißt bestimmt besser über die Mailänder Restaurant-Landschaft Bescheid.«

»Alles klar. Pizzeria oder mit Stern?«

»Dazwischen, würde ich sagen.«

Damit ist sie zufrieden.

Nachmittags fahren wir nach Mailand. Ich schlage vor, mein Auto zu nehmen. Seit ich nach Verate gezogen bin, habe ich es so gut wie nicht mehr bewegt, wenn man von einigen Sonntagsessen bei meinen Eltern absieht.

In seinen Augen eine Spur Panik.

»Andrea, jetzt sag mir nicht, dass du einer bist, der sich nur sicher fühlt, wenn er selbst fährt, so wie mein Vater.«

»Nein, das nicht, aber …« Überzeugend ist er nicht gerade.

»Dann ist es ja kein Problem, wenn ich fahre.«

Entspannt kommen wir in der Mailänder Innenstadt an. Ich parke im Parkhaus in der Via Camperio mit einer Gewandtheit, die nur jemand zu schätzen weiß, der in einer Großstadt lebt. Und tatsächlich: »Du fährst richtig gut.« Mehr Verblüffung als Anerkennung schwingt in seinem Kommentar. Eigentlich müsste ich beleidigt sein.

Über den Corso Magenta gehen wir zum Büro in der Via San Nicolao. An der Rezeption schickt man uns in den sechsten Stock, wo wir von Avvocato Bausers Assistentin Kristine (ein zur Sekretärin mutierter österreichisch-ungarischer Feldmarschall) erwartet und in ein Besprechungszimmer geführt werden. Dort treffen wir auf Max Bauser, Inhaber der Kanzlei und Sassis Mann, außerdem auf Luca Galimberti, Direktor der Gemeinnützigen Organisation *Casa Famiglia*, die sich um die Unterbringung von Minderjährigen kümmert, und auf ihre Expertin für Stiftungen und Gemeinnützige Organisationen.

Max führt das Wort: »Unsere Kanzlei ist im Vorstand der gemeinnützigen Organisation *Casa Famiglia.* Folglich sind wir sehr interessiert zu hören, um was genau es sich bei Ihrem Angebot handelt. Wie Sie wissen, wurde einem der Häuser gekündigt, und wir müssen schnell handeln, um eine kontinuierliche Betreuung zu gewährleisten.«

Bauser sieht auf seine eigene Art sehr gut aus: knallblaue Augen, fesselnder Blick, charismatisch und selbstbewusst. Ein bemerkenswerter Mann.

Dann schaltet sich Galimberti ein. »Das von der Kündigung betroffene Haus betreut heranwachsende Jungen, momentan sind es acht. Die Kapazitäten reichen für eine Anzahl von zehn, doch versuchen wir, diesen Fall zu vermeiden, damit die familiäre Atmosphäre, die zu kreieren unser Ziel ist, nicht gefährdet wird. Des Weiteren leben zwei Erzieher ständig in der Einrichtung, außerdem einige ehrenamtliche Mitarbeiter. Demnach benötigen wir Räumlichkeiten für etwa fünfzehn Personen. Wir konnten, Haus, Grundstück und Umgebung betreffend, die positiven und die problematischen Seiten abwägen und sind zu dem Ergebnis gekommen, dass Erstere überwiegen.« Auch Galimberti hat seinen eigenen Charme. Es passt zu ihm, dass er sich um Soziales kümmert. Das verleiht ihm die Aura des *Good Guy*.

Aber dann ergreift Andrea das Wort. Und versetzt alle in

bloßes Erstaunen. »Unser Angebot ist recht einfach. Mein Bruder Giacomo und ich, die rechtlichen Erben, überlassen Ihrer Gemeinnützigen Organisation für einen Zeitraum von zwanzig Jahren zur unentgeltlichen Nutzung die Villa, den Park und einen Teil der Nebengebäude zur satzungsgemäßen Ausführung, das heißt, der Betreuung Minderjähriger, die einer sicheren Wohnstätte bedürfen. Außerdem werden wir einen Fonds für die laufenden Instandhaltungskosten gründen, der die gesetzliche Vorgabe regelt, wer für die außerordentliche Instandhaltung aufkommt. Wir stellen drei Bedingungen ...« Kurz blickt er in die Runde, alle hängen an seinen Lippen. »Erstens: Das Hausmeisterhaus steht exklusiv zu unserer Verfügung. Zweitens: Das gegenwärtige Hausmeisterpaar wird als ehrenamtliche Mitarbeiter einen Platz im Haupthaus behalten. Und hier die dritte Bedingung: Vincenzo, der Hausmeister, hat vor Jahren erfolgreich eine einträgliche Imkerei aufgebaut, deren Weiterführung von den Gästen besorgt werden muss. Dies nimmt nur wenige Wochenstunden in Anspruch, und der Ertrag steht natürlich zu Ihrer Verfügung.«

Wie gesagt, er versetzt alle in Erstaunen.

Um ehrlich zu sein, mich auch. Wann hat er sich das mit der unentgeltlichen Nutzung überlegt?

»Wir werden dafür Sorge tragen, dass alle Anforderungen gesetzmäßig erfüllt werden. Mit den dafür notwendigen Arbeiten wird Architetto Maffei betraut. Sollte das Angebot Ihr Interesse wecken, lassen Sie mir bitte einen Vertragsentwurf zukommen, natürlich erst nachdem Sie die fraglichen Gebäude besichtigt haben.«

Bauser und Galimberti werfen einander einen kurzen Blick zu. Was soll es da noch zu überlegen geben?

In gespielter Kapitulation hebt Bauser die Hände, dann

sagt er lächelnd: »Einen solchen werden wir Ihnen baldmöglichst zukommen lassen. Ihr Angebot ist sehr großzügig. Ich möchte nicht indiskret sein, doch was sind Ihre Gründe für eine so noble Geste?«

Andrea wendet sich mir zu und antwortet, ohne den Blick von mir abzuwenden: »Bianca hat mich darauf gebracht, und meinem Bruder und mir gefiel die Idee ausgesprochen gut.«

Max nickt, als hätte er alles verstanden. Der Glückliche. Schließlich Händeschütteln und Austausch der zu beachtenden Fristen.

An der Rezeption warten wir auf Eu und ihren zukünftigen Mann.

»Das ist ganz großartig, aber so hatte ich dir das nicht geraten.«

Er sieht mich ernst an. »Bist du sicher, Bianca?«

Nein, bin ich, genau betrachtet, nicht.

Schöner Abend mit meiner Schwester und meinem Schwager in spe. Obwohl ich, wie schon so oft in meinem Leben, bei Eus Ankunft bereue, mich freiwillig dem Spiel »Finde den Unterschied« ausgesetzt zu haben.

Ihre Schönheit ist regelrecht unfair. Sie trägt ein Kleid aus blauer Shantung-Seide, eine Jacke aus dem gleichen Stoff, aber mit einem blau-dunkelgrünen Muster. Ihre Farben. Die mit Schwarz am besten ihre Haut, ihr Haar und ihre Augen zur Geltung bringen. Ich habe mich ziemlich hübsch gemacht, weiß aber genau, dass ich im Vergleich zu ihr absolut unsichtbar bin.

Doch sie ist meine Schwester, ich liebe sie und rechne ihr hoch an, dass sie noch nie mit einem meiner Partner etwas gehabt oder es versucht hat.

Und sollte genau dieser Fall aus irgendeinem unglücklichen Zufall heraus heute Abend eintreten, ich würde verrückt werden. So extrem ist es nie zuvor gewesen.

Vor dem Essen gehen wir noch auf einen Aperitif in eine Bar. Ein schönes Lokal mit Sofas und ein bisschen Grün drumherum in der Nähe vom Castello.

»Ich habe gehört, dass ihr wegen einer Spende an die *Casa Famiglia* hier seid.«

»Ja, mein Bruder und ich haben ein Erbe angetreten und überlassen einen Teil davon der von eurer Kanzlei unterstützten Gemeinnützigen Organisation.«

»Das ist ein sehr schöner Zug. Und Max war auch da? Das finde ich sehr aufmerksam; da ging es wohl um eine umfangreiche Spende.«

»Ja, das war sehr aufmerksam von ihm«, lässt Andrea fallen.

Ich suche den Blick meiner Schwester. Ich weiß, was sie da tut. Und das sollte sie nicht.

»Und was machst du sonst so im Leben?« Genau das. Sie schnüffelt herum. Eigentlich sollte sie Strafanwältin sein, das entspricht ihrem Charakter. Kein Mensch weiß, warum sie sich für Zivilrecht entschieden hat. Ach ja, man verdient besser.

Andrea lehnt sich zurück, und mit einem Lächeln, das dieser so direkten Frage den Wind aus den Segeln nimmt, antwortet er: »Ich arbeite bei der Patrol Real Estate.«

»Wirklich? Die Immobiliengesellschaft *der* City? Die?«

»Genau die.«

»Und was machst du da?« Unschuldig sieht sie ihn an und schlürft ihren Cocktail.

»Ich bin Partner und Chief Executive.«

Fast wäre Eugenia an ihrem Moscow Mule erstickt.

Luca kann sein Lachen kaum zurückhalten.

»Ach so.« Absurderweise schweigt sie dann.

Der restliche Abend verläuft angenehm. Doch als wir uns verabschieden, versucht es meine Schwester noch einmal, vielleicht, weil zu den *Crudités di mare* reichlich Ferrari brut geflossen ist.

»Andrea, ich habe mich sehr gefreut, dich kennenzulernen, war aber auch ganz schön überrascht. Ich dachte immer, Bianca würde mal einen Maurer mitbringen, doch … weit gefehlt. Teilhaber und Geschäftsführer der größten mit Immobiliensanierung beschäftigten Immobiliengesellschaft, börsennotiert … Wie viel habt ihr letztes Jahr verzeichnet? Zweitau…«

Da schaltet sich Luca ein. »Komm jetzt, Eugenia, wir gehen besser nach Hause.«

Und er nimmt sie mit.

Andrea sieht ihnen hinterher, schaut mich an und sagt: »Eine Planierraupe ist nichts gegen deine Schwester.« Dann fügt er noch hinzu: »Und ein Heiliger nichts gegen Luca.«

»Findest du Eugenia nicht wunderschön?«, frage ich, um meine masochistische Ader auszuleben.

»Ja, wunderschön. Wie könnte sie anders sein? Schließlich ist sie deine Zwillingsschwester.« Er wirft mir einen sinnlichen Blick zu, kommt ganz nahe, verflicht meine Arme hinter meinem Rücken mit seinen. »Und du, du bist einfach unbeschreiblich.« Und er küsst mich leidenschaftlich.

Nur ein kleines Vorspiel. In meinem Bett passiert später noch viel mehr.

15

Origineller Zweckbau mit Historie, außergewöhnliche, individuell gestaltbare Flächen und Räumlichkeiten

»Sag mal, Bianca, was hast du eigentlich mit Veronica Palmieri ausgeheckt? Sie hat mir gesagt, sie sei nicht mehr an Signora Levatis Haus interessiert, weil du ihr ein ›anderes Angebot‹ gemacht hast. Und das fändet ihr beide, du und sie, für Arlandi passender. Darf man erfahren, worum es hier eigentlich geht?«

Jetzt ist es so weit. Nachdem ich ihn den ganzen Tag lang gemieden habe, stehe ich nun am Fuß der Treppe und muss einem recht verärgerten Geometra Volpe Bericht erstatten.

»Den Wasserturm habe ich ihr gezeigt. Nur von außen natürlich. Sie war ganz begeistert. Ich habe bloß einmal grob umrissen, was man daraus machen könnte, und ihr versprochen, dass sie bald ein Rendering von einem Entwurf zu sehen bekommt. Der Turm war in unserer Datenbank. Eigentlich dachte ich, das wäre Ihre Idee gewesen, Geometra.«

»Idee, Idee, eher eine Flause. Als ihn die Gesellschaft, die den Turm verwaltete, abstieß, habe ich dem damaligen Bürgermeister – Valenti war das seinerzeit noch – versprochen, eine Lösung dafür zu finden. Eigentlich habe ich nur ihm zuliebe das Versprechen gegeben; viel würde man sowieso für den Turm nicht bekommen, aber ich weiß nicht, ob …«

»Es würde bestimmt funktionieren. Wir könnten Sanna für das Projekt mit ins Boot holen. Ich mache die Zeichnungen; die zeigen wir dann mit einem Kostenvoranschlag Arlandi. Was meinen Sie?«

»Ich meine, dass diese Idee jeder Logik entbehrt. Darüber hinaus ist der Verkauf von Haus Levati geplatzt, und wer weiß, ob sich jemals wieder ein potenzieller Käufer dafür finden wird?«

»Ich glaube nicht, dass es jeder Logik entbehrt. Es gibt schon viele Türme, die umgebaut wurden, ganz offiziell, auch in Italien. Und für Signora Levatis Haus habe ich bereits eine Idee. Aber ich muss noch mit den Interessenten darüber sprechen, und dafür ist es noch zu früh.« So langsam bekomme ich hier unten an der Treppe mit dem in den Nacken gelegten Kopf einen steifen Hals.

»Okay, dann verlasse ich mich mal auf dich. Hol Sanna mit ins Boot.« Er wirkt etwas beruhigt, wendet sich schon seinem Büro zu, doch dann dreht er sich noch einmal um. »Aber ich glaube, den hast du ohnehin schon in dein Boot geholt.« Während er noch über seinen eigenen Witz lacht, schließt er die Tür.

Ich und der »Mit-ins-Boot-Geholte« sind am Morgen nach dem Frühstück auseinandergegangen, ich sofort ins Büro, er ins Krankenhaus. Jetzt sind wir zum Mittagessen verabredet.

Als wir uns sehen, erkundige ich mich nach Giacomo. Andrea sieht mich verwundert an.

»Warst du heute Morgen nicht bei ihm?«

»Ach so, ja …« Aber er wirkt sehr abwesend.

Während des Essens erzähle ich ihm von dem Projekt.

»Ich habe so etwas schon in England gesehen, das ist durchaus realisierbar. Wie möchtest du vorgehen?«, will er wissen.

»Ich dachte, ich könnte einen Entwurf vorbereiten, und wenn das für dich okay ist, könntest du ihn unterschreiben. Wenn du willst, könntet ihr das Projekt dann in die Hand nehmen.« Ich bin etwas zurückhaltend. Nach der Sache mit der unentgeltlichen Nutzungsüberlassung möchte ich ihn nicht schon wieder zu etwas überreden.

»Natürlich unterschreibe ich«, sagt er, doch er ist nicht ganz bei der Sache.

Ich zeige ihm die Fotos vom Wasserturm. »Siehst du? In diesem Bereich im Erdgeschoss könnte man den Eingang gestalten und einen Aufzug konstruieren. Den müsste man in den Röhren installieren, in denen das Wasser transportiert wurde. Die erst kürzlich eingebaute Wendeltreppe aus Metall würde ich beibehalten. Man müsste natürlich Decken einziehen sowie Fenster in circa eineinhalb Meter Abstand zueinander einsetzen. Aber man könnte das Ganze wirklich zu einer originellen und gemütlichen Wohnung umgestalten, die sicher das Interesse diverser Medien wecken würde, etwa *Architectural Digest* oder *Elle Decoration*. Für eine Künstlerseele wie Arlandi ein ideales Haus, wirklich ideal.«

Überzeugt, auf sein Einverständnis zu stoßen, sehe ich ihn an, doch er starrt nur düster zurück.

»Wie sieht denn dein ideales Haus aus, Bianca?« In seiner Stimme liegt ein dumpfer, finsterer Unterton, der überhaupt nicht zu dieser Frage passt, die ich so wunderbar finde, dass ich mein kurzes Befremden ignoriere und sofort anfange, begeistert mein Traumhaus zu beschreiben.

»Solide, gemütlich, altmodisch, Fensterläden aus Holz, inmitten von Grün und Blumen. Ein großer Baum spendet Schatten. Am Wasser sollte es unbedingt liegen, an einem Fluss oder auch … ja, an einem Seeufer! Zwei Stockwerke, große Küche mit blau-weißem Kachelboden, viel erneuerbare Energie. Ausreichend Bäder, eine Waschküche, ein Arbeitszimmer für mich, ein Kamin, in dem man im Winter Feuer machen kann, Spielzeug überall, Buntstifte und Malpapier auf einem großen Tisch … Eine Terrasse mit schöner Aussicht … die Stimmen herumwuselnder Kinder. Krakelige Kinderbilder an den Wänden, mitten im Eingang ein liegen gelassenes Skateboard, auf dem Sofa ein lang ausgestreckter Teenager. Fahrräder auf der Wiese, ein Hundekörbchen, weil ich doch so gern einen Corgi hätte – den würde ich Barnaby nennen – und ein Korb für eine große rote Katze, die schnurrend um meine Beine streicht.«

Jetzt erst merke ich, dass ich das alles mit geschlossenen Augen beschrieben habe. Allein meine Worte haben meinem Traumhaus Gestalt gegeben.

Als ich die Augen wieder öffne, muss ich ziemlich verklärt aus der Wäsche gucken, klar. Als wäre das alles real und würde nicht meiner Fantasie entspringen. Ein schönes Spiel, jetzt genau das Richtige für uns beide. Oder besser gesagt, das wäre es, wäre da nicht Andreas eisiger Blick.

»Das war eher die Beschreibung eines Lebenskonzepts, nicht die eines Hauses. Hat sich angehört wie deine ideale Familie.« Absurd, aber in seiner Stimme ist deutlich ein vorwurfsvoller Unterton zu hören.

»Ich habe beschrieben, wie ich mir mein ›Zuhause‹ vorstelle«, verteidige ich mich.

»Anscheinend hängt das eher von einer gewissen Anzahl Kinder ab.«

»Wer bringt denn Leben in ein Haus, wenn nicht Kinder?«

»Ja, schon, wahrscheinlich.« Er senkt den Kopf und widmet sich seinem Barschfilet. Die restliche Zeit beim Essen ist er abwesend. An eine Unterhaltung ist nicht zu denken.

»Ist irgendetwas?«, frage ich schließlich, als er zum wiederholten Mal einsilbig auf einen meiner vielen Konversationsversuche reagiert. »Mit Giacomo vielleicht?«

Kurz hebt er den auf seinem Teller erstarrten Blick.

»Nein, alles gut.« Von wegen, überhaupt nichts ist gut. Dass er mich dermaßen ausschließt, ist ebenso schmerzhaft wie unverständlich.

Der schnelle Kuss zum Abschied ist viel zu eilig und lässt die sonstige süße Zärtlichkeit vermissen, und als Andrea geht, schaue ich ihm lange beunruhigt hinterher. Die Leidenschaft unserer Nächte, unser blindes Verständnis füreinander – wo ist das alles so plötzlich geblieben?

Den Rest des Nachmittags arbeite ich an dem Projekt. Mit Begeisterung, das muss ich schon sagen. Um fünf Uhr gehe ich zu Giacomo. Das Buch steckt schon in meiner Tasche. Ich muss also gar nicht mehr zu Hause vorbei.

Er ist im Gemeinschaftsraum, bei ihm eine junge Freiwillige, die er offensichtlich zum Lachen bringt.

Als er mich sieht, lächelt er erfreut. »Hast du das Buch mitgebracht? Kannst es wieder wegstecken. Heute unterhalten wir uns. Hast du Lust, eine Runde im Park spazieren zu gehen?«

Flink und sicher fährt er sofort zum Ausgang.

»Hast du Andrea heute Morgen gesehen?« Vielleicht weiß Giacomo, warum er so komisch war. Was ihn so beunruhigt hat.

»Nein, ich denke, er kommt später.«

Auf dem Parkweg bleibe ich stehen. »Er ist heute noch nicht hier gewesen?« Das verstehe ich jetzt wirklich nicht.

Giacomo hält auch an, dreht sich in seinem Rollstuhl um und sieht mich an. Er wird ganz ernst, weil er meine Frage missversteht. »Wenn er in Verate ist, kommt er jeden Tag. Die erste Zeit hier ist ziemlich hart gewesen. Ich litt an Schlaflosigkeit und war sehr unruhig. Lange Zeit war er jede Nacht bei mir, hat mir vorgelesen oder Schach mit mir gespielt. Er ist ein guter Bruder, schon immer gewesen. Das hier hat er nicht verdient.«

Hat das irgendjemand verdient?, denke ich, behalte es aber für mich.

»Wir waren immer füreinander da, sind so gut wie allein aufgewachsen. Nach der Scheidung ist mein Vater zurück nach Cagliari, und wir drei sind zu Großtante Elena geflüchtet. Doch meine Mutter ist schon immer flatterhaft gewesen. Sehr sogar. Sie ertrug das beschauliche Leben in Sirmione nicht und hat sich, sobald sie konnte, abgesetzt. Wortwörtlich.«

Neugierig sehe ich ihn an.

»Sie war eine gute Pianistin, Chopin vor allem, und lernte bei einem Konzert in der Villa Cortine einen Australier kennen, der sie dann als Souvenir mit in seine Heimat nahm.« Leicht dahergesagt, doch seine grünen Augen sind voller Schmerz.

»Und ihr beide?«

»Ich war damals zehn, Andrea zwölf. Mein Vater hatte schon eine neue Familie. Wir sind also bei der Tante geblieben, die meiner Mutter diese Flucht nie verziehen hat. Denn etwas anderes ist es nicht gewesen. Als sie zwei Jahre später auf dem Weg von Sydney zum Weingut ihres neuen Ehemannes in ihrer Piper abstürzte und starb, erfuhr ihr Mann, dass es da noch zwei Jungen in Italien gab, deren Mutter sie war.«

Ich verstumme. Denke an diese beiden Jungen zwischen Kindheit und Jugend, an ihre plötzliche, traurige Einsamkeit.

»Andrea hat mehr darunter gelitten. Sie hatten ein sehr enges Verhältnis zueinander. Danach hat er nie wieder Klavier gespielt. Ich glaube, das erinnert ihn zu sehr an … *sie*, so nennen wir unsere Mutter seitdem. Sehr schade, er hatte wirklich Talent.«

»Sie hat nie wieder Kontakt zu euch aufgenommen?«

Er schüttelt den Kopf.

»Das dachten wir, aber jetzt sind diese Briefe aufgetaucht.«

Ich schaffe es nicht mehr, nach den Briefen zu fragen, denn es kommt noch jemand zu Besuch. Ein früherer Schüler von Giacomo. Ich lasse die beiden allein und verspreche, morgen wiederzukommen.

Diese ganze Geschichte hat mir einen bitteren Geschmack im Mund hinterlassen; zwei von den Eltern verlassene Jungen. Ich kann es gar nicht abwarten, Andrea in die Arme zu schließen.

Aber dazu wird es nicht mehr kommen.

Erst diese kühle Nachricht: *Heute Abend keine Zeit. Morgen früh bei* Moretti.

Nach dem Abendessen beantwortet er weder meinen Anruf noch meine Gute-Nacht-Nachricht. Er liest sie nicht einmal.

Die Nacht ist sehr unruhig. Er fehlt mir. Ich bin es nicht mehr gewohnt, allein zu schlafen. Er fehlt mir. Angst macht sich in mir breit …

Als ich aufwache, denke ich sofort an ihn. So wie sonst auch. Ich gehe runter in die Bar der Trattoria zum Frühstücken. Er ist schon da. Wie ein Sprung *Zurück in die Vergangenheit.*

Er sitzt an einem Tisch im Schatten mit Blick auf Fluss und Bäume. Vor einem Hintergrund himmelblau blühender Plumbagos.

Ein eleganter Mann in hellgrauem Anzug, die schmale Krawatte eine Nuance dunkler, weißes Hemd. Aus den Sakkoärmeln schauen Manschetten hervor, darunter eine wichtige Uhr, an den Füßen glänzen englische Schuhe. Nur der sichtbare Teil der in graublauem Paisley gemusterten Socken passt nicht recht zu dieser aalglatten Aufmachung. Ein kühler

Farbenmix, der einen satten Kontrast zu dem warmen August-Morgen abgibt.

Vor sich hält er eine aufgeschlagene Zeitung, seine Beine sind übereinandergeschlagen. Das Profil hager.

Als ich vor ihm stehe, ist sein Blick hinter der Brille höflich, aber eisig. Höflich und eisig ist auch seine Stimme, als er sagt: »Guten Morgen, Bianca.« Mit der Sorgfalt eines Origami-Meisters faltet er die Zeitung zusammen.

Ich setze mich. Aber mein Herz hat sich schon auf und davon gemacht. An seiner Stelle befindet sich ein schwarzer Klumpen. Was ist hier eigentlich los?

»Ich fahre heute zurück nach London.«

London.

»Ich wollte mich noch verabschieden.«

Er wollte sich verabschieden.

»Wir werden dich noch darüber informieren, wer für die laufenden Projekte zuständig und dein Ansprechpartner sein wird. Du kannst dich an ihn wenden, was auch immer du benötigst.«

Die laufenden Projekte.

»Ich danke dir aufrichtig. Die Arbeit mit dir ist sehr inspirierend gewesen.«

Inspirierend. Die Arbeit.

Ich schlucke. Warte darauf, dass er noch etwas sagt. Etwas Beruhigendes wie »Ich komme jedes Wochenende wieder«, oder etwas Enthusiastisches wie »Komm mit mir«, aber nichts dergleichen. Er wartet schweigend auf meinen Kommentar, hat jedoch ein derartiges Durcheinander in mir angerichtet, dass ich nichts herausbringe. Schließlich stottere ich: »W-wann?«

»Mein Flug geht um elf Uhr dreißig von Linate.«

Ich muss völlig verzweifelt aussehen, denn er sagt noch einmal: »Mach dir keine Sorgen wegen der Projekte.«

»Wegen der Projekte, nein, sicher. Und … wir?« Fast hätte ich das nicht über die Lippen gebracht.

Er beugt sich leicht vor. »Wir? Eine nette Affäre.« Das sagt er so gleichgültig, dass ich ihm normalerweise ohne viel Federlesens eine saftige Ohrfeige geben würde, doch dafür bin ich zu baff.

Mein Gesichtsausdruck scheint so verdutzt zu sein, dass er gereizt bemerkt, während seine Finger auf den Metalltisch trommeln: »Es waren lediglich einige Wochen.«

Sechs, um genau zu sein.

Ich kann meine Gefühle wohl kaum verbergen, denn er blafft mich an: »So läuft es doch heute überall. Man lernt sich kennen, findet sich nett, ist ein bisschen zusammen … nichts als oberflächliche, nichtssagende Beziehungen. Wie gesagt, es war schön. Sehr. Aber nichts ist für die Ewigkeit, das weißt du genauso gut wie ich. Jetzt heißt es weitergehen, offen sein für Neues.« Mit seiner früher so normalen, kühlen, an Unhöflichkeit grenzenden Art sieht er auf die Uhr. »Entschuldige, aber jetzt muss ich wirklich los. Schönen Tag noch, Bianca.« Nonchalant steht er auf und schert sich weder um das Chaos in meinem Kopf noch darum, dass mich der Schock nahezu lähmt. Aber als er schon an mir vorbei ist, kommt er noch einmal zurück und drückt mir einen Kuss auf die Schläfe. Und dann ist er weg.

Er ist weg. Unglaublich.

Irgendwann läuft Eleonora an meinem Tisch vorbei, und als sie das noch unberührte Frühstück vor mir sieht, fragt sie besorgt: »Was ist los?«

Aber ich schüttle nur den Kopf. Sie setzt sich neben mich

und legt die Hand auf meine. »Wenn du reden willst, ich bin da.«

Aber das will ich nicht, nie wieder. Ich will nur nach Hause. Ins Bett. Weinen. Den ganzen Tag lang. Und das tue ich dann auch.

Schluchzend erinnere ich mich an jeden einzelnen der wunderbaren Momente, von denen ich glaubte, wir würden sie teilen, die aber nichts als Lug und Trug waren. Nur, um es noch schlimmer zu machen.

Ausgerechnet jetzt ruft meine Schwester an. Es sei ein sehr schöner Abend mit uns gewesen, und Luca und sie würden sich nur zu gern revanchieren und uns zum Essen einladen, vielleicht bei ihnen zu Hause.

Irgendwie schaffe ich es, sie scheinbar gleichgültig darüber zu informieren, dass zwischen Andrea und mir alles vorbei ist.

»Wie bitte? Gestern noch saht ihr so verliebt aus. Was ist denn passiert?«

Darauf müsste ich mit einer Gegenfrage antworten: »Keine Ahnung, du vielleicht?« Aber ich antworte mit einem Allerweltssatz. »So läuft es doch immer. Man ist ein bisschen zusammen und dann eben nicht mehr.« Viel zu früh, um das alles zu erzählen und den Schock von heute Morgen noch einmal zu durchleben.

»Ach, so läuft es immer? Wusste ich gar nicht. Wirklich nicht. Und ich hab alles schon Mama erzählt.«

Das ist jetzt wirklich eine richtig schlechte Nachricht, denn sie hat zur Folge, dass meine Mutter anruft. Es ist mir höchst unangenehm, ihr zu erklären, dass Andrea aus meinem Leben verschwunden ist.

Außerdem behandelt sie mich, als wäre ich krank. »Wie schade, mein Schatz! Ich dachte schon …« Wir wissen beide sehr gut, was sie dachte. »Komm nach Hause, dann bekommst du etwas Abstand, und die Erinnerungen sind nicht so übermächtig. Ich koche dir etwas Leckeres, Gesundes, dann erholst du dich von diesem Schlag. Komm her und lass dich ein wenig verwöhnen.«

»Mama, nun lass uns mal kein Fass aufmachen. Andrea und ich haben eine schöne Zeit miteinander verbracht, doch jetzt ist es vorbei.« Ich schaffe es, nicht in Tränen auszubrechen und einen fast weltmännischen Ton beizubehalten. Beim Theater würden sie mich jetzt nehmen, garantiert.

Sogar mein Vater möchte mich sprechen, und er nutzt die Gelegenheit, um mir zu sagen, dass dies doch ein guter Zeitpunkt sei, um Verate zu verlassen und zurück nach Mailand zu kommen. Als drehte sich alles nur um Andrea. Als hätte ich nicht noch andere Pflichten hier.

Meine Arbeit zum Beispiel.

Zwei Tage lang lasse ich mich nicht in der Agentur blicken, gehe nicht ans Telefon und öffne den Mädels nicht die Tür, sondern rufe in regelmäßigen Abständen lediglich: »Ich stehe gleich auf«, tue es aber nicht. Irgendwann erscheint der Geometra höchstpersönlich vor meiner Tür. Ganz nach dem Motto »Wenn der Berg nicht zum Propheten kommt …«

Ich bin im Schlafanzug; ohne seine Treppe ist er sehr viel kleiner. Doch er ist ziemlich auf Krawall gebürstet.

»Ich habe keine Ahnung, was hier los ist«, legt er ohne jede Vorankündigung los und fuchtelt mir mit einem Finger unter der Nase herum, »aber in der Agentur haben wir alle Hände voll zu tun. Ich gebe dir also genau fünfzehn Minuten, und dann will ich dich arbeitsfertig am Schreibtisch sehen.« Er wendet sich schon zum Gehen, doch da fällt ihm noch etwas ein. »Und irgendwann wirst du mir haarklein erklären, was genau du mit dem Haus von Signora Levati vorhast. Das wird mal Zeit.«

Und so seltsam es klingen mag, irgendwie bringt es mich dazu, mein Bett und meine Wohnung zu verlassen.

In der Agentur erwartet mich Cristina mit einem Holundertee. »Der beruhigt«, sagt sie. »Ist mit Honig.«

Und in mir rattert es direkt los: Honig – Bienenstöcke, Bienenstöcke – Sirmione, Sirmione – Andrea, Andrea – Schmerz. Und Verwirrung. Kurz bekomme ich weiche Knie, aber dann holt mich Volpes Stimme zurück in die Realität. Wieder stehe ich am Fuß der Treppe, dieses Mal um zu erklären, welche Pläne ich mit Signora Levatis Haus habe.

»Wie immer ziemlich gewagt, könnte aber funktionieren«, willigt er schließlich ein, als ich fertig bin. »Doch sieh zu, dass du alles unter Dach und Fach bekommst. Diese ganze Sache zieht sich schon viel zu lange hin.«

Und wie so oft rettet mich die Arbeit vor einer tiefen, verzweifelten Depression. Aber nicht vor diesem dumpfen, allumfassenden Schmerz, der einfach nicht von mir weichen will.

16

Wohnungen in kleiner, glücklicher Cohousing-Arbeitsgemeinschaft anzubieten

Endlich habe ich alle an einem Tisch der Trattoria versammelt, Minderjährige inklusive. Normalerweise wäre ich hochamüsiert über diesen Plan à la Hercule Poirot, aber in meinem Inneren herrscht ausschließlich emotionale Leere.

Ich komme um diesen Termin hier nicht herum, denn ich verspreche schon viel zu lange eine Alternativlösung für Signora Levatis Haus.

Wir sind um neunzehn Uhr verabredet. Professoressa Rizzi und ihr Sohn Paolo sind natürlich die Ersten, viel zu früh, bald darauf gefolgt von Signora Levati, meiner einzigen Mitwisserin. Schließlich kommt der Physiotherapeut Mauro Sturba vom Fluss her in Joggingkluft angelaufen.

Wir sitzen hier in abendlicher Frische am Wasser, weil ich diesen Termin etwas netter und persönlicher als in der Agentur gestalten wollte. Außerdem wird es noch eine Überraschung geben. Cristina ist auch hier, so bekommt das Ganze eine offiziellere Note. Auf dem Tisch vor ihr ein aufgeklappter Laptop und drei Umschläge. Einige Fotos von Haus und Garten habe ich mitgebracht.

»Gut, jetzt sind alle da.«

»Wer, alle?«, wundert sich unsere misstrauische Lehrerin.

»Alle, denen ich etwas vorschlagen möchte.« Lächelnd sehe ich in die Runde. »Etwas, das vielleicht für Sie alle interessant ist: für Signora Levati, die ihr geliebtes Haus weder verkaufen noch verlassen möchte, für Sie, für die der Wohnungsmarkt in Verate momentan keine Lösungen bereithält.«

Professoressa Rizzi beugt sich interessiert vor, während sich Sturba argwöhnisch zurücklehnt.

Ich zeige auf Mutter und Sohn und schenke Paolo ein kleines Lächeln. »Ihr beide wünscht euch ein Zuhause mit Garten oder, besser gesagt, mit einer Wiese. Sie …«, und jetzt sehe ich Mauro Sturba an, »… Sie können sich nicht wirklich vorstellen, allein zu wohnen, und befürchten, dass Ihnen Ihre große Familie fehlen wird.«

Alle bejahen, doch ihr Unverständnis ist offensichtlich.

»In den Umschlägen, die Sie jetzt von mir bekommen, sind Fotos von dem Haus, um das es geht.«

Neugierig, aber mit einer gesunden Portion Misstrauen öffnen beide Parteien die Umschläge. Professoressa Rizzi reicht die Bilder an ihren Sohn weiter, nachdem sie sie selbst angesehen hat.

»Architetto, das Haus ist wirklich sehr schön …«

»… und hat eine Wiese!«, beendet Paolo den von seiner Mutter angefangenen Satz.

»Aber ich könnte mir niemals ein so großes Haus leisten. Wie viele Quadratmeter werden das sein?«

»Vierhundert auf zwei Stockwerken. Der Garten kommt noch hinzu.«

Kopfschüttelnd sieht sie mich befremdet an.

»Entschuldigung«, schaltet sich jetzt Sturba ein, »ich habe eigentlich eine Einzimmerwohnung gesucht. Was soll das hier überhaupt?«

Ich lächle ihm zu. »Dann bin ich gespannt, was Sie zu unserem Vorschlag sagen: eine Wohnung in einem Cohousing-Projekt.«

Okay, jetzt gucken alle, als wäre ich verrückt. Einzig Mafalda Levati bleibt entspannt.

»Das obere Stockwerk des Hauses ist eigentlich schon in drei Wohnungen aufgeteilt. Sie verfügen jeweils über zwei Zimmer und ein Bad. Das wären demnach für jede Partei eine; an Privatsphäre sollte es also nicht mangeln. Im unteren Stockwerk sind dann die Gemeinschaftsbereiche: eine große Küche, ein Esszimmer für zwölf Personen, ein etwas kleineres Esszimmer, ein Wohnzimmer mit Kamin. Außerdem ist da natürlich noch der reich bepflanzte Garten. Zweitausend Quadratmeter, die an Radweg und Fluss grenzen.«

Jetzt sind alle ganz Ohr.

»Jeder von Ihnen kann seine Wohnung einrichten, wie er möchte. Die Gemeinschaftsbereiche sind bereits möbliert, und zwar sehr geschmackvoll. Auch im Garten gibt es Pavillons und andere Möbel.«

Sturba hebt die Hand. »Wann bekommen wir ein Angebot? Wann können wir das Haus besichtigen?«

»Cristina wird Ihnen gleich ein Angebot geben; das Haus können Sie auf Wunsch auch sofort besichtigen. Aber ich würde Ihnen raten, bis morgen früh zu warten, nicht nur, damit Sie alles bei Tageslicht sehen können, sondern auch, weil Sie dann noch eine Nacht darüber geschlafen haben. Nur kurz möchte ich einige positive Seiten aufzählen: Sie alle hätten viel mehr Platz, als sich jeder von Ihnen für sich allein erlauben könnte, außerdem wäre eine solche Gemeinschaft für jeden von Ihnen eine Win-win-Situation. Allerdings funktioniert die Sache nur mit gegenseitigem Respekt und Sympathie füreinander. Deshalb lädt die Agentur *Nicht Nur Wohnen* Sie heute Abend zum Essen ein. Cristina bleibt mit Ihnen hier und wird Ihnen dann später das Angebot unterbreiten, mit dem Sie alle sicher zufrieden sein werden. Wenn es keine weiteren Fragen mehr gibt …« Und da es offenbar keine mehr gibt, verabschiede ich mich.

Cristina kreuzt die Finger beim Abschied.

Normalerweise hätte ich sicher zum Essen bleiben wollen, aber momentan kann davon keine Rede sein. Ich werde überhaupt nicht zu Abend essen, sondern sofort ins Bett gehen, der einzige Ort, den ich ertrage. Wären da nicht die Erinnerungen daran, was sich ausgerechnet dort alles abgespielt hat …

Wie ist es möglich, dass mich Andrea nach dieser zwar kurzen, dafür umso intensiveren Zeit einfach so aus seinem Leben gestrichen hat? Wie kann man in nur wenigen Stunden die Wärme einer Liebesnacht gegen eine Eiswüste eintauschen?

Diese beiden Fragen stelle ich mir circa zweitausend Mal am Tag. Ohne jemals eine Antwort darauf zu finden, klar.

Ich trage schon meinen Pyjama und lausche mit geschlossenen Augen einem Hörbuch, denn Lesen oder Fernsehen ist viel zu anstrengend, als Nuccia plötzlich in der Wohnung steht.

Und noch bevor ich meine Verwunderung und (vor allem) meinen Unmut darüber zum Ausdruck bringen kann, erklärt sie: »Mama hat gesagt, ›sich auszuweinen ist gut, aber essen muss man trotzdem‹. Ich habe dir ein paar Panini mitgebracht. Neue vegane Rezepte von Mama.«

Na super.

Ich versuche zu lächeln. »Danke, Nuccia, das wäre doch nicht nötig gewesen …« Aber jetzt geh bitte wieder.

»Ich habe versprochen, dass ich hierbleibe, bis du aufgegessen hast.«

Ein Seufzer entfährt mir. Na super, sag ich doch.

Ich nehme ein Panino mit Körnern; das lacht mich noch am ehesten an.

»Das ist mit Humus und getrockneten Tomaten.«

Ich beiße einmal ab, es ist köstlich. Aber ich habe einfach keinen Hunger.

Nuccia setzt sich. »Du bist so traurig.«

»Stimmt.« Die Sache mit Andrea werde ich ganz bestimmt nicht mit ihr diskutieren.

»Oma sagt, dass Signor Sanna dich nicht wirklich gern hatte. Er hat nur so getan.«

Ist es nicht toll, dass der Dialog zwischen den Generationen ausgerechnet meine privaten Angelegenheiten zum Thema hat?

»Sieht ganz so aus.«

Sie fährt sich durch die Haare. »Ich glaube nicht, dass das geht.«

»Was?« Ich beiße noch einmal von meinem Panino ab. Wirklich lecker.

»Nur so tun, als hätte man jemanden gern. Viel zu anstrengend. Warum sollte man so etwas machen?«

»Normalerweise, weil man damit etwas anderes erreichen möchte.«

»Was denn?« Genau, was eigentlich? Das frage ich mich auch.

»Vielleicht war er einfach nur einsam«, vermute ich.

»Aber Signor Sanna ist doch ein gut aussehender Mann, er ist zwar schon sehr alt, doch das bist du ja auch.«

Okay, das war jetzt ein harter Schlag für mein Selbstbewusstsein.

»Außerdem hätte er schon vorher mit jemand anders so tun können als ob, immerhin ist er bereits ein ganzes Jahr hier. Doch bis du hierherkamst, ist er ganz für sich geblieben. Darüber solltest du mal nachdenken.«

Ja, das sollte ich wohl.

Dann überschlagen sich die Ereignisse in den wenigen Tagen vor der großen Sommerpause im August.

Sowohl Professoressa Rizzi als auch Mauro Sturba haben sich nach einem Besuch bei Signora Levati für ein »Ja« entschieden, sehr zur Freude der alten Dame. Ich weiß, dass dieses Projekt sie vor eine Herausforderung stellt. Aber es wird sich ganz bestimmt lohnen, die vielleicht anfängliche Scheu vor Gemeinschaftsbereichen zu überwinden. Ein wunderschönes Haus mit gleichgesinnten Menschen zu bewohnen, die sich gegenseitig unter die Arme greifen, dürfte nämlich alles andere mehr als aufwiegen. Hoffe ich wenigstens. Jetzt muss der Vorvertrag erstellt und die Teilung des Hauses in die Wege geleitet werden, auch beim Katasteramt, noch vor dem Termin beim Notar.

Veronica Palmieri teilte mir das Interesse des Maestros mit, den Wasserturm in eine Wohnung umzuwandeln. Meinen ersten Entwurf fand er »hinreißend«, und ich habe versprochen, einen Überschlag der Kosten zu schicken. Damit habe ich mich an Vittorio Locatelli gewandt.

Ich habe mich gefreut, mit ihm zu sprechen, und ich glaube, ihm ging es genauso.

»Architetto, das ist aber eine schöne Überraschung, wirklich, sehr schön!«, wiederholte er in dem für ihn typischen *Bergamasco*.

Heute haben wir einen Termin für die erste Begehung. Erst mal sehen wir uns nur den unteren Teil an, den oberen heben wir uns noch auf.

Locatelli fährt mit seinem Jeep vor, dem man die vielen Kilometer auf unbefestigten Straßen ansieht, und wenn man seinen Aufzug so betrachtet (kurze Hose mit großen Taschen, offenes Karohemd über einem Shirt, Sicherheitsschuhe), ist offensichtlich, dass er direkt von einer Baustelle kommt. Wenn es irgendwie möglich ist, unterstreicht das noch seinen so unbestreitbaren, raubeinigen Charme.

Schnell informiere ich ihn über die baulichen Eckdaten wie Höhe und Durchmesser des Wasserturms. »Wir planen also mehrere Stockwerke, eine interne Treppe, *Open Space*, zwei Bäder, fünf französische Fenster. Alles in allem wird sich die Fläche auf circa zweihundertundzwanzig Quadratmeter belaufen, zuzüglich der dreißig vom ebenerdigen Eingang. Und über eine Dachterrasse könnte man auch noch nachdenken.«

Er sieht hoch zum großen roten Steinturm. »Wenn man die Wassersäule als Schacht benutzt, könnte genau mittig im Wohnbereich der Aufzug installiert werden. Fangen wir bei den Fensteröffnungen an … Muss natürlich alles isoliert werden. Da machen wir eine Dämmung, eine Innendämmung aus Ziegel. Über die Tragfähigkeit müssen wir uns keine Gedanken machen. Der Bau hat ja zuvor auch das ganze Wasser gefasst, fünfhunderttausend Liter in etwa. Haben Sie sich schon etwas für die Decke zwischen den Stockwerken überlegt?«

»Ich schwanke noch zwischen Ziegeln und Stahlträgern in Kombination mit einer Holzdecke, aber ich glaube, ich ziehe Letzteres vor.«

Er nickt. »Einverstanden.« Dann lächelt er und meint: »Architetto, da steht ja fast unsere alte Mannschaft wieder. Schön, oder?«

»Ja, sehr schön.« Das denke ich wirklich.

»Das sollten wir feiern. Was halten Sie davon, wenn ich Sie zum Essen einlade? Ich würde auch noch gern etwas anderes mit Ihnen besprechen.«

Genau das brauche ich jetzt. Jemanden aus meinem alten,

schillernden Leben, der keine Ahnung hat, was ich hier gerade durchmache. Zurück in meine Welt, dort, wo ich hingehöre, eine Welt aus AutoCad und Zeitplänen, die ich mit meiner Mannschaft besprechen muss, und einen Bauleiter, der mich schätzt. Eine Welt, in die Andrea niemals einen Fuß gesetzt hat und das auch nicht tun wird. Ein tröstlicher Ort.

»Das fände ich schön.«

Ein Leuchten geht über sein Gesicht.

Ich begehe den Fehler, für das Abendessen die *Trattoria Moretti* vorzuschlagen.

Er erscheint in Markenjeans und einem dunkelblauen Poloshirt, das seine Bräune schön betont. Viele weibliche Köpfe drehen sich nach ihm um.

Wir sitzen kaum, da sprudelt schon seine ganze Begeisterung für das neue Projekt aus ihm hervor. »Ich bin interessiert, und zwar sehr. Das wird Wellen schlagen in den Medien. Eine sehr schöne Werbung für Sie, Architetto.«

Und plötzlich finde ich diese Siezerei völlig unangebracht.

»Vittorio, können wir uns nicht einfach duzen?«

»Sehr gern, Bianca, sehr gern. Also, wenn du dich nicht bei mir gemeldet hättest, dann hätte ich dich angerufen, denn ich möchte dir gern ein Angebot machen.« Sein Lächeln ist wirklich bemerkenswert.

»Ein Angebot?«, wundere ich mich.

»Ja, unserer Firma geht es sehr gut, und wir haben uns endlich dazu durchgerungen, nicht mehr von externen Firmen abzuhängen. Wir hätten gern unsere eigenen Experten, beispielsweise Architekten.« Er sieht mich an. »Kannst du dir vorstellen, bei uns zu arbeiten, Bianca? Grob durchgerechnet könnten wir dich unbefristet einstellen. Das Gehalt wäre zu Anfang niedrig, aber die Perspektiven gut.«

Ich bin so glücklich, so erleichtert, dass ich seine mir hingestreckte Hand gar nicht mehr loslassen will.

»Das wäre ja wunderbar, Vittorio! Wieder draußen bei Licht und Luft arbeiten, Entwürfe machen, das ist genau, was ich will.« In meiner Dankbarkeit lehne ich mich zu ihm hinüber.

»Gut, dann regeln wir alles im September, wenn die Saison wieder losgeht. Was meinst du?« Man sieht, dass er sich freut.

Unnötig zu sagen, dass ich mich auch freue. Seltsamerweise aber nicht so, wie ich geglaubt hätte.

Wir reden noch weiter über zukünftige Projekte, als ich bemerke, dass alle Tische bedient werden. Einige Gäste, die gleichzeitig mit uns ankamen, zahlen schon. Ich entschuldige mich und mache mich auf die Suche nach Eleonora. Sie steht hinter der Bar, kümmert sich um die letzten Kaffee-Bestellungen.

»Eleonora, was soll das hier eigentlich?«

»Wovon redest du?«, antwortet sie und tut, als suchte sie die Zuckerdosen, die genau da stehen, wo sie immer zu finden sind, und zwar im Regal direkt hinter ihr.

»Warum bedienst du uns nicht?«

»Das solltest du ja wohl am besten wissen. Keine Ahnung, was der Signore mag, der bei dir ist …«

»Du hättest uns sagen können, was es gibt, wie man das in anderen Restaurants auch tut.«

Endlich sieht sie mich an. Mit überraschtem Blick. »Aber Bianca, du weißt doch, dass das gegen die Politik unserer Trattoria verstößt …« Sagen wir mal, gegen ihre (wenn man das »Politik« nennen kann).

»Okay, müssen wir jetzt verhungern?« Mit Argumenten komme ich ohnehin nicht weiter. Eleonora folgt ihrer ganz eigenen Logik.

Sie hat meine Wut bemerkt und baut sich vor mir auf, dann sagt sie voller (ihrer Ansicht nach gerechtfertigter) Empörung: »In Ordnung, ich schaue nach, was wir noch haben.«

»Na, danke schön. Aber denk dran: Ich weiß, was du hier veranstaltest.«

»Bianca, ich kann dir nur noch mal sagen, dass ich keine Ahnung habe, wovon du eigentlich redest. Alles, was ich gerade mache, tue ich nur für dich.« Und mit gesenktem Kopf geht sie beleidigt davon. Vor der Küchentür dreht sie sich noch einmal um und lässt mich spitz wissen: »Wir haben so an euch geglaubt. Niemals hätten wir gedacht, dass du bei den ersten Problemen die Flinte ins Korn wirfst.«

Bei den ersten Problemen? Jetzt ist das alles also meine Schuld? Wie wäre es mit ein wenig weiblicher Solidarität?

»Was hätte ich denn tun sollen?«

»Was man eben so tut, wenn man abwartet, dass die Dinge sich wieder einrenken. Den Jakobsweg gehen zum Beispiel. Oder Koreanisch lernen, alles, nur nicht mit … mit … Bob dem Baumeister anbändeln, um Andrea Sanna zu vergessen.«

Eleonora ist manchmal wirklich ganz schön sonderlich.

Ich kehre an den Tisch zurück. »Ich habe bestellt, das Essen kommt jetzt gleich.«

»Gut.« Vittorio lächelt. Er fragt nicht einmal, was ich bestellt habe beziehungsweise was man uns bringen wird (zwei Dinge, die in der *Trattoria Moretti* ohnehin nie übereinstimmen). »Es ist wirklich ausgesprochen angenehm hier. Und auch die Gesellschaft ist es.« Er lächelt schon wieder. Man sieht ihm an, wie gern er hier ist.

Und ich auch. Er ist wie ein frischer Luftzug.

Nachdem ich am Ende des Abends Vittorio zu seinem Jeep gebracht und mich mit einem festen Händedruck von ihm verabschiedet habe, gehe ich schnell nach Hause, nehme ein Buch und mache mich auf zu Giacomo. Ich rechne damit, dass er ohnehin nicht schlafen kann.

Giacomo ist die einzige Verbindung zu Andrea. Nicht einmal einen Moment lang habe ich aufgehört, an ihn zu denken.

Er ist wach und möchte reden. Ich lege das Buch weg.

»Du hast gar nichts aus Sirmione erzählt«, meint er, als ich mich hinsetze.

»Ich habe das Projekt abgelehnt. Habe ich schon nach London kommuniziert.« Es hat mir das Herz gebrochen.

»Das ist sehr schade. Es ist doch ein so interessantes Projekt.«

»Ja, sehr interessant, ihr seid sehr großzügig gewesen.«

»Großtante Elena sei Dank ... Haus und Auto gehörten ihr.«

»Auto?« Was hat das Auto damit zu tun?

»Wir haben den B24 verkauft, er war siebenhundertfünfzigtausend Euro wert ... Das Geld haben wir als Fonds für die Instandhaltung des Hauses angelegt.«

Siebenhundertfünfzigtausend Euro für diese Sardinenbüchse? Die Welt ist verrückt.

»Wirklich sehr großzügig.«

»Andrea braucht es nicht, und mir nützt Geld nichts«, sagt er, doch er hört sich nicht traurig an.

Als er den Namen seines Bruders ausspricht, kann ich nicht vermeiden, dass sich mein Gesicht zu einer Grimasse verzieht. Unbeabsichtigt, aber eindeutig.

»Es tut dir noch weh, oder?«

Ich habe nicht vor, mich von ihm trösten zu lassen. »Das

geht schon vorbei. Lesen wir jetzt?« Es gelingt mir, meiner Stimme einen entschlossenen Klang zu geben.

Aus seinen grünen, ernsten Augen wirft er mir einen Blick zu. »Ich habe gefragt, aber Andrea will nicht darüber reden.«

Ich schlucke. Sie haben über mich gesprochen.

»Bitte, lass uns das Thema wechseln, es berührt mich noch zu sehr.« Ich versuche ein Lächeln.

»Als er das letzte Mal hier war, vergangenen Samstag …« Ich hätte mir die Bitte auch sparen können.

»Er war hier?« Augenblicklich krampft sich mein Magen zusammen.

»Ja, er kommt jedes Wochenende.«

Sicher, wie konnte ich das vergessen? Er hat ja nur mich verlassen, nicht alles andere in Verate. Aber das heißt, dass er darauf bedacht ist, nicht gesehen zu werden. Und in einer Kleinstadt wie Verate ist das ganz schön schwierig.

»Also, als er das letzte Mal hier war, wirkte er sehr niedergeschlagen, und das nicht nur wegen der Briefe unserer Mutter. Ich glaube, es hat ihn hart getroffen, dass eure Geschichte vorbei ist. Er war immer so unbeschwert mit dir.«

»War er mit dir auch«, gebe ich zurück und versuche, das nicht mehr gültige Bild von »Andrea & Bianca« aus meinem Kopf zu vertreiben, und dann erinnere ich mich daran, wie die beiden lachten und Andrea seinem Bruder die Haare verstrubbelte. »Da er es ja war, der mich verlassen hat, glaube ich kaum, dass er niedergeschlagen ist wegen des Endes unserer ›Geschichte‹.« Ich betone das letzte Wort, um zu schmälern, was zwischen seinem Bruder und mir gewesen ist.

»Er hat bei uns immer den starken Part übernommen, aber ich weiß, dass es für ihn hart war. Erst ist Papa gegangen und kurze Zeit später unsere Mutter. Sie nicht mehr zu sehen, nicht mehr um sich zu haben, darunter hat er enorm gelitten. Zu Hause wurde nicht darüber gesprochen. Nie. Ihr Zimmer war verschlossen, die Fotos versteckt, das Bild … Hast du ihr Porträt gesehen? Also, das war jahrelang im Keller. Für Großtante Elena war es ein Affront, dass sie einfach so, ohne ein Wort verschwunden ist. Und als dann diese Briefe plötzlich eintrudelten, hat sie sie einfach ungeöffnet versteckt.«

»Aber das heißt ja, dass eure Mutter …«, setze ich an.

»Dass unsere Mutter in Kontakt zu uns treten wollte, ja. Jetzt, da wir die Briefe gelesen haben, wissen wir, dass sie uns zu sich holen wollte.«

»Wie konnte Elena euch das bloß antun?«

»Unserer Großtante war das Sorgerecht zugesprochen worden, nachdem unsere Mutter verschwunden war, und über ihre Anwälte ließ Elena sie wissen, dass sie es nicht mehr abgeben würde.«

»Warum?«

»Ich glaube, das war die Rache für dieses rücksichtslose Verhalten. Unsere Mutter war ihre einzige Nichte, und nach der Scheidung von unserem Vater hatte die Großtante sie umstandslos bei sich aufgenommen. Doch dann hat sich unsere Mutter in einer Nacht-und-Nebel-Aktion davongemacht. Das konnte sie ihr nicht verzeihen. Danach musste Andrea allein mit meiner Krankheit klarkommen und sich kümmern, denn unsere Großtante litt immer stärker an Alzheimer. Ein ganz schönes Bündel für einen Achtzehnjährigen. Findest du nicht?«

Ich nicke. Ganz bestimmt hat es Andrea nicht leicht gehabt. Und zu Recht hat er die Briefe als »sehr schön, aber auch sehr seltsam« bezeichnet. Schön, dass die Mutter sie nicht vergessen, sie also nicht ganz verlassen hatte, seltsam, dass die Großtante die Briefe versteckt hatte.

Giacomo ist müde, ich sollte jetzt gehen. Doch es gibt noch etwas, das ich wissen möchte.

»Nächste Woche ist das Sternschnuppenfest, und ich wollte dich fragen, ob du mit mir hingehst.« Keine Ahnung, wie das gehen soll mit dem Rollstuhl, aber irgendwie werden wir das schon hinkriegen.

»Ja, sehr gern.« Und man sieht ihm an, dass er sich freut. Dann: »Bianca …«

»Ja, Giacomo?«

»Er fragt immer nach dir.«

17

Santa Margherita Ligure, historischer Stadtkern, 140 m², typische genueser Architektur, unmittelbare Nähe zur Uferpromenade

Das Sternschnuppenfest ist ein voller Erfolg.

Mauro und Vittorio helfen dabei, Giacomo auf eine Liege zu setzen, wo er dank etlicher Hilfsmittel bequem in den Himmel schauen kann.

Vittorio hat sich ein Bein ausgerissen, um bei der Herrichtung der Terrasse zu helfen. Sehr bald hat er sich unersetzlich gemacht, und alle, sogar Eleonora, haben ihn ins Herz geschlossen.

Die Organisation war glänzend, und nicht zuletzt wegen des großzügigen Angebots an Sardinen und Sangria (dem ganz besonders Giacomo zusprach), hat sich der Abend zu einem rauschenden Fest gemausert.

Alle sind da: Cristina mit ihren Eltern, Geometra Volpe, der, auf einer Liege sitzend, in ein intensives Gespräch mit der in Neongrün gekleideten Mary vertieft ist. Alice Luise, die von Mauro Sturba gerade zum Lachen gebracht wird, die Mädels mit ihren Männern, Professoressa Rizzi und Paolo, und auch Barbara, die mir soeben entgegenkommt.

»Barbara, ich wollte Sie um einen Gefallen bitten.« Es gibt etwas, das ich schon lange vorhabe, und dafür brauche ich ihre Hilfe.

Außerdem sind Sassi und Max da, die mir gern erzählen möchten, wie die Dinge in Sirmione weitergehen. Ich glaube, dort schreitet alles gut voran, aber ich versuche, Ohren und Herz zu verschließen, denn ich möchte mich nicht noch mehr quälen, als ich es ohnehin schon tue. Das ist einfach alles zu viel für mich.

Ich gehe zurück zu Giacomo, helfe ihm mit dem Trinkhalm, und Mauro ist ihm beim Sardinenessen behilflich. Bei jedem Himmelsleuchten ertönen bewundernde »Oohhhs«.

»Wie im *Club Med*«, wende ich mich an Alessandra, zeige auf die riesige mit Wein und Früchten befüllte Karaffe und den von Eleonoras Mann Antonio meisterhaft bedienten Sardinengrill. Antonio hat Urlaub und ist aus Sibirien gekommen.

»All das dank unseres Sponsors.« Man sieht ihr an, wie zufrieden sie ist.

»Ach, dann habt ihr noch einen gefunden?«

Sie wirft mir einen Blick zu, und einen Moment lang wirkt sie unschlüssig. Sie zögert, sagt aber schließlich: »Die Kosten werden von der Patrol Real Estate getragen, also von Sanna. Er hat auch einen angemessenen Betrag für die Weihnachtsbeleuchtung überwiesen. Ich dachte … und irgendwie hat er mir das auch so zu verstehen gegeben … dass er das gemacht hat, weil er hier so glücklich war. Mit dir.«

Fast lasse ich mein Glas fallen. Schmerzliche Erinnerungen brechen mit voller Wucht über mich herein. Nicht einmal Vittorios gutmütiges Lächeln oder seine zuvorkommende Anwesenheit können der sich in mir ausbreitenden Trauer etwas entgegensetzen.

Doch immerhin ist der Abend ein voller Erfolg. Wenigstens bis ich Giacomo zurückbringe, zu ziemlich vorgerückter Stunde.

Er ist noch ganz aufgedreht und glücklich. »Jetzt, da es mir besser geht, sollten wir öfter etwas zusammen unternehmen. Die Welt da draußen ist voller schöner Dinge: Wein, Frauen … Und deine Freundinnen sind so …«

Aber ich höre nicht mehr, was er über meine Freundinnen sagt, denn neben seinem Bett sitzt Andrea. Er sieht von seinem Buch auf, und ich werde fast ohnmächtig.

Ganz offensichtlich hat er mich nicht erwartet. Und ebenso offensichtlich ist er nicht erfreut, mich zu sehen.

»Bianca.«

»Andrea.«

Er steht auf und macht einen Schritt auf mich zu.

»Wie geht es dir?« Einen Moment lang befürchte ich, dass er meine Hand schütteln könnte. Formaler geht's nicht.

»Gut, danke«, lüge ich. Als dann nichts geschieht, verabschiede ich mich. »Also, dann lasse ich euch zwei mal allein. Gute Nacht.«

»Gut«, ist alles, was er dazu sagt.

Ich beuge mich zu Giacomo hinunter, der seinen Bruder während dieser ganzen »Unterhaltung« unverwandt und irgendwie neugierig angesehen hat, küsse ihn auf die Wange und gehe schließlich.

In mir ist eine Eiswüste.

Dann ist Urlaubszeit. Die Agentur schließt für fünfzehn Tage. Geometra Volpe und Mary Mantovani werden sich zusammen in Pinarella di Cervia die Sonne auf den Bauch scheinen lassen; Cristina nimmt an einem Kurs für Kräuterkunde auf der Insel Giglio teil. Vittorio macht Abenteuerurlaub in Papuasia, und ich werde zwei Wochen mit meinen Eltern in ihrer Ferienwohnung in Santa Margherita Ligure verbringen.

Mein Leben und ihre Gewohnheiten zusammenzubringen (die »reinigenden« Spaziergänge mit meinem Vater, seine absolut rigiden Essenszeiten, die Yoga-Stunden meiner Mutter bei Sonnenaufgang und ihre Strandpartys), wird alles andere als leicht, und ohne meine Freundinnen aus Verate und meine Arbeit bin ich ohnehin aufgeschmissen. Selbst die langen Telefongespräche mit Irene helfen nicht, denn auch für sie ist diese Zeit nicht leicht. Mattavelli befindet sich in seiner Familienresidenz auf Formentera. Mit Frau und Töchtern.

Ich erzähle ihr die kurze, traurige Geschichte von Andrea und mir (»Ich wusste doch, dass du mir etwas verheimlicht hast!«) und von Vittorio (»Hab doch immer gesagt, dass er auf dich steht!«).

Das alles (und die Tatsache, ganz einfach nichts zu tun zu haben) hat nicht unbedingt dazu beigetragen, irgendwie Haltung bewahren zu können. Entweder bin ich am Strand, oder ich google zwanghaft nach Andrea Sanna (wofür ich mich schäme). Ich suche in allen sozialen Netzwerken irgendwelche Neuigkeiten über ihn, nur um herauszubekommen, dass er, außer LinkedIn, keines dieser Netzwerke frequentiert.

Das heißt aber nicht, dass alles umsonst war. Im Londoner Katasteramt habe ich beispielsweise seine Projekte gefunden, von denen ich mir dann Fotos und Filmausschnitte heruntergeladen habe.

Es sind fast durchweg Sanierungsprojekte historischer Gebäude oder brachliegender Gebiete, genau so, wie er es mir erzählte an jenem glücklichen Tag in der Raststätte *Monte Alto Nord*, wo wir uns eine Cremeschnitte teilten und einander das erste Mal mit anderen Augen betrachteten. Auffallend an allen Projekten ist, dass er sich fast auf philosophische Art mit den vorgefundenen Materialen und räumlichen Flächen auseinandersetzt. Er zollt ihnen den nötigen Respekt, ohne auf heutige Bedürfnisse zu verzichten. Kein Stahl, Glas oder Glasbeton. Aber er versucht nicht zwanghaft, in der Vergangenheit Entstandenes identisch ins Hier und Jetzt zu transportieren. Sein Hauptanliegen ist behagliche Wohnlichkeit.

Obwohl sein wichtigstes Projekt bestimmt das Gebäude betrifft, in dem auch die Patrol Real Estate ihren Sitz hat, und für dieses Projekt hat er nicht wirklich seine Philosophie angewandt. Denn das Gebäude ist ein Quader, und zwar aus Stahl und Glas, der trotz seiner über zwanzig Stockwerke eine gewisse Leichtigkeit ausstrahlt. Ein Zentralbau, dessen vier Mauern eine Grünfläche umschließen. Ein kühnes Projekt, aber gelungen, wenigstens wenn man von den Fotos ausgeht.

Was meinem Selbstwert dann endgültig den Rest gibt, sind diese Videos. Aufnahmen von Vorträgen, die er an verschiedenen Universitäten in England gehalten hat. Ich sehe sie mir immer wieder an, so lange, bis ich sie auswendig mitsprechen kann, wie in einer perversen Karaoke-Show. Meinen Tiefpunkt aber erreiche ich, als ich herausbekomme, dass unter all den Webcams in London eine direkt auf dem Platz installiert ist, wo die Patrol Real Estate ihren Sitz hat. Tiefer kann ich nun nicht mehr sinken.

In der Hoffnung, ihn zu sehen, bleibe ich täglich vierundzwanzig Stunden mit ihr verbunden (jedenfalls fast). Am selben Platz (ein eher überschaubarer Platz mit einer kleinen Grünfläche und einigen Bänken) ist auch eine *Public School*, die Saint George. Aus dem Alter der vorbeiströmenden Kinder in ihren blau-gelben Uniformen schließe ich, dass es sich um eine *Primary School* handelt. Es ist Ende August, und die Schule hat dort schon wieder angefangen.

Nach tagelangem Stalking sind mir die einzelnen Schüler und ihre Begleitpersonen vertraut, und ich fange an, ihnen Namen zu geben, und dann, endlich, erscheint Andrea. Er steht an der Ampel, umringt von einer Gruppe Schüler auf dem Weg zurück in die Schule. Wie hypnotisiert starre ich dieses Bild des hochgewachsenen, eleganten Mannes an. Die Entfernung zwischen uns (nicht nur die physische) verleiht dem Moment etwas Befremdliches, aber auch sehr Intensives. Doch das, was dann später passiert, gibt mir definitiv den Rest.

Die Ampel wird grün, und die blau-gelbe Gruppe folgt der Lehrerin über den Platz. Nur ein verträumter, schmächtiger Junge bleibt allein auf dem Bürgersteig zurück. Er ist noch so klein, wahrscheinlich erst in der ersten Klasse. Andrea ist schon mitten auf der Straße, dreht sich aber noch einmal um und bemerkt das hilflose Kind. Er kehrt um, reicht ihm die Hand und bringt es sicher auf die gegenüberliegende Straßenseite. Nur eine kleine Geste, doch so achtsam und liebevoll, dass es mir das Herz zerreißt.

Schließlich kann ich mich losreißen, gehe zum Strand, springe ins Wasser und schwimme so lange, bis ich nur noch Erschöpfung spüre. Keinen Schmerz, keine Enttäuschung. Zurück am Ufer, nehme ich mir fest vor, mein Leben wieder in den Griff zu bekommen. So sehr ich ihn auch will, er wird nie wieder Teil von mir sein.

Fest entschlossen zu vergessen, kehre ich nach Verate zurück.

Dort gibt es viel zu tun. Die Verhandlungen für Signora Levatis Haus müssen abgeschlossen werden; der Ex-Kommunalsekretär muss beruhigt werden, denn er glaubte seine Wohnung schon verkauft. Ich habe ihm versprochen, baldmöglichst einen anderen Käufer zu finden. Mit Vittorio muss ich mich um die Arbeiten am Wasserturm kümmern. Ich muss den Vertrag mit der Firma Locatelli & Söhne unterschreiben (anscheinend ist

Locatelli senior von seinem Nachwuchs nicht enttäuscht worden). Auch muss ich den Antrag auf Wiedereintragung in die Liste der Architektenkammer wieder hervorkramen.

Und dann bin ich selbst überrascht. Es tut mir tatsächlich leid. Zu meiner großen Verwunderung bin ich richtig berührt, als ich Volpe darüber informiere, dass ich die Agentur verlassen werde. Ich möchte wieder als Architektin arbeiten, doch ich müsste lügen, wenn ich behaupten würde, dass ich mich hier nicht wohlgefühlt hätte, nicht gern hier gewesen wäre.

»Kopf hoch, Architetto!«, tröstet mich Volpe. »Ich habe nie damit gerechnet, dass Sie sich immer der Vermittlung von Immobilien widmen würden. Aus dem Stoff sind Sie einfach nicht gemacht. Sie haben zu viel Fantasie, sind zu sensibel und zu wenig praktisch veranlagt. Hier bei uns braucht es Pragmatismus, Haare auf den Zähnen, doch …«, und nun werden Stimme und Aussage sanfter, »… Sie werden uns fehlen. Sehr«. Und ich bin ihm wirklich dankbar für diese freundlichen Worte, obwohl ich nicht so genau weiß, was diese Rückkehr zum Sie jetzt soll.

Erst mal bleibe ich noch in Verate, denn die wichtigste und komplizierteste Baustelle ist hier. Und darüber bin ich sehr glücklich, das gebe ich zu.

Sofort nach meiner Ankunft besuche ich Giacomo. Costanzas Mann sitzt bei ihm; er soll ein sehr guter Orthopäde sein. Als er gegangen ist, erzählt mir Giacomo, dass Dottore Volov ihm von einem neuartigen Eingriff berichtet hat, durch den er seine Hände wieder bewegen könnte.

»Verstehst du? Ich könnte so vieles machen, wenn ich nur meine Hände wieder bewegen könnte!« Glück leuchtet in seinen Augen auf.

»Das sind ja großartige Neuigkeiten! Was hältst du davon,

wenn wir das feiern?« Ich umarme ihn, glücklich über diese Nachricht.

»Unbedingt! Aber erst muss ich mit Andrea reden. Kannst du mir helfen?« Und dann muss ausgerechnet ich die Nummer wählen und das Telefon an Giacomos Ohr halten, während er mit seinem Bruder spricht. Und ich bin so nahe, dass ich alles hören kann. Seine ganze Freude. Seine ganze Zuneigung. Unnötig zu betonen, dass ich danach am Boden zerstört bin, völlig.

Obwohl wir doch feiern wollten, mache ich mich zum Gehen fertig, verrate Giacomo aber noch, dass ich ihm ein Porträt schenken möchte und dass deshalb Barbara mit allem Nötigen bald eintreffen wird.

»Ein Porträt? Warum?«, will er verwundert wissen.

»Weil mir aufgefallen ist, dass deines in eurer ›Familiengalerie‹ fehlt«, versuche ich zu witzeln.

Da sieht er mich ganz ergriffen an. »Du bist die Schwester, die ich mir immer gewünscht habe, Bianca.« Wie sehr mich das schmerzt, bemerkt er nicht.

Ich gehe direkt zur Baustelle. Es wird mir sicher guttun, das Voranschreiten der Arbeiten zu kontrollieren und die Zeitplanung zu aktualisieren.

Wenigstens bilde ich mir das ein. Die Wahrheit ist, dass diese Wochen einfach nicht vergehen wollen und sich unwiderruflich und tief in mir einbrennen.

Im September schließen wir den Verkauf Levati ab, und mein Herz ist voller Freude, als ich am Flussufer an ihrem Garten vorbeigehe und drei Kinder bäuchlings auf dem Rasen erblicke. Eines sieht durch eine Lupe auf den Boden, eines durch ein auf der Wiese abgestelltes Mikroskop, und vor dem Kleinsten liegt ein Heft. Das ist unsere Forschungsgruppe »Neue Arten der Formicidae« (auf dem lateinischen Ausdruck bestand Nuccia – »Das verleiht dem Ganzen das gewisse wissenschaftliche Etwas«). Die Gruppe besteht aus Paolo, Nuccia und ihrem jüngeren Bruder Gabriele, der sich freut, alle Einzelheiten schriftlich festzuhalten.

»Wir möchten das in *Nature* veröffentlichen«, kündigt Gabriele begeistert an.

Paolo lächelt mir zu. Er wirkt jetzt viel glücklicher.

Der Oktober vergeht mit Arbeit auf der Baustelle. Ich versuche abzuschließen, bevor es kalt wird, und helfe Arlandi, die passende Inneneinrichtung zu finden sowie die richtigen Handwerker für die Möbel. Denn da die Räume keine gängigen Formen und Maße besitzen, muss der Großteil von Hand gefertigt werden. Ich muss sagen, dass dieser Turm wirklich ein wundervolles Projekt ist, und Arlandi ist so begeistert, dass er seinen nächsten Film hier drehen will. Einen Psychothriller.

Die Sache mit Vittorio hat sich im Sande verlaufen. Ein Glück. Für mich ist es noch zu früh. Und ich glaube nicht, dass es für uns beide eine gemeinsame Zukunft gibt. Er kann sich meiner Hochachtung sicher sein, aber auch nach drei Monaten gelingt es mir noch nicht, an Andreas Wohnung vorbeizugehen. Jeden Tag mache ich auf dem Weg zum Wasserturm einen Riesenumweg. Das sagt alles über meine Fähigkeit zu vergessen. Ein Lückenbüßer ist etwas für Leute, deren Herz nicht ganz bei der Sache ist. Meines jedoch hat noch keinen Frieden gefunden.

Irene war richtig enttäuscht. »Nein, wirklich? Er hat dich doch so gern.«

»Ach, Irene, mit Vittorio, das ist nichts.« Aus einem gleichzeitig sehr einfachen und komplizierten Grund; ich bin noch immer in Andrea verliebt.

Die Hochzeit meiner Schwester zu organisieren kommt mir als Ablenkung gerade recht. Sie wird im März heiraten (behauptet sie jedenfalls). »Wir sind schon spät dran.« Also sind wir mit unserer Mutter ein Kleid kaufen gegangen, und dabei hat Eugenia zu meiner großen Verwunderung verkündet, dass sie das Fest in der *Trattoria Moretti* veranstalten wird. »Mittlerweile kenne ich dort mehr Leute als in Mailand«, war ihr Kommentar dazu. »Darf man hoffen, dass du jemanden mitbringst?«, fragte sie dann.

»Hm … nein, nicht wirklich.«

»Wie schade, dieser Ingegnere und du, ihr wart ein so schönes Paar«, seufzte sie. »Ich hätte wetten können, dass er der Richtige für dich ist«, fügte sie noch hinzu und richtete sich vor dem Spiegel den Schleier.

Ich habe nichts dazu gesagt. Muss ihn doch vergessen.

Aber anstatt zu vergessen, erinnerte ich mich.

Auch mit mehreren Monaten Abstand sind da immer noch Dinge, die ich nicht verstehe, über die ich ständig nachdenke. Dass er noch einmal zurückkam, um mich auf die Schläfe zu küssen, nachdem er mich so gleichgültig wie herzlos verlassen hatte. Dass er die Villa der *Casa Famiglia* überlassen hat, seine Spenden für die Aktivitäten in Verate, und außerdem war mir nicht entgangen, dass er in der Nacht des Sternschnuppenfestes *Der Mann mit der Ledertasche* von Charles Bukowski las. Das Buch, das in Sirmione auf meinem Nachttisch lag. Ich hatte keine Ahnung, dass er es auch besaß. Dass er seinen

Bruder nach mir fragte. Und, worauf Nuccia mich aufmerksam gemacht hatte: In Verate war er zuvor nie mit jemandem zusammen gewesen. Verhält sich so ein Schwerenöter?

Und ich zerbreche mir unaufhörlich den Kopf darüber. Schlafe immer weniger, von essen ganz zu schweigen.

»Du machst mich wahnsinnig!«, ruft Eleonora regelmäßig aus, wenn sie mich sieht. Sie versucht, mich zum Essen zu bewegen, doch ich kann einfach nicht.

An einem sonnigen, aber kalten Oktobernachmittag komme ich vom Wasserturm zurück, der schon längst zu einer luxuriösen Behausung mit nur noch wenigen fehlenden Details geworden ist, und setze mich auf eine Parkbank. Noch sind die Bäume voller sonnenbeschienener Blätter, der Himmel ist von einem leuchtenden Blau. Das alles tut meinem Herzen gut.

Nach wenigen Minuten kommt Alessandra angelaufen. Und das ist kein Zufall.

18

Im Herzen der Londoner City: 2130 m² Bürofläche auf einem Stockwerk, 50 m² Terrasse. Portier-Service, 7 Aufzüge

Morgens um zehn komme ich in London an. Es schneit. Ich überquere den mir so vertrauten Platz. Und jetzt stehe ich hier frierend an der Rezeption im einundzwanzigsten Stockwerk und erkläre einer freundlichen jungen Frau, ich sei Architetto Maffei und müsse Mr. Sanna sehen, denn wir arbeiten an einem Projekt in Italien zusammen, es sei sehr dringend.

Falls ihr das spanisch vorkommen sollte (dass in Zeiten des Internets jemand persönlich aus Italien nach London kommen muss), zeigt sie es nicht. Lächelnd gibt sie einem von Andreas Mitarbeitern Bescheid.

Zwei Minuten später erscheint eine weitere freundliche junge Frau. Sie stellt sich als Sophie vor und teilt mir mit, Mr. Sanna befinde sich in einem Meeting, aber sie werde versuchen, ihn sofort zu informieren. In der Zwischenzeit solle ich doch im Wartebereich neben der Rezeption Platz nehmen. Sie weiß, wer ich bin.

»*From Verate, right?*«

Ja, genau, aus Verate.

Ob ich einen Kaffee möchte? Einen Tee?

Nein, danke, ich möchte nichts.

Als ich mich setze, bemerke ich, dass der Konferenzraum direkt gegenüber auf der anderen Seite des Gebäudes liegt. Andrea sitzt am Kopfende eines Tisches, wie ich durch die Glaswand deutlich sehe, und blickt auf einen Monitor an der Wand, über den Bilder flimmern, die ein junger Mann zu seiner Rechten erläutert.

Und dann tritt Sophie ein, geht durch den Raum, beugt sich zu Andrea herunter und sagt etwas. Er sieht hoch, erstarrt, dann dreht er sich langsam zu der Glaswand, bis ich in seinem Blickfeld auftauche.

Es liegen nur wenige Meter zwischen uns, aber ein Abgrund von zwanzig Stockwerken. Einige Sekunden lang treffen sich unsere Blicke durch die zarten Schneeflocken hindurch, die wie aus dem Nichts auftauchen und dorthin auch wieder verschwinden. Dann wendet sich Andrea wieder dem Bildschirm zu und schüttelt leicht, aber bestimmt den Kopf. Sophie verlässt den Raum und kommt zurück. Mit der Nachricht, dass er mich nicht sehen will. Ich bleibe sitzen und starre zu ihm hinüber, und plötzlich wirft er mir noch einen Blick zu.

Okay. Das hier ist bitterer Ernst. Ohne mit ihm gesprochen zu haben, gehe ich nicht weg. Ich stehe auf und laufe los, ohne auf die Rufe der Rezeptionistin zu achten – »*Miss … Miss, where are you going? Miss, you are not allowed!*« Ich laufe durch den großen *Open Space*, in dem sich ebenso viele Schreibtische wie Computer, Architekten und Modellbauten befinden, an einer empörten Sophie mit hilflos ausgebreiteten Armen vorbei. Ich laufe weiter, starre dabei durch die Glasscheibe in den Konferenzraum direkt Andrea an, der mich nicht aus den Augen lässt.

Als ich den Raum betrete, stehen die Teilnehmer gerade auf, und mit gesenkten Blicken gehen sie hastig und peinlich berührt an mir vorbei. Ganz offensichtlich hat Andrea das Meeting aufgelöst, weil er wusste, was hier gleich passieren würde.

Ich bleibe auf der Schwelle stehen. Nur wenige Meter zwischen uns. Er ist auch aufgestanden. Plötzlich weiß ich nicht mehr, was ich machen soll. Als er dann aber mit müder, resignierter Stimme irgendwie abweisend fragt: »Was willst du, Bianca?«, ist meine Entschlossenheit wieder geweckt.

»Ich will wissen, warum du weggegangen bist. Und zwar die Wahrheit.« Ich trete ganz nah an ihn heran.

Er seufzt müde. »Bianca, kannst du nicht akzeptieren, dass es zwischen uns vorbei ist?« Er hat abgenommen. Tiefe Ringe haben sich unter seine Augen gegraben, die gleichen, die ich auch trage. Es geht ihm nicht gut, ganz und gar nicht. Und ich kann nicht akzeptieren, was ich nicht verstehe. Er fährt fort: »Es war sehr schön, doch ich wollte etwas anderes, das ist alles. Ich dachte, du hättest das verstanden. Ich habe es geschätzt, dass du das Projekt in Sirmione nicht angenommen hast und …«

»Andrea, ich habe mit Stefano Parodi Valsecchi gesprochen«, unterbreche ich ihn brüsk. »Er hat mir alles gesagt.«

Kurze Verwirrung in seinen Augen. »Das hätte er nicht tun dürfen.« Seine Stimme ist hart.

»Stimmt. Hat er aber.« Überraschenderweise und dem Himmel sei Dank.

Gestern auf der Parkbank. »Es gibt da etwas, das du wissen solltest«, sagte Allessandra, und dass Stefano, ihr Mann, mich in seinem Büro im Krankenhaus erwarte. »Wenn du willst, sofort.« Mehr hat sie nicht gesagt.

Ich fand das Ganze ziemlich seltsam. Was konnte der Chefarzt der Neonatologie aus dem Verateser Krankenhaus schon von mir wollen? Ich dachte, dass er vielleicht meine professionelle Hilfe benötigte, denn die Parodi Valsecchi, das habe ich recht bald erfahren, sind das herrschende Haus in Verate, und wie man es Royals so nachsagt, hegen sie eine unermüdliche Leidenschaft für Häuser.

Ich kannte Stefano vom Sehen; beim Sternschnuppenfest hatte ich einige Worte mit ihm gewechselt. Jetzt saß ich ihm gegenüber in seinem Büro und sah ihn mir an. Charmant, furchtbar ernst, und offensichtlich fühlte er sich ziemlich unwohl.

»Bianca«, begann er, »du solltest wissen, dass ich im Begriff stehe, gegen die ärztliche Ethik und meine eigenen Prinzipien zu verstoßen. Ich habe vor, meine ärztliche Schweigepflicht zu verletzen. Das ist eine äußerst heikle Angelegenheit, denn es kann erhebliche rechtliche Konsequenzen nach sich ziehen. Ich tue es ausschließlich, um zwei Menschen zu helfen, von denen einer eine Entscheidung für beide gefällt hat. Dir und Andrea.«

Andrea muss geholfen werden? Gut zu wissen.

»Ich habe Andrea sofort geraten, mit dir darüber zu sprechen. Sagte ihm, dass diese Entscheidung euch beide betrifft, doch eigentlich vor allem dich. Er hätte dir wenigstens eine Chance geben können.«

»Welche Entscheidung?«

»Über eure Zukunft.«

Lange sagte ich nichts. Verstand kein Wort. Was hatte Stefano oder die Tatsache, dass er Neonatologe war, mit alldem zu tun, mit Andreas Entscheidung, nur Affären zu haben, oberflächlich und nicht ernst gemeint (war unsere Beziehung oberflächlich gewesen?). Ehrlich gesagt wusste ich überhaupt nicht, welche Frage ich stellen sollte, um es herauszufinden.

Stefano holte tief Luft. »Letzten Juli bat Andrea mich um die Adresse eines führenden Genetiklabors. Er wollte wissen, ob er dasselbe Syndrom wie sein Bruder in sich trägt und, falls ja, ob es möglich ist zu verhindern, dass ein eventueller Nachkomme ebenfalls betroffen ist. Ich habe ihm geraten, sich an

Professor Xavier Boyer vom Pasteur in Paris zu wenden, der Beste hier in Europa.«

Paris.

»Verstehe.« Ja, endlich verstand ich. »Du wirst mir wohl nichts über die Ergebnisse sagen wollen …«

Angestrengt lächelnd schüttelte er den Kopf. »Das musst du ihn selbst fragen … aber eines kann ich dir sagen: Auf meine Frage, warum er erst jetzt Bescheid wissen wolle, obwohl sich doch schon vor Jahren bei Giacomo die ersten Symptome gezeigt hatten, antwortete er, dass er eben erst jetzt jemanden kennengelernt habe, mit dem er sich einen gemeinsamen ›Lebensentwurf‹ vorstellen könne. Genau diesen Begriff benutzte er. Alessandra hat mir versichert, dass du dieser Jemand bist, und sie hat nicht lockergelassen, bis …« Wieder schüttelte er den Kopf und beendete den Satz nicht.

Und jetzt bin ich hier und fordere die Wahrheit ein.

»Dann weißt du es.« Andrea setzt sich.

»Nein, weiß ich nicht. Stefano hat mir nur gesagt, dass du deine Sachen gepackt hast, nachdem du die Resultate bekommen hast.« Auch wenn es jetzt nicht mehr wirklich einen Abschluss in Medizin braucht, um sich den Rest zusammenzureimen.

»Setz dich, Bianca.«

Ich nehme auf dem Stuhl ihm gegenüber Platz. Er klingt erschöpft, sein Blick ist traurig. Ich möchte ihn in den Arm nehmen. Ihn küssen.

Aber dann redet er gefasst und sicher, als erzählte er die Geschichte von jemand anderem. »Ich habe die Tests gemacht. Dabei kam heraus, dass ich gesunder Träger bin und das Syndrom mit einer Wahrscheinlichkeit von fünfzwanzig Prozent an meine Kinder vererben würde. Anfangs wurde gesagt, man könne auf die Präimplantationsdiagnostik zurückgreifen, doch es hat sich herausgestellt, dass dem nicht so ist. Ich werde nie Kinder haben können, weil ich befürchten muss, sie könnten krank sein. Und das ist nicht einmal eine große Überraschung gewesen. Es war ganz einfach dumm von mir, mich meinen Gefühlen so hinzugeben und diese Liebesgeschichte mit dir anzufangen. Dumm und egoistisch. Ich habe dir Leid zugefügt und hätte es doch nie gewollt. Ich dachte, es wäre einfacher und nicht so schmerzhaft, das alles ohne große Erklärungen abzubrechen.«

»Klar, einfacher und nicht so schmerzhaft.« Der Himmel weiß, woher ich ausgerechnet jetzt diesen ironischen Ton nehme.

Eigentlich möchte ich einfach nur seine Hände nehmen. Was ich nicht tue, denn ich habe Angst, er könnte sie zurückziehen.

Er geht nicht auf meine Ironie ein. »Seit ich dich in Verate kennengelernt habe, ging alles drunter und drüber – schöne wie böse Überraschungen, Momente voller Schmerz und solche, in denen ich mich der Illusion hingegeben habe, ein glückliches Leben führen zu können. Ein Wechselbad der Gefühle, und am Ende war ich einfach nur ausgelaugt und frustriert.« Eine steile Falte hat sich zwischen seine Augen gegraben. Er seufzt. »Alles fing damit an, dass Notar Bigli mir diese Briefe gab, die meine Mutter uns, nachdem sie fort war, zwei Jahre lang bis zu ihrem Tod jede Woche schickte. Es tat sehr weh, das erst jetzt zu erfahren, und ebenso weh tat, dass unsere Großtante Elena die Briefe einfach verschwiegen hatte, ohne zu wissen, was drinstand. Aber weil ich jetzt weiß, dass meine Mutter an uns dachte, konnte ich meinen Frieden mit ihr schließen. Konnte ihr verzeihen, wenn auch nicht ganz.

»Nicht ganz?«

»Nein, immerhin hat sie uns ohne ein Wort verlassen, ist in einer Nacht-und-Nebel-Aktion auf und davon nach Australien, hat also ihre mütterlichen Pflichten gegen das eigene Liebesglück eingetauscht. Sie hat ihr Wohlergehen über unseres gestellt, und das tun gute Eltern nicht. Aber dass sie Kontakt zu uns aufnehmen wollte, hat etwas gelöst, einen Knoten, der entstanden war, weil wir dachten, sie hätte uns einfach vergessen. Irgendwie habe ich mich mit dem Leben versöhnt.« Ich möchte diese beiden kleinen Jungen ganz fest umarmen, sie ganz eng an mich drücken.

»Ja, und dann habe ich mir schließlich eingestehen können, dass ich dich mochte. Sehr mochte, und ich wagte zu hoffen … aber …« Er schüttelt den Kopf. »Die Nachrichten aus Paris waren nicht die, auf die ich gehofft hatte. Versuche bitte, das zu verstehen: Wir liebten uns doch, und es wurde immer ernster zwischen uns. Hättest du das Herz gehabt, mich zu verlassen? Ich liebte dich so sehr, wollte dir einen Heiratsantrag machen, mein Leben mit dir verbringen. Und wenn du angenommen hättest, trotz dieser Voraussetzungen? Wann hättest du es bereut?«

Er liebte mich. Wollte mir einen Heiratsantrag machen. Hat er das wirklich gesagt?

»Du hast so glücklich gewirkt …«, fange ich einen Satz an.

»Und das war ich, gedankenlos glücklich. Nie in meinem Leben bin ich so glücklich gewesen. Aber ich kann es mir ganz einfach nicht leisten. Du hast eine Familie verdient, eine richtige, mit hübschen, intelligenten Kindern, so wie du selbst es bist, Kinder, die du neun Monate lang in dir getragen hast, in denen du die Züge deiner Familie wiedererkennst …«

»… und ich dachte, ich hätte das große Los gezogen …«, fahre ich fort und ignoriere ganz bewusst seinen Einwurf.

»Für mich war es auch so, das kannst du mir glauben. Ich habe dieser ganzen Sache nie auf den Grund gehen wollen. Nachdem ich zusehen musste, wie meine Familie kaputtgegangen war, wollte ich keine eigene haben. Erst als wir beide … also da wollte ich es genau wissen und, falls möglich, eine Lösung finden. Die Enttäuschung, als ich erfuhr, dass das defekte Gen nicht in der Samenzelle nachweisbar ist, kann ich dir gar nicht beschreiben. Ich werde keine Kinder haben können. Wie kann ich dasselbe von dir verlangen? Also habe ich das gemacht, was jeder korrekte Mensch getan hätte.«

»Du hast es für mich mit entschieden.« Korrekt? Er redet hier über korrektes Verhalten, als wäre unsere Beziehung eine geschäftliche. Plötzlich würde ich ihm am liebsten eine runterhauen.

»Entschuldige, Bianca, aber ich bin sicher, dass du an meiner Stelle das Gleiche getan hättest.« Er sieht mich direkt an. »Meine Entscheidung war die einzig richtige.«

Jetzt hole ich tief Luft. Über meine Gefühle für ihn weiß ich sehr genau Bescheid, und es gibt ziemlich viel, was ich zu dieser Entscheidung sagen möchte, die er ganz allein getroffen hat.

»Das glaube ich nicht. Ich kann immer noch am besten entscheiden, was ich will und was nicht. Und ich will den Rest meines Lebens mit dir verbringen. Es ist nun mal der Lauf der Dinge, dass eine Frau einen Mann kennenlernt, sich in ihn verliebt und ihn dann zum Vater ihrer Kinder machen möchte. Und genau so ist es bei uns gewesen. Ich habe dich kennengelernt, habe mich verliebt und, das gebe ich zu, über eine Familie nachgedacht. Mit dir. Doch am allerwichtigsten ist mir, dich zu lieben, mich von dir geliebt zu fühlen, mit dir gemeinsam diese Liebe leben zu können, Tag für Tag. Es gibt viele Möglichkeiten, Eltern zu werden. Wenn wir möchten, finden wir gemeinsam einen Weg. Geben jemandem ein Zuhause, der uns braucht, der unsere Liebe braucht. Wir werden unsere eigene Familie haben, ganz bestimmt.«

Er schüttelt den Kopf.

»Das glaubst du jetzt, aber du weißt doch selbst, wie kompliziert das alles ist. Denk nur mal an dein Traumhaus, an das mit der großen Familie.«

»Mein Traumhaus? Mein Traumhaus gibt es nicht ohne dich. Du bist, *wir* sind sein Fundament. Ohne dich kann es für mich kein glückliches Heim, keine Geborgenheit geben, nicht jetzt und nicht in Zukunft.« So langsam bin ich verzweifelt. Wie kann ich ihm das nur begreiflich machen?

Er nimmt die Brille ab und reibt sich die Augen. »Bianca, ich habe damit abgeschlossen und gebe mir Mühe, dich zu vergessen, weiterzuleben, und du solltest das Gleiche tun.« Er starrt mich an. Seine grauen, jetzt nicht mehr von der Brille umrahmten Augen treten so viel klarer hervor. »Bitte«, wiederholt er, »die Trennung war sehr hart für mich, denn ich habe an uns geglaubt, und jetzt versuche ich, diese Zeit hinter mir zu lassen. Es reicht, bitte.«

Ich sehe ihn an, suche ein Zeichen dafür, dass er doch noch nachgeben wird, finde aber keines.

Und mir ist klar, dass ich alles gesagt habe, was es zu sagen gab.

»Also ist es vorbei?« Ich stelle diese Frage rein rhetorisch, einfach nur, damit es wehtut.

Er sagt nichts, schlägt nur die Augen nieder und nickt, und mir bleibt nichts anderes übrig, als aufzustehen, den Raum zu verlassen und durch den großen *Open Space* zu laufen. Die Leute hier sehen viel zu beschäftigt aus, um auf mich zu achten, aber ich spüre doch ihre Blicke, als ich den Raum durchquere. Dann gehe ich an der Rezeption vorbei, betrete den Aufzug und bin schließlich draußen im Schneegestöber.

Kurz bleibe ich stehen. Die Flocken fliegen um mich herum, und ich habe keine Ahnung, was ich jetzt tun soll, jetzt, inmitten der schlimmsten Enttäuschung meines Lebens. Wie ein kleines Kind, das sich im Märchen wähnt, habe ich tief in meinem Inneren nicht glauben können, dass es wirklich vorbei ist mit uns. Ist es aber. Die eisige Luft an meinen Wangen ist wie eine mir vom Leben verpasste Ohrfeige, die mich in die Realität zurückschickt. Ich überquere den Platz, gehe zu einer Bank, wische den Schnee von der Sitzfläche und setze mich. Ich kann nicht weitergehen, muss diese Einsamkeit sacken lassen, die Augen einen Moment schließen.

Ich öffne sie wieder und atme tief ein. Der Platz ist noch kleiner, als er auf der Webcam wirkt, und es ist sehr still. Nur wenige Autos sind unterwegs und keine Schüler der Saint George; um diese Zeit sind sie im Unterricht. Schnee fällt auf mich herab, und es ist so kalt, dass er fast nicht schmilzt. Meine Wimpern sind halb gefroren. Durch den Glaseingang des Gebäudes, in dem sich Andrea versteckt, huschen die Silhouetten englischer Geschäftsleute.

Andreas Worte hallen in meinem Kopf nach. »Ich bin sicher, dass du an meiner Stelle das Gleiche getan hättest«, und ich fürchte, dass es tatsächlich so ist. Was hätte ich getan, wenn ich erfahren hätte, keine Kinder bekommen zu können? Hätte ich ihn um Verständnis gebeten? Oder mich stolz zurückgezogen?

Außerdem kann ich die anfängliche Wirkung von Stefano Parodis Worten auf mich nicht leugnen. Es ist einer der schlimmsten Momente meines Lebens gewesen, als ich erfuhr, dass eine eigene Familie mit Andrea niemals möglich sein würde. Ich muss zugeben, dass ich ziemlich direkt an eine Zukunft mit ihm dachte und uns beide in dieser Zukunft als Eltern sah.

Ich habe so viel in den letzten Monaten gelernt. Ich habe gelernt, dass es Dinge gibt, die man im Leben durchaus akzeptieren kann – zum Beispiel nicht in seinem Traumjob zu arbeiten –, und dass ein »Plan B« nicht das Schlechteste sein muss. Dass die eigene beste Freundin nicht unfehlbar ist, sondern ein Mensch wie alle anderen auch, mit Schwächen und Hoffnungen, die unseren eigenen in die Quere kommen können. Dass sie trotzdem die Beste bleibt, denn was wirklich zählt, ist, auch in schlechten Zeiten füreinander da zu sein, sich gegenseitig zu unterstützen und gemeinsam weiterzugehen. Dass man sich immer genügend Zeit nehmen sollte, denn es ist eine lohnende, wertvolle Erfahrung, erhobenen Hauptes einen Schritt nach dem anderen zu tun, ohne sich von seinem Weg abbringen zu lassen. Dass man Wohnungsanzeigen nicht trauen sollte, doch wenn man die Kunst beherrscht, sie zu lesen, wird man verstehen, was sich hinter ihnen verbirgt. Dass es für jedes »Gesuch« ein »Angebot« gibt, irgendwo auf der Welt, wenn man nur mit dem Herzen hinsieht. Vor allem aber weiß ich jetzt, dass ich nicht ohne Andrea leben kann. Seine zurückhaltende, fast nicht greifbare, tiefe Liebe – so anders als meine, viel impulsivere – hat mich für alle Zeit verändert und mir den Wunsch ins Herz gepflanzt, immer bei ihm zu sein, die Welt mit ihm gemeinsam zu verändern.

Das Problem ist nur, dass er … ja, dass er anscheinend ohne mich leben kann und will.

Noch einmal schließe ich die Augen, zu Tode erschöpft. Plötzlich wendet sich ein freundlicher junger Mann an mich, und ich schrecke hoch. Ob alles in Ordnung sei, möchte er wissen. Da bemerke ich, dass mir die Leute neugierige Blicke zuwerfen. Und tatsächlich bibbere ich am ganzen Leib.

Auf einmal ist da eine Hand auf meiner Schulter. Ich hebe den Kopf. Andrea. Habe ihn gar nicht durch die Glastür hinauskommen sehen, vielleicht leide ich schon an Halluzinationen. Ich kratze das letzte bisschen Stolz zusammen und richte mich auf. »Ich gehe sofort, wollte nur kurz meine Gedanken ordnen.« Und meine Niederlage sacken lassen. »Ich möchte dir nicht zur Last fallen«, füge ich hinzu, bevor er irgendetwas sagen kann. Alles ist mir recht, nur sein Mitleid nicht.

Er sagt nichts, wischt bloß den Schnee von der Bank und setzt sich neben mich.

Aus dem Augenwinkel sehe ich ihn an. Er trägt einen dunklen Mantel mit hochgeschlagenem Kragen. Die Hände in den Taschen. Ich kann gar nicht anders, als mich an die Nacht zu erinnern, in der wir beide in Verate auf einer ganz ähnlichen Parkbank saßen. Nur die Temperatur war anders. Und meine Kleidung. Wärme und Leidenschaft lagen damals in der Luft, jetzt nur Kälte.

Dann fängt er an zu reden. »Ich kam damals in einer sehr trostlosen Lebensphase nach Verate, war verbittert und der festen Überzeugung, dass mir das Leben noch einiges schuldig wäre. Der Verlust meiner Mutter, Giacomos Krankheit und auch die von Großtante Elena, und zwischen alldem musste ich versuchen, mir eine Zukunft aufzubauen. Ich konnte gar nicht anders, als eine Schutzmauer um mich herum zu ziehen, aber sie hat mich nur kalt und gefühllos gemacht. Ich war überzeugt, dass das Leben nichts mehr für mich bereithielte. Dann passierten plötzlich all diese schönen Dinge: Die Briefe meiner Mutter, Giacomo ging es besser, und vor allem bist du aufgetaucht, Bianca, du.« Dann sagt er lange nichts, und um mich zusammenreißen zu können, zähle ich Schneeflocken. »Ich habe wirklich geglaubt, jetzt vom Leben etwas zurückzubekommen, habe mir eingebildet, alles wäre möglich, und als ich erfuhr, dass es das nicht war ... Die Entscheidung zu gehen ist mir wahrhaftig nicht leichtgefallen, und ... und du solltest wissen, dass diese Monate ohne dich meine persönliche Hölle waren. Ich musste nur die Augen schließen, schon sah ich dich mit der Mappe von *Nicht Nur Wohnen* auf mich zukommen, ein nervöses Lächeln auf den Lippen. Oder ich erinnerte mich daran, wie du hilflos in diesem alten Fahrstuhl gesessen und dich an mir festgeklammert hast. Wie gern hätte ich dich umarmt – ich wusste gar nicht, wie mir geschah. Und dann dieser Tag in Sirmione, mein unbedingtes Bedürfnis, dir von mir zu erzählen, und der Kuss, den ich dir einfach geben musste. Als ich dich dann in der Nacht im Park sah, glaubte ich, verrückt zu werden. Gerade hatte ich noch an dich gedacht, und plötzlich stehst du da in deinem Pyjama wie eine wundervolle Erscheinung, meine Rettung. Und dann später bei dir ...« Ich sehe, wie er die Augen schließt, etwas wie ein Röcheln entfährt ihm. Die Erinnerung an diese so intensive Nacht wühlt mich genauso auf wie ihn. Dann fährt Andrea fort: »Es ist eine Qual gewesen, Giacomo in Verate zu besuchen, während ich darauf hoffte, dich zu sehen, es aber gleichzeitig vermied. Wenn ich nur daran denke, welchen Schatz ich gehabt habe, wenn auch nur für kurze Zeit, und dass es für dich an meiner Seite nichts als Kummer gibt.«

Ich mache eine ungehaltene Bewegung. Es reicht mir jetzt, mir reicht sein Alleingang, sein ständiges Wiederholen, wie schlecht ich seiner Meinung nach mit ihm dran bin. Da sieht Andrea mich an. »Warte, Bianca, bitte. Das mit uns auf diese

Art zu beenden war schlimmer und hat mir mehr wehgetan als irgendetwas zuvor in meinem Leben. Du hast dich mir eingebrannt. Ich könnte es körperlich nicht mehr ertragen, wieder von einem gemeinsamen Leben mit dir zu träumen, nur um diesen Traum wenig später vor deinem absolut verständlichen Kinderwunsch zerplatzen zu sehen …«

Jetzt kann ich mich nicht mehr beherrschen. Hitziges Herzklopfen ist an die Stelle der vorherigen Kälte getreten und färbt meine Wangen knallrot. Ich spüre es. »Andrea, jetzt wartest du mal. Ich ertrage nicht mehr, was du da redest. Alles machst du allein, ohne mich zu fragen. Glaubst du wirklich, ich könnte mit jemand anders Kinder haben?« Ich sehe ihm fest in die Augen. »Ich bin nicht mehr das schüchterne Makler-Lehrlingsmädchen, das hier vor seinem charismatischen wichtigsten Kunden steht. Seit ich dich kenne, hat sich alles verändert. Ich bin jetzt Maffei, so wie du es immer gesagt hast, und weiß, was ich will. Ich bin Bianca, und ich bin hergekommen, um dich zu sehen. Ich könnte mit niemand anders Kinder bekommen, weil du es bist, den ich liebe. Und das, seitdem du mir diesen ersten abweisenden Blick zugeworfen hast, vor den Plumbagos.«

Er zieht eine Braue hoch.

»Okay … da wusste ich es selbst noch nicht so genau«, gebe ich zu. »Auf jeden Fall war es mir gleichgültig, was die Zukunft für uns bereithalten würde, Hauptsache, es wäre eine für uns zusammen. Und wenn du mich fragst, dann haben nur schöne Dinge auf uns gewartet.« Ich klinge sehr traurig.

Er seufzt, aber sein Blick ist nicht mehr ganz so finster.

»Ich habe erfahren, dass du mit jemand anders etwas angefangen hast.« Das sagt er nicht vorwurfsvoll.

»Dann wirst du auch erfahren haben, dass es schnell wieder vorbei war«, gebe ich zurück und denke mit schlechtem Gewissen an Vittorio, der wirklich etwas Besseres verdient hat als meine Abfuhr.

Er nickt. »Du hast abgenommen.«

»Es ging mir sehr schlecht.«

»Mir auch.« Ratlosigkeit steht in seinen Augen. »Es ist so, Bianca, ich wollte dich vergessen, doch es gelingt mir einfach nicht. Und jetzt, wo ich dich sehe, wird mir einmal mehr klar, dass ich es gar nicht hätte versuchen müssen: Ich kann es nicht.« Er nimmt die Hände aus den Taschen und ergreift meine.

Das hätte er nicht tun dürfen. Was, wenn er sie wieder loslässt?

»Es ist dir nicht gelungen?«, will ich zögernd wissen. Ist es vielleicht doch möglich, dass …?

»Nein, es ist mir nicht gelungen. Du bist immer in meinen Gedanken, bist zu einem Teil von mir geworden.«

Ich weiß nicht, was ich sagen soll. Aber ich will mir keine falschen Hoffnungen machen.

Dann klingt er plötzlich fast heiter. »Auch, wenn ich es gewollt hätte, Giacomo und die Mädels hätten es niemals zugelassen.«

»Die Mädels?«

»Mein Bruder kann mir die Sache einfach nicht verzeihen, und was deine Freundinnen betrifft: Ich habe jeden Tag E-Mails von Eleonora, Costanza, Alessandra, Sassi und sogar Cristina bekommen, die mich mehr oder weniger direkt als feige und rücksichtslos bezeichnet und mir geschrieben haben, wie schlecht es dir ginge. Sie verurteilten mein Verhalten auf das Schärfste und erklärten mir sehr präzise, wie ich das alles wiedergutmachen könnte.« Jetzt lächelt er fast. »Außerdem gingen die Mails an meine Firmenadresse, die einzige, die deine Mädels kannten, was zu recht unangenehmen Situationen geführt hat. Denn häufig sind diese ›gebrüllten‹ Mails voller Ausrufezeichen und – im Falle von Eleonora – eindeutigen Emoticons während eines Meetings auf dem mit meinem Computer verbundenen großen Monitor aufgeploppt. Auch wenn hier nur eine Handvoll Leute Italienisch spricht, war wohl für alle offensichtlich, dass es sich nicht um Mails von Geschäftspartnern, sondern um Nachrichten aufgebrachter Frauen handelte.«

Die Mädels aus Verate.

»Du hättest die E-Mails blockieren können.«

»Ja, hätte ich.« Hat er aber nicht.

»Es tut mir leid, dir das alles angetan zu haben. Ich dachte, es wäre das Beste so, für alle«, versichert er noch einmal.

»Dann bitte ich dich, das zukünftig zu vermeiden.« Aber ich bin fast glücklich; es tut ihm wirklich leid.

»Außerdem hat es ja alles nichts genützt«, fügt er hinzu. »Für mich hat sich nichts geändert.«

Lange sagen wir beide nichts. Sehr lange. Mir ist, als wäre die Welt stehen geblieben. Als könnte ich das Geräusch der fallenden Schneeflocken hören.

Andrea dreht sich ganz zu mir, nimmt mein Gesicht zwischen die Hände. Ich schließe die Augen. Wie sehr er mir gefehlt hat.

Sein Mund ist ganz nah an meinem Ohr. »Ich glaube, du hast mich verhext, du wunderbare, du wundervolle Bianca. Und ich, ich liebe dich so sehr.« Kurz lasse ich seine Worte in mein Herz, dann übergebe ich sie dem Schnee. Und schließlich sind da, trotz der Eiseskälte, wieder der Zauber unserer heißen Lippen, unsere Münder, die sich suchen und finden. Verzweifelt und voller Glück liegen wir uns in den Armen. Als wir uns voneinander lösen, fällt mein Blick auf die gegenüberliegenden Fenster, hinter denen sich eine kleine Menschenmenge versammelt hat und uns ganz offensichtlich beobachtet. Ich erkenne Sophie und die Frau von der Rezeption. Wir haben hier also eine kleine Vorstellung gegeben.

»Wissen die Bescheid?«

»Einige haben es sich gedacht, und offensichtlich hat es sich herumgesprochen. Dass ich verliebt bin, scheint sie alle außerordentlich zu interessieren.«

Ich muss lächeln. Mich auch!

Aber Andrea steht auf und zieht mich mit. »Lass uns gehen.«

»Wohin?«, will ich wissen.

»Nach Hause.« Etwas Schöneres hätte er gar nicht sagen können.

Epilog

Ich verlasse London wieder nach zwei Tagen, in denen es nur ihn und mich gab (und in einer kleinen, aber wunderbaren Nebenrolle den Boten vom Pakistani gegenüber, ein willkommenes Cameo). Zwei Tage, in denen wir viel geredet haben und … na ja, ihr wisst schon. Wir haben uns derart von der Welt da draußen abgeschottet, dass wir erst am Morgen beim Öffnen der Tür bemerkten, dass es die ganze Zeit geschneit hatte. Aber nicht einmal die zähe Taxifahrt nach Heathrow konnte unserer guten Laune oder dem Lächeln auf unseren Gesichtern etwas anhaben.

Auf dem Weg zum Flughafen im *Black Cab* haben wir uns eng umschlungen das gegenseitige Versprechen abgenommen, niemals wieder zuzulassen, dass uns irgendetwas auseinanderbringt, ohne viele Worte, ohne lange Erklärungen, unter den Augen eines zwinkernden, irischen Fahrers, der sicherlich kein Wort, aber doch den Sinn verstand.

Der Abschied war natürlich nicht leicht. Doch zurück in Verate, wo ich mich auf Andreas Besuch am Wochenende freue, schleicht sich bei jedem Gedanken an ihn ein Lächeln auf meine Lippen. Also eigentlich immer.

Dass Giacomo sofort auf dem Laufendem über uns und sehr glücklich darüber war, hat mir den Beweis geliefert, dass es Andrea wirklich ernst mit uns beiden ist.

»Du hast zu unserem Glück noch gefehlt: eine kleine Schwester zum Ärgern«, war Giacomos Kommentar.

Auch wenn … auch wenn wir nicht mehr aufs Heiraten zu sprechen kamen. Ich weiß, es ist noch viel zu früh, aber das hindert mich nicht daran, es doch zu wollen.

Wie auch immer, innerhalb weniger Wochen hat sich mein Leben erneut komplett gedreht. Ich wohne noch immer in Verate, jetzt jedoch in Andreas Wohnung; ich habe der Kammer meinen Obolus gezahlt und bin wieder Architektin. Mit Abschluss der extravagantesten Baustelle, an der ich jemals gearbeitet habe, habe ich auch die Zusammenarbeit mit der Baufirma Locatelli eingestellt. Ich habe mich bei Vittorio bedankt, und als wahrer Freund hat er verstanden.

Irene (schlussendlich von Piergiorgio »zum Wohl der Familie« verlassen, wahrscheinlicher aber doch eher zu dem der blutjungen neuen Praktikantin) und ich sind dabei, unseren Traum von einem eigenen Büro zu verwirklichen, und hier kommt (unglaublich!) Geometra Volpe ins Spiel, der uns schon einige Aufträge vermittelt hat. Als Erstes jedoch werden wir uns um den Dachboden kümmern, den die Bewohner des Hauses Levati in eine Wohnung umwandeln möchten. In eine sehr besondere Wohnung. Alles muss den Bedürfnissen Giacomos angepasst werden. Wir werden speziell für seine Ansprüche ein Smart Home daraus machen, ein Heim für ihn und seine verschiedenen Betreuungspersonen.

Mit der hier in Verate durchgeführten Therapie wurden ausgezeichnete Ergebnisse erzielt, und dank der Operation kann er seine Hände wieder bewegen, wodurch er viel selbstständiger ist als vorher. Aber die aufregendste Nachricht ist, dass Professoressa Piras, Sassis Mutter und stellvertretende Direktorin am Gymnasium hier in Verate, ihm die gerade vakante Stelle als Italienischlehrer angeboten hat. Erst einmal ist es nur eine Vertretungsstelle für ein Jahr. Doch den Lehrberuf wieder ausüben zu können macht ihn sehr glücklich. Optimistisch wie er ist, sieht er da keinerlei Hindernisse (»Wenn Stephen Hawking in seinem Zustand noch Vorlesungen in Cambridge über die Thermodynamik Schwarzer Löcher halten konnte, kann ich ja wohl Lautverschiebung am Gymnasium in Verate unterrichten«). Die Schüler werden ihn lieben, so viel ist sicher. Diese Rückkehr in ein relativ normales Leben wird alles andere als einfach, aber wir werden ihn alle tatkräftig unterstützen.

Solange der italienische Sitz der Patrol Real Estate noch nicht eröffnet ist, kommt Andrea nur an den Wochenenden.

Das habe ich wenigstens bis gestern Abend noch geglaubt, als Giacomo herausgerutscht ist, dass sein Bruder in letzter Zeit oft in Sirmione ist.

Ohne nach Verate zu kommen. Ohne mir Bescheid zu geben.

Seit gestern zerbreche ich mir den Kopf darüber. Es tut so weh, dass ich mich nicht einmal getraut habe, es bei unserer allabendlichen Skype-Verabredung anzusprechen.

Dass mir irgendeine Laus über die Leber gelaufen war, hat er natürlich sofort bemerkt. Aber wie jeder weiß, gibt es Dinge, über die eine Frau sich nicht auslässt, und auf seine Frage »Was hast du?« (in zahlreichen Variationen, etwa »Stimmt irgendetwas nicht?«, oder »Ist etwas passiert?«) habe ich mich hinter diesem frauentypischen, schnippischen »Nichts« verschanzt.

Heute Morgen dann eine knappe WhatsApp mit sehr genauen Angaben: *Nimm den Zug um 14.15 Uhr nach Desenzano. Du wirst erwartet.*

Ein bisschen *Mission Impossible.* Fehlt nur noch der Hinweis *In fünf Sekunden wird sich diese Nachricht selbst zerstören*, und ich käme mir vor wie bei der IMF.

Doch mein einziger Gedanke ist: Er ist in Sirmione, und ich wusste nichts davon.

Gleichzeitig neugierig und enttäuscht nehme ich also den Bus um zwölf Uhr zum Mailänder Bahnhof. Noch zwei Wochen bis Weihnachten. Es ist kalt, der Himmel eine graue Wolkendecke, die nach Schnee aussieht.

In Rovato fängt es dann auch tatsächlich an zu schneien. Als ich in Desenzano ankomme, ist der Bahnhofsvorplatz schon ganz weiß.

Andrea wartet in der Halle. Eigentlich habe ich mir vorgenommen, mich ein bisschen reserviert zu geben, aber als ich ihn sehe, werfe ich mich in seine Arme. Glücklich, bei ihm zu sein.

»*Amore, ciao*, hattest du eine gute Reise?«, flüstert er in mein Haar. »Ja, danke. Ich bin froh, jetzt bei dir zu sein.« Und kurz vergesse ich, was ich ihn eigentlich fragen sollte.

Im Auto bringt er mich auf den neuesten Stand, was die Arbeiten am Haus angeht. »Alles ist fertig, du wirst sehen. Die Jungs und die Sozialarbeiter kommen im Januar. Vincenzo und Ersilia haben schon eine kleine Wohnung in der Villa für sich ausgesucht. Im Moment machen sie Urlaub auf Sizilien, aber sie können es gar nicht erwarten, die neuen Bewohner zu begrüßen. Außerdem haben wir ...« Andrea erklärt mir alle Einzelheiten über die Standards, mit denen das Haus versehen wurde. Er ist so begeistert, dass mir nicht danach ist, ihn auf das Tagesthema anzusprechen, das da lautet: »Verschweigen ist wie lügen«.

Der Blick auf den verschneiten Park tut seinen Teil hinzu. Alles liegt unter einer mittlerweile dicken weichen Schneeschicht begraben: Tennisplatz, Wiese, Pool, nichts ist mehr als solches zu erkennen. Nur der Steg erstreckt sich weiß, aber deutlich über dem See, der genauso grau ist wie der Himmel. Ein solches Bild bekommt man hier nicht oft zu sehen, dementsprechend ist seine Wirkung.

Im Haus wurde nicht viel verändert. Man hat die Küche komplett ausgetauscht, alles andere gelassen, wie es war, nur die

Möbel mit waschbaren, praktischeren Bezügen versehen, die zu Stil und Farben des Hauses passen. Die Jungs werden alles nutzen können, vom Steinway bis zum Billardtisch, und für die Mahlzeiten ist der wunderschöne weiße Tisch mit den passenden Rokoko-Stühlen vorgesehen.

Die großen Einzelzimmer wurden zu Zweierzimmern, teilweise Dreierzimmern umgestaltet. Ein Zimmer ist für Giacomo reserviert, wann immer er herkommen möchte. Eine weitere Änderung hat man bei der alten Tapete vorgenommen; sie wurde ersetzt durch einen hellgrauen Anstrich, der auch im unteren Stockwerk vorherrschend ist. Außer dem Billardtisch stehen nun im Aufenthaltsraum ein großer Bildschirm, keine Ahnung, wie viel Zoll groß, ein DVD-Player und eine Filmsammlung.

»Ich habe auch Breitband-Internet installieren lassen, und im ganzen Haus gibt es Wi-Fi.«

Alles zusammen ziemlich übertrieben. Dafür liebe ich ihn nur umso mehr, falls das überhaupt möglich ist.

Doch ich komme nicht mehr dazu, ihm meine Gefühle mitzuteilen, denn er wirft mir einen nicht zu deutenden Blick zu und sagt: »Komm, ich muss dir etwas zeigen.« Er nimmt meine Hand.

»Was denn?«, will ich neugierig wissen.

»Dein Weihnachtsgeschenk.«

Jetzt bin ich aber wirklich neugierig. Was wird er mir wohl schenken? Von mir gibt es eine Flatrate bei Storytel, damit er sich bei der Arbeit Hörbücher anhören kann. Allerdings habe ich nicht damit gerechnet, dass wir jetzt schon unsere Bescherung machen.

Wir verlassen die Villa und gehen durch den verschneiten Park zum Hausmeisterhaus.

Drinnen ist alles erleuchtet.

Beim Reinkommen werden wir vom fröhlichen Bellen eines Welpen begrüßt, ein winziger Corgi, der uns übermütig auf seinen großen Pfoten entgegenspringt, gefolgt von einem rotgetigerten Kätzchen mit grünen Augen.

»Darf ich vorstellen: Barnaby und Rote Katze, den richtigen Namen musst du ihr geben. Ich habe sie bis jetzt ›Mieze‹ genannt, und das scheint sie zu mögen.« Ich bin sprachlos, was Andrea sofort auf die Größe der Katze bezieht, und eilig fügt er hinzu: »Sie wird riesig, das haben die mir versichert.«

»Andrea, es ist nur …« Ich würde die Tierbabys gern streicheln, aber er zieht mich schon zur Küche. Barnaby wuselt hinter uns her, und Mieze schnuppert neugierig. Das einzige Möbelstück hier ist ein Tisch aus Holz und Marmor, der Boden besteht aus blau-weißen Kacheln.

»Deine Küche – mit den Kacheln, die du haben wolltest. Du kannst hier alles einrichten, wie du magst, und hier, die Aussicht auf den See …« Er fängt an aufzuzählen: »Auf einer Seite vom Dach habe ich Solarplatten einsetzen lassen, es gibt eine Katzenklappe, und für Barnaby habe ich einen Hundekorb besorgt. Dein Arbeitszimmer ist im oberen Stockwerk, die Waschküche an der Rückseite.« Man sieht ihm seine Zufriedenheit an. »Und hier«, er führt mich zum Wohnzimmer, »ist ein Kamin, siehst du? Darin brennt schon ein Feuer … und dort steht ein Sofa.« Andrea zeigt auf ein großes kirschrotes Polstermöbel. »Für den Jugendlichen mit dem Skateboard müssen wir uns noch einrichten, und der Rest, ja, also … für alles andere schauen wir mal, was das Leben noch so für uns bereithält.« Er lächelt.

Er hat es nicht vergessen. Das ist das allerschönste Geschenk. Er hat mir zugehört, sich erinnert. Mein Traumhaus.

Die Freude ist so umwerfend, dass ich anfange zu weinen.

»Nein … Bianca, das wollte ich nicht …« Er macht einen Schritt auf mich zu, vollkommen verwirrt. Mir ist klar, dass meine Reaktion schwer zu verstehen ist, aber ich kann nicht anders. Laut beginne ich zu schluchzen.

»Wenn es dir nicht gefällt …« Jetzt gerät er in Panik.

»Du hast dich erinnert! Du hast dich an das erinnert, was ich dir beschrieben habe!«, rufe ich und umarme ihn. Wobei ich seine Schulter unter Wasser setze.

»Natürlich, natürlich habe ich mich erinnert. Dein Traumhaus«, antwortet er und küsst mich auf die Stirn.

»Das ist mehr, als ich mir jemals wünschen könnte«, bringe ich schließlich hervor. »Es ist fantastisch. Danke.«

»Es gehört dir, du kannst es einrichten, wie du magst. Notar Bigli erwartet uns heute, damit wir dich als Besitzerin eintragen lassen können. Es ist mein Weihnachtsgeschenk an dich.«

Ich lehne mich kurz zurück.

»Aber das will ich nicht.«

»Was willst du nicht?« Jetzt weiß er überhaupt nicht mehr, was los ist.

»Ich will nicht, dass dieses Haus mir gehört.« Ich merke, dass meine Stimme sich in kindlicher Art und Weise fast überschlägt.

»Warum denn nicht?« Die Enttäuschung ist ihm anzusehen.

»Weil ich nichts will, das nur mir gehört … Ich will etwas, das uns beiden gehört! Verstehst du das nicht?«

Offensichtlich erleichtert und amüsiert schüttelt er den Kopf. Drückt mir einen glücklichen Kuss auf den Mund. »Gut, ich wollte damit eigentlich bis Heiligabend warten, aber vielleicht ist es besser so …« Er bricht mitten im Satz ab, nimmt meine Hand und zieht mich zur Terrassentür. Man sieht den Schnee in dicken Flocken auf den See fallen.

Er nimmt auch die andere Hand und holt tief Luft. Seine Augen sind ganz ernst, seine Stimme tief, als er sagt: »Bianca, willst du meine Frau werden? Am liebsten würde ich dir jeden Wunsch erfüllen … aber ich verspreche, ich verspreche dir, dass ich dir alles geben werde, was ich kann.«

Wie gebannt betrachte ich den Ring, der wie von Zauberhand in seiner Hand aufgetaucht ist. Eine warme Welle geht durch meinen Körper, und das kommt bestimmt nicht vom Kaminfeuer. Sie geht direkt von meinem Herzen aus.

»Ja! Natürlich will ich dich heiraten! Und was meine Wünsche betrifft, ich habe keine, außer, dich für den Rest unseres Lebens glücklich zu machen. Denn ich bin da zu Hause, wo du bist.«

Danksagung

Und da sind wir auch schon wieder am Ende eines neuen Abenteuers angelangt, und auch dieses Mal befand ich mich bei meiner Reise in außergewöhnlicher, unersetzlicher Begleitung.

Vor allem möchte ich mich bei denen bedanken, die mich auf technischer Seite unterstützt haben und in die zauberhafte Welt des Bauwesens einführten:

Architetto Elena Grilli und Geometra Silla Maffini, die mir in meinem kreativen Prozess professionell, hilfsbereit und äußerst geduldig zur Seite standen.

Architetto Sonia Donelli, die mir großzügigerweise den Titel ihrer Doktorarbeit überließ und mir von ihrer Leidenschaft für ihre Arbeit erzählte.

Außerdem möchte ich mich bei Dottoressa Marta Bruno Ventre für den ärztlich-medizinischen Teil bedanken.

Danke an den gesamten Verlag Giunti und ganz besonders an:

Giulia Ichino, von Anfang an meine Lektorin. Dieser Roman ist aus einer ihrer Ideen entstanden, daher gilt ein großer Teil meiner Dankbarkeit ihr.

Laura Gagliardi, die den ganzen Vorgang begleitete, eine inspirierende und angenehme Zusammenarbeit.

Antonio Franchini, der mich wie eine richtige Schriftstellerin behandelt und mir ein paarmal sogar seinen Schreibtisch zur Verfügung stellte.

Jacopo Guerriero, freundlich, zuvorkommend, professionell.

Und vor allem allen meinen Leserinnen. Ihr werdet immer mehr. Danke.

In einer kleinen Farm in den verträumten Cotswolds wartet das Glück

Katie Fforde
DAS PARADIES HINTER DEN HÜGELN
Roman
Aus dem Englischen
von Ulrike Werner-Richter
336 Seiten
ISBN 978-3-404-17972-5

Fran, eine junge Köchin aus London, zieht auf die Farm ihrer Großtante Amy. Deren Neffe Roy zeigt kein Interesse, und so soll Fran das Anwesen übernehmen – vorausgesetzt, sie bewährt sich innerhalb eines halben Jahres. Auf Fran wartet ein kleines Paradies mit Kühen und saftigen Weiden, doch einiges liegt auch im Argen: Reparaturen sind notwendig, und es mangelt an Geld. Mit der Hilfe ihres attraktiven Nachbarn Antony und anderer liebenswerter Dorfbewohnern schafft es Fran, eine Käserei einzurichten, die ein voller Erfolg wird. Da taucht plötzlich Roy auf, um nun doch sein Erbe anzutreten …

»Ein zauberhaft romantischer Landausflug« DAILY MAIL

Lübbe